Scarlet
스칼렛

www.b-books.co.kr

Your Voice

당신의 목소리

SCARLET ROMANCE STORY

Your Voice

당신의 목소리

오필희 중편 소설

CONTENTS

이
그녀의
목소리

"나라면 그 드라마, 할 거 같은데요?"

갑작스러운 목소리였다. 등 뒤에서 들려온 그녀의 목소리에 놀라 날 선 논쟁을 멈추고는 최현진과 박 실장은 뒤를 돌아봤다.

두 사람의 거친 목소리를 멈추게 한 그녀의 목소리. 현진은 세정을 만났던 첫날을 그녀의 목소리로 기억한다고 말하곤 했다.

지나간 시간이 소리로 기억되는 순간들이 있다. 그 순간 세정의 목소리가 현진을 돌려세웠고 그의 일상이, 삶의 흐름이 그렇게 바뀌고 있었다.

당황스러운 순간이 지나가고 현진은 갑자기 튀어나온 그녀가 그들의 이야기를 어디서부터 듣고 있었는지 생각하느라 일그러진 표정으로 싸늘하고 불쾌하게 물었다.

"당신 뭐야. 여기 어떻게 들어왔어? 이 대본 봤어?"

최현진은 연기력 논란과 함께 터진 제작진과의 불화설로 자신에게 닥친 위기들로 신경이 온통 날이 서 있었고, 그 문제를 해결해야만 하는 박 실장 역시도 이 논란들이 밖으로 새어 나가는 것을 막아야만 하는 무거운 책임에 머리가 아프던 찰나였다.

"뭐부터 대답할까요? 저는 정현대학교 연극영화과 조교 이세정이구요, 최현진 씨를 여기서 기다리면 된다고 친절하게 회사 직원 분이 안내해 주셨구요. 분명 약속이 되어 있는데도 두 시간이나 기다리게 하셔서, 테이블에 너저분하게 펼쳐져 있던 대본을 읽으면서 기다리고 있었습니다. 제 어떤 행동이 최현진 씨를 화나게 했을까요?"

세정의 목소리는 맑고 경쾌했다. 그러나 알록달록한 껍질에 포장된 쓴 알약처럼, 그녀의 목소리 속에는 맑음과는 다른 무언가가 숨겨져 있었다. 포장 속의 알맹이가 차가움임을, 현진에게 그것이 자신에게 가장 큰 아픔이 될 것이라고는 그때는 알지 못했다.

"정현대라……. 젠장. 작은아버지 약속을 잊고 있었네."

현진은 그제야 작은아버지와의 통화를 떠올렸다. 대학원 입학에 도움 줄 사람을 보내겠다고 하던 말이 생각나자, 그의 얼굴이 또다시 일그러졌다.

두 사람의 대화를 듣고 있던 박 실장은 갑자기 튀어나온 여자가 현진과 관련이 있는 사람이라는 걸 확인하고는 급하게 대본을 정리했다.

"미안한데, 그 대본 아직 방송 전이라 내용이 유출되지 않도록 부탁드리죠."

박 실장의 목소리는 정중한 듯 들렸으나, 실상은 여기에서 나온 어떤 이야기도 밖으로 새어 나가지 않기를 바란다는 강한 눈빛을 함께 담고 있었다.

박 실장의 강한 눈빛에도 흔들림이 없는 여자는 처음보다 더 차분한 목소리로 대답했다.

"네. 알겠습니다. 아무래도 멋대로 대본을 본 대목이 두 분을 당황시킨 듯하니까, 그 부분에 대해서는 사과드리죠. 그럼 이제 여기서 두 시간이나 기다린 제가 최현진 씨와 대화를 나눌 수 있나요?"

세정은 자신의 손에 들려 있던 대본을 테이블에 올려놓으며 현진을 똑바로 쳐다보고 말했다.

최현진은 연예인인 자신을 바라보는 낯선 아가씨의 시선 안에 반가움이나 동경, 혹은 호기심 같은 것이 섞여 있지 않다는 것에 놀라고 있었다. 아무리 인기가 떨어진 배우라 하지만, 그래도 자신은 톱스타 반열에 있는 사람인데도 불구하고 앞에 선 키가 작은 여자는 자신을 사무적으로만 바라보고 있었다. 감정 따위는 처음부터 없었다는 듯이. 그것이 자신의 관심을 끌기 위한 하나의 수단이자 연기였다면, 이 여자는 성공한 듯했다.

"박 실장, 우리 마실 거나 좀 가져오지. 날 두 시간이나 기다린 아가씨인데 말은 들어 봐야 하지 않겠어. 앉아."

박 실장을 내보내고 현진은 자리에 앉았다. 그리고 자리에 앉지 않은 세정이 맑은 목소리로 다시 한번 현진을 둘러싼 공기를 흔들었다.

"딱떨어지는 반말이군요."

"나이는 나보다 어린 듯하니 실례는 아닌 듯한데. 그리고 근래 아무리 작품 활동을 뜸하게 했다고 해도, 이렇게 당신에게 딱딱한 대접을 받을 만큼 형편없는 인기는 아닐 텐데……."

"그러게요. 인기와 인품이 비례하진 않네요."

"뭐?"

현진은 이 작은 여자의 입에서 흘러나오는 맑은 소리와 비아냥 거림이 어울리지 않다는 생각을 했다. 그리고 그 속에 담겨진 적 대감을 느끼며 다시 한번 세정을 훑어보기 시작했다. 두 시간을 기다리게 한 자신에 대한 적대감인지, 아니면 그녀를 둘러싼 모든 세상에 대한 적대감인지 궁금해지려는 순간, 세정의 목소리가 들려왔다.

"실랑이는 그만하죠. 제 아까운 시간을 더는 낭비하고 싶지 않습니다. 먼저 학과장님께서 보내신 서류입니다. 올해 저희 대학원에 입학하시는 걸로 준비한다고 하셨습니다."

"싫은데. 난 대학원에 입학할 생각 따위 없고, 오늘 그쪽 때문에 더 없어지기도 했고."

세정은 다리를 꼬고 삐딱하게 앉아 자신을 히죽거리며 보고 있는 최현진을 감정이 없는 눈으로 쳐다보고 있었다. 두 사람 사이에 오래인 듯했지만, 짧은 침묵의 시간이 흘러가고 먼저 말을 꺼낸 것은 세정이었다.

"알겠습니다. 그렇게 전하겠습니다. 저 대본은 제가 기다린 두 시간에 대한 대가라 생각하죠."

세정은 작정한 듯 비꼬는 태도에도 흔들림 없이 아무 일도 없었다는 듯 꾸벅 인사를 하고는 뒤도 돌아보지 않고 사무실을 나갔다.

충분히 기분이 나빴을 상황, 현진이 작정하고 비아냥거리고 있음을 알고도 아무런 저항 없이 돌아서 나가는 세정의 뒷모습을 현진은 기가 막힌 듯 쳐다보고 있었다.

자신이 오랫동안 세정의 등을 바라보고 있었다는 것을 알아차린 건 한참의 시간이 지나 인터폰이 울리고 난 후였다.

— 무슨 일이야? 아까 그 아가씨는 또 뭐고?

"내 이미지 쇄신을 위한 우리 집안의 프로젝트랄까? 내 이미지를 높이기 위해 나보고 대학원에 진학하란다. 그것도 연극영화과에⋯⋯."

— 나쁘지는 않네. 공식적인 공백의 이유로는 근사하네.

"공백?"

— 그래. 영화와 드라마 캐스팅 제의가 없어서 어쩔 수 없는 공백을 그렇게라도 포장하는 거지. 역시 너희 집안사람들은 똑똑한 것 같아.

"비아냥거림이냐, 박 실장아."

— 아니, 현실 직시지. 넌 하고 싶은 작품이 없고, 좋은 감독들은 널 원하지 않고.

박 실장의 말은 틀리지 않았다.

운 좋게 캐스팅된 최현진의 첫 작품은 엉성한 연기력에도 깨끗하고 반듯한 마스크 덕택에 많은 사람들의 사랑을 받았다. 게다가 대학 재단을 운영하고 있는 집안 배경과 사고 치고 나가 있던 미국 유학이 또 다른 스펙이 되어 최현진을 포장하기 시작했다. 그리고 몇 개의 트렌디 드라마와 영화를 섭렵하면서 최고의 스타로 자리매김했다.

하지만 자유롭고 가벼운 삶을 즐기기만을 원했던 현진에게 깊이 따위는 필요 없었다. 그렇게 연기자로서의 고민 없이 이미지만을 소비하며 시간이 흘렀다. 그래서 지금은 작품 선택을 가장 못하는 연기자로, 좋은 작품을 말아먹는 연기자로, 연기로 평가받는 연기자가 아닌 연기를 함께 한 사람과의 스캔들 메이커로 낙인찍혀 버리고 말았다.

서른여덟의 그가 여전히 스물 언저리에 있다는 스스로의 착각 때문에 그의 연기가 발전하지 않는 거라고, 함께 일한 여자 연예인들과 크고 작은 스캔들을 흘리는 책임감 없는 가벼움이 그의 매력을 깎아먹고 있다고, 그에 대한 평가는 점점 과격해지고 있었다.

박 실장과의 답 없는 답답한 대화를 끝내고 현진은 자신을 아무런 감흥 없이 바라보던, 목소리가 맑았던 여자의 눈을 떠올렸다. 그녀의 눈에는 최현진 자신은 진지한 대응조차 아까운 한심한 사람이라는 경멸이 담겨 있었다. 그에게 향하는 경멸에 당황하지 않기 위해 비아냥이란 방패로 대응한 자신의 한심함에 한숨을 내뱉을 즈음, 휴대폰이 울렸다. 친구 찬영이었다.

"여보세요?"

— 야, 최현진. 또 까였다며?

"소식 한번 빠르네."

휴대폰 너머로 시끄러운 음악 소리가 들려왔다. 오늘도 어제와 같은 흥청거리는 술 파티가 어디선가 이뤄지고 있는 중일 것이다.

— 혼자 심각해하지 말고, 한잔하자.

"귀찮다."

— 김규식 감독만 영화 만드냐? 친구야, 영화는 많고 네가 할 영화는 널렸다. 언제부터 최현진이 그렇게 심각했어? 잔말 말고 나와.

평소와 다를 것 없는 일상이었다. 인생은 가벼운 것이고, 즐기면 그만인 것이었다. 현진은 처음부터 무거움은 자신의 것이 아니었다는 듯 상황을 떨쳐 버리고는 자리에서 일어나 술자리로 발걸음을 옮겼다.

아무렇지 않은 듯 최현진에게서 돌아서 나온 세정을 반기는 것은 도심의 어둠뿐이었다. 화려한 불빛들이 사람들을 맞이할 준비를 하는 도심의 한 곳에서 세정은 어쩐지 길을 잃어버릴 것 같은, 설명하기 어려운 두려움에 싸여 한 발짝도 움직이지 못하고 오랫동안 서 있었다.

"왜? 길을 잃었나? 아니면 날 설득하지 못하면 학교에서 쫓겨나나?"

빈정거림이 빠진 현진의 목소리는 깊고 달콤했다. 그 옛날 세정을 흔들던 그의 목소리가 등 뒤에서 들려오자, 그녀는 깊은숨을 내쉬고 그를 향해 돌아섰다.

"그렇다면요? 인류애를 발휘해 절 구원해 주실 건가요?"

세정의 물음에 오랫동안 현진은 답하지 않고 그녀를 바라보기만 했다. 이 세상 어느 것에도 관심이 없어 보였고 두려울 것 없어 보이던 사무실에서의 그녀가 아닌, 어둠 따위를 무서워하는 작은 여자아이 하나만 서 있는 것 같았다.

"구원이라……. 내가 지금 누굴 구원할 처지는 못 되고, 작은아버지께 전해. 내 일은 내가 알아서 할 테니 걱정하지 말라고."

"네. 그렇게 전하죠."

세정의 말이 끝나기도 전에, 전혀 상관없는 사람처럼 현진이 그녀 곁을 지나쳐 어둠 속으로 사라지자, 그녀의 낮은 목소리가 넋두리처럼 흘러나왔다.

"길을 잃은 지는 아주 오래되었죠. 난 어디로 가면 좋을까요?"

현진이 떠나고 나서도 세정은 오랫동안 자신이 내뱉은 낮은 목소리에 묶여 꼼짝도 못 하는 사람처럼 한동안 그렇게 서 있었다.

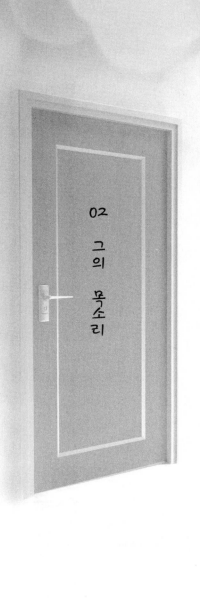

02

그의 목소리

연구실로 들어서는 세정의 어깨가 작아 보였다. 언제나 위태롭게 보이는 세정의 모습을 볼 때마다 그녀의 어머니를 떠올리는 최 교수였다.

"교수님, 저 완전 실패했어요."

세정의 목소리는 밝았지만, 최 교수는 세정이 밝게 말하기 위해 한없이 많은 심호흡을 해야만 한다는 것을, 아무렇지 않게 말하기 위해 애써야 한다는 것을 알고 있었다.

"왜, 그 녀석이 커피 한 잔도 안 주더냐?"

"커피는 주던데, 못 마시고 나왔죠. 입학 안 할 생각은 아닌 듯한데, 제가 못마땅했나 봐요. 저 때문에 더 하기 싫다고 하던데요?"

"핑계지. 오늘 처음 본 너 때문에 하기 싫다는 게 말이 되나.

신경 쓰지 말고 일단 입학 준비는 해 둬. 그 녀석 그래도 배우로 살아가게 하려면 이게 기회가 될지도 모른다는 게 네 생각이니까."

최 교수는 작은 찻잔에 따뜻한 차를 따르며 작은 세정을 위로하고 있었다. 언제나 위로가 필요한 아이지만, 타인의 위로 따위가 스며들지 못하게 차가운 차단막을 치고 있는 아이였다. 자신의 따뜻한 차 한잔이 세정의 마음 한편을 아주 조금이라도 녹였으면 좋겠다, 그렇게 생각을 하는 최 교수였다.

"전 최현진 씨 목소리가 참 좋아요."

"난 그 녀석의 연기를 보고 있으면 화가 끓어오르는데, 넌 도대체 현진이의 뭐가 배우로서 가능성이 있다는 건지 모르겠구나."

"배우로서의 가능성이 아니라, 목소리요. 그 사람의 목소리가 좋아요, 전."

"참 알 수가 없어. 너란 아이는⋯⋯."

세정은 오래전 추운 겨울날, 갈 곳을 잃어버린 자신을 끌어들였던 목소리를 떠올렸다.

그날은 세정이 처음으로 최 교수를 찾아온 날이었다. 어머니를 무기로 최 교수에게 자신의 미래에 대한 후원을 요구하고 돌아서던 세정은 눈물을 참아 낸 자신을 다독였다.

그렇게 대학을 뒤돌아 나오던 세정을 잡아 끌어당긴 건 후문 옆 작은 소극장이었다. 기대 없이 자신을 숨기기 위해 반지하 소극장으로 들어가 어둠 속에 스스로를 숨겼다.

연극이 시작되고 언제나 삼류 배우에 지나지 않는 남자 주인공을 위로하는 그의 친구가 말했다.

'괜찮아……. 이 순간마저도 언젠가는 의미 있었던 기억으로 남게 될 거야. 언젠가는……. 괜찮아, 괜찮아, 괜찮아, 정말 괜찮아. 괜찮아.'

괜찮다고 말해 주는 그의 따뜻한 목소리가 세정의 마음속에 깊이 와 닿았다.

연극이 모두 끝이 나고 까만 밤 홀로 조용한 거리를 걷던 세정의 귓가에 조금 전 배우의 목소리가 들렸다.

'괜찮아, 괜찮아, 괜찮아, 정말 괜찮아. 괜찮아.'

세정은 가던 길을 멈추고 한없이 소리 내어 울었다. 괜찮다고 말해 주는 그의 목소리가 자신을 따뜻하게 감싸고 있다는 착각 속에서, 세정의 울음은 통곡으로 바뀌고 있었다.

"그래도 그 녀석에게 네 마음에 드는 목소리라도 있어 다행이네. 그나저나 넌 어쩔 생각이야. 올해까지만 하고 조교 일은 마무리한다며."

"네. 너무 오랫동안 조교 자리를 꿰차고 있었잖아요. 이제 찾아야죠. 제가 할 일을."

"공부는 더 할 생각인 거지?"

"저한테는 좋은 기회잖아요. 최현진 씨와 함께 공부하는 조건으로 내거신 장학금, 감사할 일이죠, 뭐."

"이사장은 장사꾼이야. 자신이 손해 보는 일은 하지 않을 거야. 현진이를 이 학교에 묶어 두고 싶어 밀어붙이는 일인데 네 생각처럼 그렇게 순진하게 돌아갈까 의문이다."

"그렇게 안 되면 교수님이 막아 주세요. 형제시잖아요."

세정이 따뜻한 찻잔에 퍼지는 향긋한 향처럼 미소 띠었다. 최교수는 자신의 형, 이사장이 아들인 현진을 대학원에 입학시키겠다고 했을 때, 그 의도를 명확히 파악하기 어려웠다. 이사장에게 현진은 여전히 말썽꾸러기 막내아들이었고, 대학 재단을 물려줄 큰아들과 늘 비교되는 대상에 불과했다.

세정은 자신을 걱정스러운 눈빛으로 바라보는 최 교수를 향해 미소 지어 주었다. 언제나 사람들은 자신을 불쌍하고 걱정스럽게 바라보기만 했다. 그 시선이 온몸을 내리누르는 듯해 세정은 늘 자신을 향한 문을 잠그고 있었다. 아무도 자신의 안으로 들어오지 못하게.

최현진은 오랜만에 평창동 본가로 불려 들어와 앉아 있었다.

"네 작은아버지가 그러는데, 입학을 거부했다고?"

"제가 지금 이 나이에 굳이 대학원에서 그것도 연기 전공을 한다는 게 말이 됩니까?"

"그럼 뭘 할 생각인 거냐?"

현진의 아버지는 냉철했다. 자신의 아들에게조차. 아버지의 냉기를 현진 역시도 닮고 싶었던 적이 있다. 그러나 아버지와는 정반대로 그는 냉정함과는 거리가 먼 사람이 되어 있었다. 감정적이고 즉흥적이며 열정적인…….

"네가 벌여 놓은 일들을 수습할 때인 것 같은데."

"그런 식으로 수습할 일은 아니죠."

"그런 식이라……. 네가 잠깐씩 만나는 여자들과의 추문은 그렇다고 치자. 연기 못하는 배우로 낙인찍힌 지는 오래전이고, 하는 작품마다 보기 좋게 말아먹는 네 이미지가 정말 배우로서 살아남을 가능성이 있는 게냐?"

아버지의 말은 구구절절 옳았다.

"추문이라기보다는 스캔들로 정정해 주시죠. 제가 그 학교 대학원에 들어가는 게 지금 제 상황을 어떻게 바꿀 수 있는지 모르겠지만."

"이미지메이킹. 네가 가장 잘하는 것 아니냐. 네가 좋은 배우인지 어쩐지는 난 관심 없다."

"결국 형이 하는 일에 먹칠하지 마라. 집안 망신 시키지 마라. 그 말씀이군요."

"아주 머리가 녹슬진 않았구나. 네 형에게 본격적으로 재단 운영을 맡길 거다. 너야 관심 밖이라 하겠지만, 난 그 아이 가는 길에 네가 방해가 되지 않았으면 좋겠구나."

현진은 아버지의 건조한 말이 자신을 비껴가 공중에 흩어지는 것만 같은 기분이 들었다.

"제 대학원 입학과 아버지가 걱정하시는 일이 도대체 어떤 연관성이 있는지 모르겠군요."

"네 형이 재단을 이어받는 2년 정도 조용히 지내란 말을 하고 있는 게다. 대학원에 진학해 공부한다 하면 다들 관심들이 좀 사그라질 것 아니냐."

결국 자신의 형이 재단을 잘 이어받기 위해 숨죽이며 학교에 숨어 있으란 이야기였다. 예상은 했지만, 그리고 형의 일을 방해하고 싶지는 않았지만, 심술궂은 반항기가 밖으로 삐져나오려는 현진이었다.

"네, 알겠습니다. 무슨 말씀이신지. 작은아버지와 상의해 보죠. 그런데 아버지. 제가 대학원을 다니는 동안 아버지 의도대로 조용히 있을지는 저도 장담 못 합니다. 일어나죠."

현진은 오랜만에 들른 자신을 위해 어머니가 주방에서 분주하게 움직이는 걸 알고 있으면서도 평창동 본가를 급하게 빠져나왔다. 자신에게 집은 언제나 감옥 같았다.

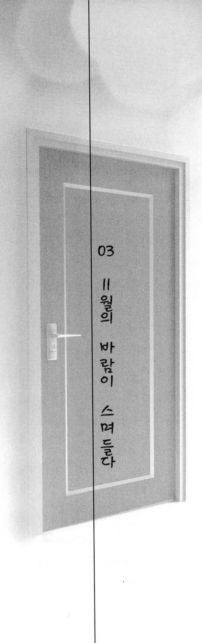

03
11월의 바람이 스며들다

11월의 바람은 스산하게 현진의 가슴을 파고들었다. 생각보다 겨울은 아주 가까이까지 다가와 있었다.

　현진이 작은아버지의 연구실에 도착해서 바라본 청춘들은, 차가운 겨울을 몰아내고 봄을 다시 부르는 듯했다. 대학생들은 발랄했고 즐거워 보였고 모두 사랑스러웠다.

　젊음이란 무엇을 품고 있든 아름다운 것임을 발견한 현진의 마음이 따뜻해져 왔다.

　똑똑—

　"네."

　연구실 안에서 들려오는 목소리는 작은아버지가 아니었다. 현진은 젊은 여자의 대답 소리에 며칠 전 자신을 찾아왔던 세정을 떠올렸다.

"이런. 난 내 작은아버지를 만나러 왔는데, 내 인품을 논하던 아가씨를 만나게 되는군."

현진의 목소리에 놀라움이 담겨져 있었다.

"반갑다는 인사로 받죠. 앉으세요. 교수님은 회의 가셨어요. 아마 30분쯤 기다리셔야 할 거예요."

현진의 놀라움은 자신과 상관이 없다는 듯 책상에서 몸을 일으킨 세정은 전기 포트에 생수를 따르고 있었다.

"녹차하고 커피밖에 없어요. 뭐 드릴까요?"

"아, 조교. 그게 내 작은아버지 개인 조교라는 말이었나?"

현진은 처음부터 비아냥거릴 마음이 없었음에도 자신을 앞에 두고도 아무렇지 않게 도리어 무시하듯 대하는 그녀의 행동을 보자, 괜한 심술이 나 작정한 듯 비꼬아 말을 내뱉었다.

"아니요. 과 조교예요. 지금은 최 교수님 일을 좀 봐드리고 있는 거구요. 컴퓨터 작업을 어려워하셔서요."

"난 또 작은어머니라고 불러야 할 일이 생길까 해서 말이야."

현진의 비아냥에 세정은 돌아서 그를 정면으로 응시했다. 현진은 세정의 눈빛에서 차가운 바람을 느꼈다. 그건, 자신의 빈정거림에 화를 내거나, 분노를 표하는 눈빛이 아니라 그저 차갑고 메마른 눈빛이었다.

"그럴 일이야 있겠어요. 그래도 생각은 해 보죠. 당신의 작은어머니도 나쁘지는 않겠네요. 커피로 드시죠. 저도 한잔 마시게요."

작고 어린 여자가 현진의 앞에 서 있었다. 현진이 멋대로 던진 비수에도 아무렇지 않은 듯, 무심한 듯 현진의 앞에 오롯이 혼자 서 있었다. 현진은 세정에게서 전해 오는 차가운 바람이 자신을 감싸고 돌 때, 그녀의 눈을 다시 바라보았다. 그녀의 눈은 바람만이 스산할 뿐 텅 비어 있는 듯했다.

"이름이나 알고 이야기하죠. 난 최현진. 그쪽은?"

"이세정이에요."

이세정, 세정의 목소리는 여전히 맑고 경쾌했다. 그 맑은 목소리와 어울리는 이름이라고, 그렇게 생각하는 현진이었다.

하지만 그 후로도 오랫동안 '이세정이에요.' 하던 목소리가 현진의 귓가를 떠나지 않고 맴돌며 심장을 저리게 할 것을, 그때는 알지 못했다.

"이세정이라……. 이세정 씨, 어쩐지 내가 여기에 온 이유를 내 작은아버지보다 당신이 더 많이 알고 있는 듯한데, 지금 내가 처한 상황을 설명해 달라고 부탁해도 될까?"

세정은 현진에게 등을 돌려 종이컵에 믹스커피를 담았다. 그러고는 뜨거운 물을 부어 커피스틱으로 젓는 모습을 현진은 그저 지켜보고만 있었다.

커피를 담은 종이컵이 현진 앞에 놓이고, 다른 종이컵을 잡은 세정이 맞은편 소파에 앉았다.

"며칠 전 이사장님이 절 부르셨죠. 일개 학과 조교를 이사장님이 부르는 일은 거의 없는데, 당신 이야기를 하시더군요. 내게 연예인 아들이 있다. 그런데 연기에는 소질이 없어 보인다. 집안 사정으로 2년 정도 학교에 묶어 두고 싶은데, 도와 달라. 그러시더군요."

"그러니까 그 연기에 소질 없는 연예인 아들이 나인 거군."

"네, 당신이었죠. 전 올해로 조교직 계약이 만료되죠. 가진 게 없는 아이들 주특기인 미친 듯이 공부해서 버티기가 내 전공이에요. 아마도 제 상황이 당신을 묶어 두기엔, 아니 당신이 2년이란 시간 동안 대학원에서 시간을 보내는 데 도움이 될 거라고 판단하신 듯했어요."

"어떻게?"

"대학원을 다니는 2년 동안 당신의 학업 파트너가 되기를 바라셨어요. 그리고 그 대가로 2년의 학비 지원을 제안하셨죠."

세정의 목소리는 변화가 없었다. 자신을 묶어 두기 위해 자신의 아버지가 제안한 것들이 그녀에게 유쾌한 것만은 아니었을 텐데, 자존심 상했을 법한 제안에 전혀 상처받지 않은 듯 행동하는 그녀의 모습에 현진은 심사가 뒤틀려 작정한 듯 비꼬아 말을 던졌다.

"학업 파트너라. 그 안에 섹스 파트너도 들어가나?"

세정은 다시 한번 숨을 고르고 현진을 바라보았다. 그러고는 쥐고 있던 커피 잔을 들어 올려 한 모금 목을 축였다. 달달한 커피가 식도를 흘러 위장까지 따뜻하게 데우는 듯했다. 세정은 커피 한 모금의 따뜻함만큼의 위로가 절실하다고 생각했다. 바로 지금.

"글쎄요. 이사장님이 그걸 요구하신 건지는 생각해 봐야겠어요. 표면적인 거래에는 포함되지 않았거든요. 당신이 원하는 거라면 당신과도 다시 거래를 해야겠죠. 섹스 파트너가 필요하시다면 그에 대한 대가를 저에게 지불하셔야 할 거예요."

세정은 맑은 목소리로 대답하고 있었지만, 현진은 그녀의 목소리에 추운 바람이 서려 있음을 느꼈다. 작정하고 흔드는 자신의 손길에도 흔들리지 않고 감정을 드러내지 않는 그녀가 11월의 초겨울 바람보다 더 춥게만 느껴졌다. 이 캠퍼스의 청춘들이 한 아름 안고 있는 싱그러움도, 그 누구에게든 사랑을 받고 사랑을 주는 것을 두려워하지 않는 젊음도 세정에게는 존재하지 않는 듯했다.

"거래를 하자?"

"선택은 오롯이 당신의 몫이에요. 내 선택은 중요하지 않죠. 당신이 입학을 거부한다면, 전 낯선 사회에서 제 일을 찾으면 돼요. 하지만 만약 당신이 학교에 들어온다면, 전 전에 없이 다정하고 가까운 친구 하나를 사귀게 되는 거겠죠. 표면적으로는……."

"다정하고 가까운 친구라. 어쩌지. 난 여자를 친구로 두지 않아."

현진은 세정이 쌓아 놓은 견고한 벽을 무너뜨리고 싶었다. 벽 안쪽으로 무엇이 있는지 알고 싶어졌다. 이 작은 아이는 무엇으로부터 자신을 지키고 있는 것일까?

현진은 자신의 한없이 가벼운 삶이 이제 무게를 지녀야 할 때라고, 깊이를 가지게 되어야 하는 순간이란 걸 본능적으로 느끼고 있었다.

한동안 흐르던 침묵이 깨지고 세정이 차갑고 메마른 눈빛으로 말했다.

"친구가 싫다면, 그럼…… 애인…… 할까요?"

그렇게 세정이 현진의 마음속으로 뚜벅뚜벅 걸어 들어오고 있
었다.

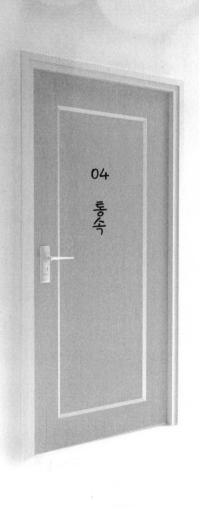

04

통속

"입시 준비는 특별한 건 없어요. 특별전형으로 들어오시는 거니까요. 면접 정도만 성의 있게 준비하시면 될 겁니다."

세정은 현진의 사무실에서 입학과 관련한 내용을 설명하고 있었다. 현진은 세정의 설명 따위가 듣고 싶었던 것은 아니었다. 세정의 목소리가 며칠 동안 자신을 괴롭혔고, 그녀의 공허하고 차가운 눈빛이 머릿속에서 떠나지 않고 있었다.

한동안 세정의 이야기를 듣기만 하던 현진을 깨운 건 무섭게 문을 열고 들어온 박 실장이었다.

"서정이하고 스캔들 터졌어. 너무한 거 아니냐. 지난번 최수지하고 터진 스캔들 막은 지 얼마나 됐다고……."

"뒤에 손님 있다. 말 가려서 해."

현진은 박 실장에게 주의를 주며 세정의 존재를 알렸다. 박 실장은 이미 상황에 대한 이해를 하고 있는 듯한 세정을 흘끗 보고는 계속 말을 이었다.

"그러게 건드리려면 앞뒤 잘 보고 했어야지."

"기회는 이때다 하고 스캔들 기사가 터지겠군."

"당연하지. 서정아 입장에서는 인지도를 높이는 데 최고의 타이밍이야. 젠장. 넌 도대체 생각이 있는 거야? 이제 정말 막장까지 가는 거야?"

세정은 박 실장의 비난을 아무것도 아닌 듯이 받아 내고 있는 현진을 물끄러미 바라봤다.

"막장이라……."

"들어오던 드라마 제안도 줄어들고 있어. 정말 어쩔 생각이야."

"일단 흥분 가라앉히고 스캔들부터 막아. 회사 차원에서 부탁하자. 앞으로는 조심하지. 더 깊은 이야기는 저 친구 가고 나서 하고."

박 실장은 다시 한번 흘끗 세정을 바라보고는 긴 한숨을 쉬고 사무실을 빠져나갔다.

"여기까지는 누구나 다 알고 있는 최현진의 모습이니까 해명은 필요 없는 거지?"

당황할 법한 상황에서도 아무런 동요 없이 앉아 있는 세정이었다. 그런 그녀가 늘 자신의 일상에 함께 있었던 것 같은 착각이 들어 현진은 자신의 생각을 떨쳐 버리려 일부러 담담한 척 그녀에게 물었다.

"이해했어요. 상황을. 내일이면 많은 사람들은 당신이 또 어린 여자 배우를 건드렸구나, 하고 생각하겠죠. 아마 그 어린 여자 배우는 당신 덕택에 사람들에게 이름을 알리겠죠. 아닌가요?"

"맞아. 그게 지금의 나지. 그래서 대학원으로 나를 숨기고 싶은 거고. 내 아버지는."

세정은 현진의 목소리가 좋았다. 괜찮다고 다독여 주던 그의 목소리를 계속 듣고 있으면 차가운 자신이 조금씩 녹아내리는 듯했다. 그런데 오늘 현진의 목소리는 어두웠다. 괜찮다고 말해 주는 목소리가 아니라, 괜찮지 않다고 되뇌는 목소리처럼 들렸다.

"지난번 내가 본 대본 아직도 가지고 있어요?"

세정의 갑작스럽고 뜬금없는 질문에 현진은 의아했다.

"뭐?"

"다시 물어요. 지난번 제가 읽은 대본 여전히 당신에게 유효한 캐스팅이냐구요."

현진은 가만히 세정을 바라보다가 인터폰을 눌렀다.

"박 실장아. 지난번에 여기 있는 아이가 본 대본, 그거 어떻게 됐어? 그거 아직도 나에게 유효한가?"

— 너 싫다며. 지고지순한 찌질한 남자 역이라서 싫다며, 사랑놀음이라고.

"알아. 그러니까 어떻게 됐어?"

— 그 작품 아직도 사람 못 찾은 듯하던데. 워낙 통속이고 흔해 빠진 이야기라서 아무도 선뜻 하겠다는 사람이 없다는 것 같더라고.

"알았어."

인터폰 스피커가 꺼지고 현진은 질문을 던진 의도를 궁금해하며 세정에게 물었다.

"들었지? 여전히 유효하다는데?"

세정은 자신의 삶이 뿌리째 흔들릴 거란 두려움에 한동안 침묵했다. 하지만 현진의 어두운 목소리를 듣는 것은 그보다 더 두려운 것이었다. 세정에게 현진의 목소리는 자신을 버리지 않는 단하나의 안식처임을……

"그 남자 주인공 역, 당신이 해요."

"뭐?"

"그 통속극 주인공 당신이 하라구요."

세정의 눈빛에 단호함이 보였다. 그런데도 이상하게 현진은 세정의 단호함이 두려움처럼 느껴져 당황하고 있었다. 작고 여린 세정이 두려움을 안고 자신에게 말했다. 통속극 〈첫사랑〉의 주인공이 되라고. 한동안 말없이 세정을 쳐다보고만 있는 현진이었다.

"내가 그걸 하면 달라질 게 있어?"

오랜 침묵을 깨고 현진이 던진 첫마디였다.

"난, 당신이 그 역을 통해 당신의 진짜 목소리를 들려줬으면 좋겠어요. 잊어버리고 있었던 당신의 목소리."

"잊어버리고 있었던 목소리?"

현진은 감정을 담고 있지 않던 세정의 눈빛 안에서 두려움과 그리움이 사라지지 않았으면 좋겠다고, 그녀가 가진 감정이 갇혀 있지 않고 밖으로 튀어나와 자유로웠으면 좋겠다고 생각했다.

"당신이, 최현진 씨가 만약 그 작품을 하게 된다면, 전 당신 아버지가 주신 대학원의 기회를 놓치겠죠. 그래도 당신이 다시 한번 그 누군가에게 괜찮다고 말하는 순간이 오기를 바라요."

"누군가에게 내가 괜찮다고 말하는 순간?"

"아주 오래전, 위로가 간절히 필요하던 그 어느 날, 당신이 내게 괜찮다고 말해 줬거든요. 당신의 괜찮다는 목소리가 날 견디게 했죠."

기억에도 없는 자신의 목소리가 그녀에게 위로가 되었다는 고백, 언제인지도 모를 그 언젠가 던진 괜찮다는 말 한마디로 견뎠다는 그녀의 삶. 현진은 그녀의 지나간 시간들에 대해 궁금해졌다.

"그 작품이 사람들에게 내 목소리를 제대로 들려줄 수 있다는 거니?"

"한없이 깊은 통속과 신파 속에서 사람들이 기대하는 건······. 위로니까요."

"안녕하십니까? 유태주입니다."

〈첫사랑〉의 연출가는 생각보다 어렸다. 현진은 태주가 내미는 손을 잡고는 순간 이 선택이 옳은 것인지, 세정의 단호한 목소리에 끌려 통속극에 발을 들여도 되는지 흔들리고 있었다.

그런 흔들림을 단박에 눈치챈 태주는 이미 모든 마음을 다 들여다보고 있다는 듯 말을 꺼냈다.

"최현진 씨에 대한 기대는 있었습니다만, 이렇게 하시겠다고 하실 줄은 몰랐습니다. 결정하기 전에 이 작품에 대해 아셔야 하는 걸 말씀드리죠. 들어 보시고 결정하세요."

"그러죠."

"내년 1월 방영을 염두에 둔 대작 드라마가 일정에 차질이 생겨 제때 방영되지 못할 상황입니다. 그 드라마가 완성될 때까지 일종의 땜빵 드라마가 필요한데, 이 작품 〈첫사랑〉이 그 8주 땜빵 드라마입니다. 게다가 새해에 바로 방영이라 우리에게 시간이 많지도 않죠."

태주의 말은 이래도 할 거냐는 말처럼 들렸다. 아니, 이 정도의 드라마니 너에게까지 캐스팅 제안이 가지 않았겠느냐 하는 비아냥으로도 들리자, 현진은 자세를 고쳐 잡아 앉아 태주에게 비릿하게 물었다.

"지금 그 얘기는 유 피디님한테 꽤나 불리한 이야기인 듯한데요?"

"더 불리한 이야기도 있죠. 통속극에, 예산마저도 적습니다. 땜빵 드라마의 한계죠. 장르물이 대세인 요즘 지고지순한 사랑과 여주인공의 불치병 코드, 초짜 피디의 첫 연출작에 신인 작가의 작품입니다. 게다가 통속적 클리셰가 넘쳐 나는 작품이죠."

작정한 듯 태주가 작품의 한계를 이야기하자, 현진은 세정의 제안은 둘째 치고 알 수 없는 승부욕 같은 것이 스멀스멀 올라왔다. 자신의 마음을 일부러 긁어내고 있는 듯한 태주의 설명에 현진은 도전자의 도발을 호기롭게 받아들이듯 되받아쳤다.

"그런 한계를 가진 작품이라면 제 어색한 연기를 좀 덜 미안해 해도 되겠군요."

현진이 한계라고 정확하게 명명하자, 태주는 피식 웃으며 대답 했다. 그러나 그 속에는 날카로운 뼈가 숨어 있었다.

"저 역시도 최현진 씨가 가진 화제성을 이용하고 덜 미안해해 도 되겠습니까?"

태주는 드러내 놓고 현진에게 연기력까지는 요구하지 않을 테 니, 스캔들을 달고 다니는 그의 이미지를 소비하겠다고 말하고 있 었다.

"10년 만에 만난 살인 누명을 쓴 애인, 죽어 가는 애인을 향한 지고지순한 사랑. 아무리 시청률을 신경 쓰지 않는 땜빵이라고 해 도, 제 이미지가 맞겠습니까?"

현진의 대답이 대놓고 빈정거림을 드러내자, 곁에 동석했던 박 실장과 〈첫사랑〉의 김 작가가 두 사람의 긴장감 속에서 어쩔 줄 몰라 했다.

"사람들의 관심은 끌지 않겠습니까? 최현진이 연기하는 지고지 순의 사랑이라, 재미있지 않겠어요?"

"하하하. 그러니까 얼마나 어색한 연기를 하느냐에 관심을 가 진 사람들, 과연 최현진이 지고지순 통속과 맞기나 하겠느냐는 관 심, 또 어떤 여자 연기자와 스캔들을 낼까 하는 관심이 필요하다 는 거군요. 명확해서 좋네요. 좋습니다. 하죠. 바닥에서 시작하는 연기라, 좋네요. 세부 사항은 여기 박 실장과 맞춰 보시죠. 가능 하면 최대한 맞춰 드리죠."

"감사합니다. 그런데 한 가지 궁금한 게 있습니다."

"뭐죠?"

"쉽게 손대기 힘든 통속인데, 하겠다고 결심한 특별한 이유가 있습니까?"

태주는 현진에게 경고를 던지고 있었다. 이건 통속이고 쉽지 않은 작품이 될 거라고, 결코 쉽게 가지는 않을 것이라고……. 현진은 태주의 눈빛이 익숙하다는 생각을 하며 대답했다.

"누군가 저에게 이게 좋은 기회가 될 거라고 하더군요. 어쩌면 절절한 사랑을 할지도 모르는 사람으로 기억될 기회라고."

"누군지 물어도 됩니까?"

현진의 귓가에 그날의 세정의 목소리가 들렸다.

세정은 여자와 친구가 될 수 없다는 자신에게 말했다.

'친구가 싫다면, 그럼…… 애인…… 할까요?'

현진은 세정의 눈빛 속에서 빠져나오지 못한 그날의 자신을 떠올리며 단호하게 대답했다.

"내 애인이 그러더군요."

그날 세정은 왜 〈첫사랑〉이란 작품을 자신이 해야만 하느냐고 묻는 현진에게 말했다.

'당신은 한 번도 느껴 본 적이 없는 감정일 테니까. 사랑하는 이를 잃는 처절한 슬픔, 경험한 적이 없으니까 예측할 수도 없겠죠. 처음 크레파스를 쥔 아이처럼. 당신이 타인의 감정을 흉내 내는 것만 하지 않는다면 난 승산이 있다고 생각해요.'

브라운관으로만 보던 최현진과는 좀 다른 최현진이 자리하고 있는 듯했다. 태주는 수많은 스캔들 속에 쌓여 있는 그의 눈빛이 이전과는 달라졌다는 것을 알아차렸다. 이전보다 더 깊어진 최현진의 눈빛이 그가 입에 올리는 애인이라는 사람을 궁금하게 만들었다.

'애인'이라. 태주 입장에서는 나쁘지 않은 말이었다. 사랑이 전부라고 말하는 드라마의 주인공에게 사랑하는 사람이 있다는 건 환영받을 일이었다.

태주는 현진에게 손을 내밀어 악수를 청했다. 두 사람의 맞잡은 손이 드라마 하나로 끝나지 않을 것임을 그날 그들은 알지 못했다.

그렇게 두 사람의 이야기가 시작되고 있었다.

아니, 세 사람의 이야기가.

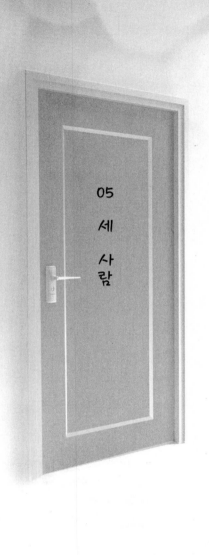

세정을 태운 차가 도심을 빠져나가 한적한 바람을 가르고 있었
다.

"덕분에 한창 추울 때 드라마를 찍게 생겼어."

세정은 관심 없는 듯 춥지도 않은지 창밖으로 손을 내밀어 바
람을 잡고 있었다.

"그러면 좀 기분이 좋아져? 여자들은 알 수가 없어."

"이 자리에 태운 여자들이 종종 이렇게 손을 내밀었나 봐요?"

"대충은. 추운데 창을 좀 닫으면 안 돼?"

세정은 아쉬운 듯 차창을 올렸다. 그러고는 바람이 없으면 흔
들리지 않는다는 듯 차분해진 모습으로 앉아 있었다.

현진이 드라마 〈첫사랑〉의 주연으로 결정되고 여자 주인공까지
수면 위로 드러나며, 드라마 캐스팅은 순조롭게 진행되고 있었다.

그러나 사람들의 관심은 오랜만에 연기를 하겠다고 나선 최현진이 얼마나 속 시원하게 말아먹는가와 그의 어색한 연기에 대한 기대에서 벗어나지 않았다.

차는 어느새 청평에 있는 현진의 별장으로 들어서고 있었다.

"도대체 제가 왜 여길 와야 하는지 모르겠어요."

"그렇게 말하기에는 늦었어. 네 덕택에 선택한 드라마야. 내가 망신당하는 건 막아 줘야 하지 않겠어? 작은아버지 말 들어 보니, 내 연기보다 한 수 위라며?"

작은아버지에게 연기 지도 선생을 부탁했을 때 뜻밖에도 추천한 사람은 세정이었다.

'그 아이가 너보다는 훨씬 나은 연기를 할 거다. 극을 해석하는 능력도 그렇고, 캐릭터를 잡는 것도 그렇고. 너보다 나을 거야.'

"들어가자. 춥다. 난 추운 거 별로 좋아하지 않아서 말이다."

세정은 차에서 내려 11월의 겨울바람이 전해 주는 숲의 풀 냄새를 느꼈다. 아름다운 날들이 이곳에서만 흐르는 듯, 조용한 청평의 은사시나무는 반짝거리며 세정을 반기는 듯했다.

"아름다운 곳이군요."

현진은 몽환적인 세정의 목소리에 뒤를 돌아봤다. 세정의 공허하고 차가운 눈빛 속에 푸름이 깃들어 생명을 불어넣는 것 같았다. 세정의 감정이 깃든 눈빛에 현진은 지금껏 경험해 보지 못한 낯선 감정이 파도처럼 밀려들어 왔다가 빠져나가는 듯했다.

"춥다, 그만 들어가자. 그 아름다움도 감기 걸리면 아름답지 않아질 거다."

한참을 바라보던 현진이 푸르른 11월의 겨울바람이 세정을 쓸어 가 버릴 것 같은 불안이 느껴지자, 그녀를 급하게 집 안으로 끌어당겼다.

"여름이 더 아름다운 곳이야. 춥지 않을 때 와서 마음껏 돌아다녀. 오늘은 추워."

청평의 겨울바람 속에서 통속극의 주인공이 될 현진이 날이 선 연기를 준비하는 그 시각, 연출가 유태주는 시놉시스를 펴 놓고 고민에 빠졌다.

이 통속을 정말 잘해 낼 수 있을까? 연출가로서의 첫발을 잘 디딜 수 있을까?

"저녁 먹으러 내려와요."

일하는 아주머니의 부름에 태주는 1층 주방으로 내려갔다.

"첫 작품인데 준비는 잘되 가는 거냐? 어떻게, 내가 최 국장한테 전화라도 해 주랴?"

"전화 한 통으로 도움이 되겠습니까? 방송국 전체에 밥을 사시든가, 아니면 제작비를 반쯤 지원해 주시든가. 아니면 아버지가 여기저기 아들 첫 연출작이니 잘 봐 달라고 광고해 주시면 되겠네요."

아무렇지도 않은 듯 말하는 태주의 대답에는 비아냥거림이 담겨 있었다.

"아빠랑 오빠는 대화하는 법을 몰라?"

두 사람의 삐걱거리는 대화를 듣고 있던 태주의 동생 은진이 분위기를 풀기 위해 가볍게 말을 던졌다.

"유은진 시끄러워. 밥이나 먹어. 태주도 밥 먹어라. 아버지가 걱정돼서 하시는 말씀이니까 너무 마음에 두지 말고."

은숙의 중재에 식탁에 앉은 모든 사람들은 입을 다물었다.

중견 배우인 아버지 덕분에 아주 오래전부터 태주는 영화와 연극을 가까이에서 접했다. 연출가가 되겠다고 했을 때에도 가장 좋아했던 것은 아버지였다. 그렇게 자신의 일을 태주가 이어받았다고 생각했기 때문이었다. 하지만 태주는 언제나 차갑기만 했다. 자신에게 곁을 내주지 않는…….

"할머니가 오늘 인천 공항으로 들어오신다니까 은진이 너 안 바쁘면 할머니 모시러 공항에 다녀와."

"엄마. 싫어. 나 바빠. 친구들이랑 생일 파티 하기로 했단 말이야."

"네 생일은 아직 일주일이나 남았잖아. 무슨 벌써 생일 파티야."

"애들이랑 일정이 안 맞아서 오늘 하기로 했어, 왜!"

철딱서니 없는 아가씨 유은진은 여전히 밝고 명랑했다.

"오빠는 내 생일 선물 준비 안 했어? 나 가방 하나 봐 둔 거 있는데."

은진의 말에도 대꾸 없이 여전히 밥만 먹는 태주였다.

"오빠."

은진이 다시 한번 태주를 부르자, 그는 귀찮다는 듯 대답했다.

"알았어, 사. 사고 청구해. 돈 줄 테니까."

"오빠는 선물의 의미를 몰라? 하여간 사람 기분 나쁘게 하는 덴 도사야."

"네 생일 선물까지 챙길 정신 없어."

"쳇, 그럼 미주 언니 선물 챙길 여유는 있고? 오빠 방에 있는 선물, 그거 미주 언니 거지?"

미주의 이름이 나오자, 식탁은 찬물을 끼얹은 듯 냉각되었다.

"가방 필요하면 사고 말해. 돈은 줄 테니까. 그리고 아버진 제 작품에 관심 꺼 주세요. 그게 절 돕는 겁니다. 먼저 일어나겠습니다."

태주가 굳은 얼굴로 식탁을 벗어나 자신의 방으로 돌아가자, 아버지 건영도 숟가락을 내려놓고 서재로 들어갔다.

건영을 뒤따라 들어온 아내 은숙은 조용히 차를 책상 위에 올려놓고 앉았다.

"여전히 미주가 우리 사이에서 살아 움직이는군요."

"나나 당신은 미주 이름을 올릴 자격이 없지만, 태주야 그 아이를 잊을 수 없겠지. 이맘때가 미주 생일이었지?"

"네, 은진이 생일 하루 전날이 미주 생일이었죠. 언제쯤이면 우리 인생에서, 제 인생에서 미주가 사라져 줄까요?"

은숙의 목소리는 낮았지만 울부짖는 듯 들렸고, 그 목소리에 건영은 눈을 감아 버렸다.

◇ ◆ ◇

주방에서 분주하게 움직이는 현진을 식탁에 앉아 가만히 바라보던 세정이 걸려 온 전화를 받았다.

"네, 교수님. 여기 청평이에요."

— 그곳에 널 보내도 되나 내내 걱정이었다. 거기 기억나?

"네, 기억나요."

— 좋았던 것들만 기억해. 알지? 현진이는?

"지금 저녁 해 준다고 제 앞에서 움직이고 있어요."

— 연기 선생으로 간 거니까, 얻어 낼 거 제대로 얻어 내. 알았지? 무슨 일 있으면 연락하고.

"하하하. 네 계약 제대로 할게요. 교수님도 오실래요? 대본이 꽤 탄탄해요."

— 아니다. 나는 그 드라마 연출가가 누군지나 좀 알아봐야겠어. 어떤 사람인지.

"어, 그거 그 연출가가 알면 싫어할 텐데. 고릿적 선배가 자기 조카 잘 봐 달라고 청탁하는 거잖아요."

— 그냥 알아만 볼 거야. 네가 현진이를 부추긴 것도 신기하고 해서.

"알아보시면 저한테도 알려 주세요. 저도 궁금해요."

— 현진이 좀 바꿔 봐.

"네. 저기 최현진 씨, 최 교수님이신데 바꿔 달라 하시네요."

현진은 잠시 움직이던 손을 멈추고 세정이 건넨 전화를 받아
들었다.

"네, 작은아버지. 잘 데리고 있다가 고이 모셔 갈게요. 걱정하
지 마세요. 작은아버지가 이세정이 보호자세요?"

— 잘 알고 있네. 내가 이세정이 보호자야. 잘 데리고 있다가
잘 데리고 와. 그 애 하는 말에 토 달지 말고. 세정이가 우기지
않았으면 그 일 시키지도 않았어.

"네네. 선생님으로 잘 모시다가 잘 데리고 올라가겠습니다."

전화를 끊고 현진이 다시 주방 앞으로 가 하던 요리를 계속하
자, 세정은 재미있다는 듯 툭 말을 던졌다.

"여자들이 반하겠어요. 별장, 나무 사이로 부는 바람, 당신이
해 주는 요리."

"그럼. 요리하는 남자의 섹시한 뒷모습. 그래도 여기 청평을 그
렇게 퇴폐적으로 낙인찍지 말아 줘. 여긴 가족들의 공간이거든."

"알아요. 어렸을 때, 저 여기 최 교수님 따라온 적 있어요. 앞
뜰에서 고기도 구워 먹고, 냇가에 발도 담그고, 행복했었죠."

"'했었죠.'라. 과거형인데?"

"과거에 그랬으니까. 근데 그 파스타는 오늘 중으로 먹을 수
있는 거예요?"

"다 됐습니다."

현진은 파스타를 그릇에 담아 내오며 식탁에 앉았다.

세정은 청평 별장으로 내려오고 나서 이전과는 다른 분위기를 풍기고 있었다. 단단한 껍데기 속에 쌓여 있는 듯했던 세정이 청평에서는 뭔지 모를 아련함과 아쉬움, 가끔은 그리움 같은 것들로 둘러싸여 있는 듯 느껴졌다.

자신과 함께 있는 것이 아니라, 지나간 어느 시간 한곳쯤에 머물러 있는 듯한 세정을 현진은 설명할 길 없는 낯섦과 안타까움으로 바라봤다.

"이전에 왔었다면 우리 작은아버지 가족과 아는 사이였나?"

"뭐, 그렇다고 할 수 있겠죠? 저에 대한 궁금증은 접어 두시구요. 이거 먹고 대본 같이 봐요. 작가님이 굉장히 부지런하신가 봐요. 시놉도 그렇고 대본이 벌써 2회분까지 완성본으로 나온 거 보면."

세정은 말을 돌리며 또다시 자신의 벽 속으로 숨어들고 있었다.

"연출가 만나 봤는데, 16부 엔딩만 빼고 전체 대본은 벌써 다 나왔다더라고. 대본이 탄탄한 건가? 뭐 재미없지는 않지만, 너무 진부하지 않아?"

"세상의 모든 사랑은 진부함을 안고 있는 거죠. 그런데 실제로 진짜 진부하냐면 그렇지 않죠. 당신도 마찬가지잖아요. 이런 사랑해 봤어요? 흔하다고 생각하고 평범하다고 생각하는 것들이 실상은 가장 흔하지 않은 것일 수도 있어요."

스물여덟, 그녀는 생각보다 어렸다.

"나보다 한참 어린데, 나보다 세상을 훨씬 많이 살아 본 사람처럼 말을 하네. 몇 가지만 묻자. 너 내가 안 무서워? 겁 없이 여길 따라올 만큼 내가 그렇게 깨끗한 이미지는 아닌 것 같은데."

현진은 세상의 무엇도 자신을 흔들 수 없다는 듯 상황을 관망하는 세정을 흔들고 싶은 욕망을 삼키며 경고 같은 물음을 던졌다.

"저 말고도 한 트럭 대기 중 아니에요? 굳이 저까지……. 그리고 최 교수님이 제 방어막이에요."

"그 방어막이 견고한지 아닌지 확인하는 건 네 몫이야. 난 도덕적으로 그렇게 깨끗한 사람이 아니니까. 두 번째, 이 작품 말이야. 내 연기력은 알고 덤빈 거지?"

"연기를 제대로 한 적이 거의 없었죠. 근사한 이미지만이 가득했을 뿐."

"결국 난 연기자가 아니란 이야기를 하는 거야. 너, 자신 있어?"

"자신이라……. 없는 것 같긴 한데, 해 볼 만한 가치가 있지 않을까 해서요."

"그래서 마지막 질문, 여전히 내 목소리가 너에게 위로가 되고 있니?"

세정은 현진의 질문에 대답하지 않고 긴 침묵으로 그를 바라봤다.

"난, 당신의 위로 없이도 아무렇지 않게 살아가는 날들을 기대해요."

아픈 대답이었다. 여전히 아프다고, 당신의 위로가 필요하다고 말하는 그녀를 꼭 안아 주고 싶은 생각이 들었다.

　"그런 불쌍한 눈빛은 거두시고, 밥 빨리 먹고 우리 대본 이야기나 하죠. 아, 그 전에 고용 계약서 작성할까요? 아르바이트비는 얼마나 주실 건가요? 이거 완전 출장 과외인데."

　11월의 겨울바람이 창밖을 스쳐 지나가고 있었다. 청평의 한적한 마을은 밤이 되자 더욱 고요했다.

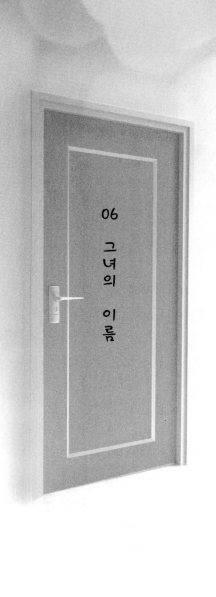

06

그녀의

이름

별장 창밖으로 초겨울의 차가운 바람 소리가 스쳐 지나갔다. 현진과 세정은 소파에 앉아 드라마 〈첫사랑〉에 대한 이야기를 나누고 있었다.

"남자 주인공 [경수]는 첫사랑 [진영]을 늘 생각하고 있었을까요?"

세정의 답이 뻔한 질문이 이어지자 현진은 못마땅한 듯 입을 삐죽이며 투덜거렸다.

"뭐야. 연기 공부 아니야? 여기 대본 읽고 대사 맞추고, 그러면 되지 않아?"

"난 당신이 연기가 아닌 그 사람이 되었으면 좋겠어요. 지금까진 당신의 이미지를 소비해도 괜찮았지만, 이번엔 달라요. 연기력이 필요할 때죠. 촬영하는 동안만은 당신이 [경수]였으면 좋겠어요."

"지고지순한 사랑을 하는 사람으로 살아라. 참 어렵네."

현진의 투덜거림을 뒤로하고 세정은 질문을 이어 갔다.

"자신의 사촌 동생을 죽인 살인범으로 감옥살이를 하고 나온 [최진영]을 10년 만에 만나요. 당신은 어떤 마음이겠어요?"

"나? 내 사촌을 죽였다. 죽였다고 확신했으니까 헤어진 거 아니겠어? 그런 사람을 다시 만난다면 좀 짜증 날 거 같은데. 오래전 기억하고 싶지 않은 걸 끄집어내야 하잖아."

세정은 자신보다 열 살이나 많은 현진이 자신의 삶보다 훨씬 평탄하고 평화로운 삶을 살았을 거란 생각을 했다. 그는 자기중심적이어서 누군가를 위해 희생을 한다거나, 사랑에 자신을 버려야 하는 절망 같은 감정을 온전히 이해하지 못하는 것처럼 보였다.

"그럼 이건 어떨까요? 내가 당신을 열렬히 사랑했어요. 그런데 어느 날 당신의 작은아버지인 최 교수님을 죽인 범인으로 지목돼서 감옥에 가게 되죠."

"야, 그거 너무 극단적이다. 결국은 네가 죽였느냐의 문제인 건가?"

"아니요. 당신이 나를 그런 살인범임에도 불구하고 놓을 수 없는 사랑하는 사람이냐, 하는 게 초점이죠."

"젠장, 어렵다. 나 이거 하겠냐?"

투덜거리는 현진의 목소리는 맑기만 했다. 자신은 가질 수 없었던 행복했던 시절, 아름다운 가정, 청평의 나뭇가지가 타는 소리를 들으며 냇물이 흘러가듯 살았을 현진의 평화로움이 그의 목소리에 서려 있는 듯했다.

"난 언제나 꿈을 꿔요. 내가 어떤 과거를 걸어왔든, 그리고 앞으로 어떤 길을 걸어가든, 내가 뭘 하든 '널 사랑해.' 라고 말하는, 내 품에서 뭐든지 해 보라고 말해 줄 수 있는 사람이 나타나기를."

"그런데?"

"사랑은 그런 게 아니겠어요? 타인이 뭐라 하든 자신만은 사랑하는 이를 믿어 주는 거."

"그래서 내가 믿어야 한다?"

아직도 이해하지 못하겠다는 듯한 현진의 눈을 정직하게 바라보며 맑은 눈동자의 세정이 나직한 목소리로 작품 속의 [진영]으로 돌아가 현진에게 말했다.

"경수 오빠…… 당신을 사랑해요. 당신을 만났던 어린 날부터 당신의 사촌을 죽였다는 누명을 쓰고 차가운 감옥에 있던 순간을 지나 내 삶이 얼마 남지 않았다는 걸 알게 된 지금까지, 한순간도 난 당신을 잊은 적이 없어요. 당신을 사랑해요."

연기인 듯 아닌 듯 세정은 현진을 흔들고 있었다. 얼마 남지 않은 시간을 애타는 사랑으로 함께하자는 세정의 목소리에 현진의 가슴 한쪽이 미세한 바늘로 쿡쿡 찔리는 듯한 명확하지 않은 통증으로 따끔거렸다.

세정의 연기는 작은아버지 최 교수의 말대로 근사했다. 왜 아직까지 연기자로 나서지 않았는지 궁금하기까지 했다. 예쁘지는 않았지만 봐 줄 만한 얼굴에, 좋은 목소리, 현진은 자신의 상대역을 해 주는 세정에게 빠져들어 가는 것과 함께 작품 속의 [진영]이 자신에게 스며드는 듯한 착각이 들었다.

◈ ◆ ◈

청평의 바람 소리를 들으며 드라마의 캐릭터를 연구하던 그날
로부터 며칠 후, 사무실에서 고민하던 현진은 유태주에게 전화를
했다.

— 네, 어쩐 일이세요?

"부탁 하나 합시다."

— 네. 무슨 부탁을…….

"여주인공 친구 있잖습니까? 서점 하는……. 그 역할, 혹시 결
정됐습니까?"

— 아니요, 아직. 비중이 크지는 않지만, PPL을 담당해야 해서
좀 고민 중입니다.

"크게 드라마에 영향을 안 끼친다면 내가 신인 배우 하나 추천
하죠. 가능하겠습니까? 저희 회사 소속 배우입니다. 연기는 저보
다 더 잘합니다."

— 아, 네. 알겠습니다. 그 친구를 한번 보죠.

"감사합니다. 월권이라고 생각하지 않으셨으면 좋겠습니다. 제
가 도움을 많이 받은 친구라서 그렇습니다."

— 네, 알겠습니다.

전화를 끊고 나서 현진은 인터폰으로 박 실장을 찾았다.

"박 실장, 우리 회사 계약서 있지? 하나만 가져와 봐."

— 뭐 하게?

"소속 배우 계약."

— 누구?

"이세정."

박 실장은 현진의 말에 인터폰을 내려놓는가 싶더니 사무실로 들어섰다.

"야, 최현진. 이번엔 또 뭐야? 그 여자애한테 책임져야 할 일 했어?"

박 실장의 반응에 현진은 보고 있던 대본을 책상에 내려놓고 자리에 앉으라는 손짓을 했다.

"먼저, 우리 회사 지분으로 봐서 내가 신인 배우 계약 하나 정도는 결정지을 수 있는 자리고. 둘째, 그 여자애가 아니고 이세정이야. 그리고 책임져야 할 일 안 했어."

"너 왜 안 하던 짓이야?"

"그럼 지금까지 하던 대로 그렇게 해? 너 원하던 거잖아. 괜찮은 배우가 되는 거. 그래서 오래오래 해 먹는 거."

"허—"

기가 막힌 듯 앉아 있던 박 실장은 조교 일을 마치고 사무실로 들어서고 있는 세정의 인사에 아무 일 없었다는 듯 반갑게 맞이하고는, 현진을 한 번 쳐다보고 자신의 사무실로 돌아갔다.

"중요한 이야기 하시는데, 제가 방해한 건가요?"

"아니, 드라마 이야기 하고 있었어. 작품 분석."

"열심히네요."

"선생이 무서워서. 여기 앉아 봐. 너 조교 그거 지금 그만둬도 되나?"

"왜요?"

"연기하자. 나하고."

"하고 있잖아요. 지금."

"아니, 진짜 하자고."

"무슨 말이에요? 알아듣게 설명해요."

두 사람의 대화 중간에 사무실로 계약서가 도착했다. 현진은 계약서를 받아 들고는 세정의 앞에 앉았다.

"여기. 이건 우리 회사 신인 배우 계약서. 사인해."

"뭐 이렇게 밑도 끝도 없이……."

"〈첫사랑〉에서 여주인공 친구 역이 있어. 이번 드라마 PPL이 책이란다. 서점 아르바이트생 역할 어때?"

청평에서 보여 줬던 세정의 연기는 근사했다. 현진은 그동안 세정에게 주어지지 않았던 기회를 주고 싶었다. 아니, 사실 그것은 핑계에 불과할지도 모른다. 세정을 곁에 두고 싶은 욕심이 계속 생겼다. 자신의 위로가 필요하다는 그녀였지만, 실은 그녀의 목소리가 그를 위로하고 있었다.

지금껏 어떤 누구에게도 받아 본 적 없는 따뜻한 격려와 위로. 현진은 세정의 따뜻한 목소리를 늘 곁에서 듣고 싶은 욕심을 버리기 어려웠다.

"싫어요."

세정의 목소리는 단호했다. 그 단호함에 현진은 순간 당황했다.

연기를 전공하는 사람이라면 누구나 간절히 바라는 기회였다.

"왜? 연영과 출신에 꽤 괜찮은 연기자잖아. 너, 하고 싶지 않아? 그리고 내 연기 선생으로도 내 곁에 있어 줘야 하잖아."

"미안하지만, 난 그러기 싫어요."

현진과 세정의 실랑이가 한창일 무렵, 사무실 문이 열리고 유태주가 들어섰다.

"안녕하세요? 최현진 씨."

현진은 태주를 반갑게 맞이하며 손을 내밀었다.

"네, 어서 오세요. 지나가는 길이신 거 같아 들러 달라 했습니다. 이쪽이 제가 말씀드린 그 친구입니다. 이세정, 인사드려. 〈첫사랑〉 연출가 유태주 피디님."

세정은 태주가 현진의 사무실로 들어오는 순간부터 온몸이 얼어붙어 버린 듯했고, 생각마저 마비되는 듯했다. 세정을 향해 돌아선 태주가 그녀의 이름을 부르기까지 진공의 공중을 유영하는 듯 어지럽기까지 했다.

"유미주."

태주가 세정을 향해 낯선 이름을 내뱉자, 현진은 혼란스러운 눈빛으로 세정을 바라봤다. 그녀는 지금껏 보여 준 적 없는 두려움과 놀람을 뿜어내고 있었다.

"안녕하세요? 처음 뵙겠습니다. 이세정입니다."

애써 진정한 듯 인사를 건네는 세정의 목소리는 심하게 떨리고 있었다.

"미주야!"

자신 앞에 서 있는 차가운 얼굴의 세정을 바라보는 태주의 눈동자가 심하게 흔들리기 시작했다. 현진은 세정을 미주라고 부르는 태주의 심각한 얼굴뿐 아니라 애써 외면하고자 가면을 쓰려는 세정의 모습을 혼란스러운 눈으로 바라보고 있었다.

"유미주!"

유태주의 세 번의 부름에 세정은 견고하게 쌓아 놓은 감정의 둑이 툭하고 터진 듯했다.

"그렇게 부르지 마. 난 이세정이야. 오빠가 그렇게 애타게 부르는 유미주는 16년 전에 죽었어."

"그래, 내가 네 오빠야. 유미주 오빠 유태주. 네게 오빠라고 불리는 내가 살아 있는 한, 넌 유미주야."

태주의 애타는 얼굴을 외면하고 세정은 흔들리는 자신을 감추려는 듯 주먹을 꼭 쥐고는 울지 않으려 애쓰며 현진에게 말했다.

"다시 말씀드리지만, 전 연기 안 해요. 오늘은 이만 갈게요. 다음에 연락하죠."

세정이 뒤돌아서 문밖으로 나가려 하자, 태주가 그녀의 팔을 잡았다.

"얘기 좀 해. 미주야."

"이거 놔."

"16년 만이야, 이 자식아. 너 이렇게 날 외면하는 게 말이 돼?"

"내가 오래전 이야기를 또다시 꺼내기를 바래? 그래? 그럼 지금의 우리가, 아니 내가 달라질까? 내가 버려지던 그날로 다시 끌고 들어가지 마. 끔찍해."

태주는 매몰차게 자신의 손을 뿌리치고 나가는 세정을 멍하니 쳐다볼 수밖에 없었다.

　현진은 사무실을 뛰쳐나가는 세정을 뒤쫓아 따라가서 급하게 잡아채 자신의 차에 태웠다.

　"아무 말 안 할 거예요. 아무것도 묻지 말아요. 난, 난 아무것도 당신에게 할 말 없어요."

　세정은 울지 않으려 애쓰고 있었다. 현진은 처음 보는 세정의 격한 감정에 그저 혼자 둘 수 없다는 생각만 들 뿐이었다.

　"알았어. 아무것도 안 물어. 그러니까 됐어. 집에 데려다줄게. 아직까지는 네가 내 선생이니까. 그리고 울려면 울어, 그렇게 자기 손에 자학하지 말고."

　세정의 손은 강하게 힘을 주고 있어 곧 있으면 핏줄이 터질 듯했다. 안쓰러운 눈으로 세정의 손을 보고 있던 그때, 최 교수로부터 전화가 걸려 왔다.

　"네, 작은아버지."

　— 뭐 하나 묻자. 혹시 세정이가 유태주 피디와 만날 일이 있을 거 같니?

　"이미…… 만났어요."

　— 언제! 세정이는 어쩌고 있어?

　"좀 전에 만나고 지금 사무실에서 나왔어요."

　— 우리 집으로 데리고 와. 세정이가 싫다 해도 우리 집으로 데리고 와. 알았어?

"네, 알았어요."

작은아버지 최 교수의 목소리는 가라앉아 있었다.

통화가 끝나고 최 교수의 집에 도착할 때까지도 세정은 작은 손을 꽉 쥐고는 흔들리지 않으려는 눈동자로 정면만을 응시했다.

최 교수의 집이 보일 때쯤 현진의 작은어머니가 집 앞 대문 밖으로 나와 기다리고 있는 모습이 보였다. 세정은 차가 멈춰 서자마자 내려 현진의 작은어머니에게 달려가 참아 왔던 울음을 토해 냈다.

현진은 무섭게 흔들리는 세정의 뒷모습을 애타게 바라봤다.

한동안 대문 밖에서 울고 있던 세정과 작은어머니를 최 교수가 데리고 집으로 들어가자, 세정의 울음소리가 잦아들기 시작했다.

"세정아, 오늘은 여기서 자고 가라. 응? 아줌마하고 오늘 자고 가."

"괜찮아요. 걱정하지 마세요."

"그럼 저녁이라도 먹고 가. 현진이 너도 먹고 가라."

현진은 이해할 수 없는 이 상황에 대해서 물어볼 엄두가 나지 않았지만, 애써 자신을 감추려는 세정의 마음을 헤집고 싶지 않아 그저 그녀가 하는 양을 가만히 바라보고만 있었다.

그때, 최 교수가 자신의 서재로 현진을 불러들였다.

서재로 들어온 두 사람은 마주 앉아 누가 먼저 말을 꺼내야 할지 망설이는 사람들처럼 가만히 밖에서 들려오는 세정의 목소리에만 귀를 기울이고 있었다.

"유 피디가 세정이를 미주라고 부르더군요."

"그래, 세정이가 한때 미주였지."

"한때요?"

"세정이가 다섯 살 때, 태주 부모에게 입양이 됐었다. 그러고는 열두 살에 파양됐지. 태주가 그때 아마 열여섯 살쯤 됐을 때야."

입양과 파양, 따뜻한 손 한번 내밀지 않았던 낯선 사람의 목소리에 위로를 받았다는 그녀의 외로운 삶. 현진은 태주의 부모에게 끓어오르는 분노로 몸이 뜨거워지는 것을 느꼈다.

"내가 이 이야길 하는 건, 세정이를 태주에게 내놓지 말라는 이야기를 하기 위해서다. 저 아이에게 태주는 다시 꺼내기 싫은 기억일 거다. 알아들은 거야?"

"아뇨, 못 알아들었어요. 세정이한테 제대로 듣죠."

"최현진, 세정이 흔들지 마라. 너처럼 철없이 큰 아이가 아니야. 상처에 민감한 아이야."

"이미 상처는 받았어요. 다른 사람에게 안 보이려 감추고 있을 뿐이죠. 언제까지 혼자 아파하게 놔두실 건데요?"

현진의 힐난에 최 교수는 움찔했다. 세정은 언제나 세상으로부터 더 상처받지 않으려는 듯 방어벽을 치고 살아온 아이였다. 어쩌면 세정의 상처가 이제야 곪아 터져 나오고 있는 건지도 모를 일이었다.

"그래도 혼자 울게 두지는 않아 다행이라는 생각은 드네요."

"네가 다른 사람의 상처를 이해할 줄은 알고?"

"이해라……. 그러게요. 그게 가능할지 모르겠네. 다시 물어야겠어요. 여전히 내 목소리가 위로가 되는지를……."

최 교수는 자기 자신밖에 모르던 현진의 마음이 어쩐지 변하고 있다는 생각이 들었다. 현진은 세정에게 위로가 될 수 있을까? 아니면 세정에게 또 다른 상처로 남지는 않을까?

최 교수는 복잡한 심정으로 다시 서재를 나서 세정에게로 다가갔다.

"세정아."

최 교수의 목소리는 따뜻했다.

"여전히 울보예요, 전."

울음을 그친 세정이 소파에 앉아 멋쩍게 웃고 있었다. 다시 감정을 감추려 애쓰는 세정을 뒤따라 나온 현진이 못마땅한 듯 쳐다봤다.

"일어나. 다 울었으면 나가자."

화가 난 듯한 현진의 목소리, 여전히 못마땅한 그의 눈빛 속에 물러날 의사가 없다는 것을, 오늘의 상황을 모두 알아야겠다는 의지가 느껴지자, 세정은 상황을 정리하고 일어났다.

"실컷 울고 가요, 저. 다음에 다시 올게요. 그때 맛있는 거 해주세요, 아줌마."

자신에 대한 걱정으로 최 교수 내외가 밤을 지새울 것이란 걸 세정은 알고 있었다. 그러나 오늘은 자신의 짐이 너무 무거워서 그들을 위로할 힘도, 아무렇지 않게 애쓸 자신도 없었다.

무심하게 인사를 하고 나서는 현진을 뒤따라 나온 세정은 어떤 질문도 없이 그의 차에 올라탔다.

한참 움직이던 차가 청평으로 향하고 있다는 것을 알았지만, 세정은 그저 울음 끝에 쏟아지는 졸음에 그대로 몸을 맡겼다.

◈　◆　◈

달고 단 잠에서 깨어나 청평의 침실에서 거실로 걸어 나오자, 현진이 저녁상을 차리고 있었다.

"넌 내가 정말 안 무섭구나. 잘 잤어?"

"배고파요. 밥 먹어요, 우리."

세정의 목소리는 밝았다. 언제 울었냐는 듯, 어떤 걱정거리도 없다는 듯.

"그러자. 밥 먹고 네 이야기 좀 들어 보자. 드라마보다 더 드라마틱했을 이야기를."

세정은 어쩐지 현진에게 자신의 방어막 한쪽이 허물어지고 있다는 생각이 들자, 열심히 저녁상을 차리고 있는 그의 모습에 웃음이 삐죽 흘러나왔다.

늦은 저녁을 끝내고 세정은 앞뜰에 나와 구석에 놓인 의자에 앉았다. 11월의 바람이 차갑게 마음을 흔들며 지나가고, 흔들리는 마음만큼 까만 하늘에는 별조차 보이지 않았지만 공기만큼은 상쾌하다는 생각을 하고 있을 무렵, 현진이 세정을 불러들였다.

"말한 거 같은데. 난 추운 거 딱 질색이야. 들어와. 감기 걸려."

하지만 현진을 향해 세정은 웃고만 있을 뿐 움직이지 않았다.

71

"어떻게? 끌고 들어와? 그래야 들어올 거야?"

"가요. 지금 당신은 저녁 무렵 밖에서 놀고 있던 아이들을 부르는 엄마의 목소리 같네요. 세정아, 들어와, 밥 먹어!"

밝은 목소리로 대답하고 집 안으로 들어와 몸에서 가시지 않은 추위를 털어 내려고 하자, 현진이 따뜻한 차를 건넸다. 소파에 놓인 담요를 걸치고는 따뜻한 찻잔을 받아 든 세정은 자신의 앞에 말없이 앉은 현진을 물끄러미 바라봤다.

"왜? 친절한 내가 너무 매력적이라 반할 것 같아?"

"반하고 있는 중인가? 잘 모르겠네. 궁금한 거 있을 텐데 왜 안 물어요?"

"시간은 많아. 오늘 이 밤을 우리는 어쩔 수 없이 같이 지내야 하고. 난 도덕적으로 깨끗한 사람은 못 되는 인간이니까 넌 너 스스로를 지켜야 할 거야. 네 이야기로 널 지키는 게 지금으로서는 가장 효과적인 방법 아닌가?"

"세헤라자데가 돼라?"

"난 샤리아르가 아니야. 그리고 네 이야기를 듣는 데 천 일이나 줄 시간 따위는 없어. 오늘 안에 끝내."

"문학 전공이에요?"

"아니, 경영학. 딴 이야기 하지 말고."

세정은 자신의 반응이 스스로가 느끼기에도 조금 우스워지자, 현진이 건넨 따뜻한 차 한 모금을 삼켰다.

오늘 잊고 싶은 과거와 만났고, 여전히 그 과거가 상처로 남아 있었다. 현진을 만나기 전 자신이라면 어두운 자신의 공간 안에서 혼자 마음 가다듬는 일을 했을 것이다.

"이상해요. 난 당신 앞에만 서면 내가 아닌 다른 사람이 되어 버리는 것 같아요."

"자꾸 딴소리할 거야?"

"할 얘기가 뭐 있나. 일반적인 통속이지. 아주 오래전에 그 집으로, 태주 오빠가 있는 집으로 입양이 됐었죠. 못된 심성은 어디 가지 않았는지 몇 해 되지 않아 파양이 됐어요. 그래서 그 집에서 나왔죠. 일상적인 스토리 아닌가요?"

파양, 일상적인 스토리, 그리고 세정의 과거…….

"그 오래전 이름이 유미주였다……. 그래서 유 피디가 여전히 널 유미주로 부르는군."

"오빠는 그때 어렸으니까요. 아마 날 지켜 내지 못한 죄책감 같은 게 존재하겠죠. 아니면 미안함이라던가. 그건 오빠가 착해서 그래요."

"……."

"가정이 없었던 아이가 가족을 가지게 되었을 땐 두 부류죠. 미친 듯이 잘해 내려고 오버하거나, 적응하지 못해 못된 짓을 하거나. 난 둘 다였던 것 같아요. 그게 날 입양한 가족들에게는 부담이었을 거예요."

담담하게 뱉어 내는 세정의 말은 모두 진심처럼 들리지 않았다. 현진은 단박에 세정의 연기를 간파하고 있었지만, 아무런 말 없이 듣기만 했다. 자신의 앞에 서면 다른 사람이 된다고 말했지만, 여전히 세정은 자신의 모든 이야기를 꺼내지 못하고 안으로만 상처를 내고 있었다.

"내 이야기는 천 일도 필요 없고, 오늘 밤도 필요 없어요. 우리 연기 연습이나 할까요? 곧 대본 리딩 있잖아요."

"또 도망을 가시겠다? 뭐 시간이야 많으니까. 그리고 내가 한 제안, 어떻게 할래?"

"여자 주인공 친구 역할? 굳이 그렇게까지 할 필요가 있겠어요?"

"돌아보면, 난 네가 한 제안을 그대로 받아들였어. 뭐에 홀린 것처럼. 너도 하나는 내놔야 하지 않아?"

오늘 본 세정은 여전히 과거의 상처에 아파하고 있었다. 현진은 세정이 과거의 상처에서 벗어나기 위해서는 유태주와 정면으로 마주 서야 한다고, 그러기 위해서라도 세정을 유태주가 만든 무대 위에 올려야만 한다고 생각했다.

"유태주 피디가 원하지 않을 거예요. 내가 그 드라마에 등장하는 것만으로도 한때 내 가족이었던 사람들은 한겨울 서릿바람 속에 서 있는 느낌일 테니까."

"난, 남들 걱정은 안 해. 이기적인 사람이거든. 그냥 내가 [이경수]가 되었을 때, 내 옆에서 넌 최현진이 아니라 [이경수]라고 말해 줄 사람이 필요할 뿐이야."

현진은 지금까지 살아오면서 타인의 감정을 고민해 주거나 자신보다 먼저 생각해 준 적이 없었다는 걸 깨달았다. 그런데 지금 세정이 자신을 감싸고 있는 틀 안에서 벗어날 수 있다면 좋겠다고, 그 껍질을 자신이 깨 주고 싶다는 욕망이 들끓고 있었다. 다시 세정을 조용한 벽 속으로 숨어들게 하고 싶지 않았다.

한동안 고민하던 세정이 현진을 바라보며 말했다.

"당신은 날 세상 밖으로 꺼내려고 하네요. 남들 걱정 안 하는 이기적인 사람이라면서요? 그런 당신이 난 왜 그렇게 동정하는 걸까?"

"네 바람대로 [이경수]에게 빠져들고 있나 보지 뭐. 동정은 어감이 좀 그렇고, 연민 정도로 하자. 너 그렇게 불쌍하게 보이지는 않으니까, 공은 유 피디한테 넘겼으니까 유 피디가 오케이 하면 그냥 하자. 우리 같이. 어이 연기 선생. 과외 똑바로 해. 자기 상황 때문에 제자 내팽개치지 말고."

현진의 말대로 공은, 선택은 유태주의 몫이 되었다.

세정은 그날 거실 바닥에 앉아 청평의 까만 밤을 하염없이 바라보며 새벽녘을 맞았다.

"스스로를 지키라니까 결국은 안 자고 버티는 걸로 결정한 거야?"

한숨 자고 나온 현진이 잠에서 갓 깬 목소리로 거실 바닥에서 새벽녘을 맞이한 세정의 뒤에 서 있었다.

"난 정말 뭘 하고 싶은 걸까요? 날 위해 어떻게 하는 게 옳은 걸까요? 정말 이젠 단단한 껍질을 깨고 나와야 하는 걸까요? 더 숨어 있으면 안 될까?"

"안 될 것까지야 있겠어? 다만 네 시간은 어제와 같은 오늘이고, 오늘과 같은 내일일 테고. 그리고……."

"그리고 어둠과 두려움, 뒷걸음질뿐이겠죠."

세정은 작정한 듯 자리에서 일어나 자신의 뒤에 서 있던 현진을 향해 돌아섰다. 그러고는 어제와는 다른 눈빛으로 말했다.

"이제 껍질을 좀 깨야겠어요. 버림받았던 내가, 이제 버려야 할 때가 온 것 같아요. 해요. 할래요. 그 〈첫사랑〉에 나 좀 끼워 줘요. 유 피디가 싫다 해도 당신이 우겨서라도 날 그 무대 위에 세워 줘요. 그 뒷감당은 내가 할게요."

낯선 세정이 익숙한 목소리로 현진에게 자신을 둘러싼 방어벽 밖으로 **빠져나오겠다**며 손을 내밀고 있었다.

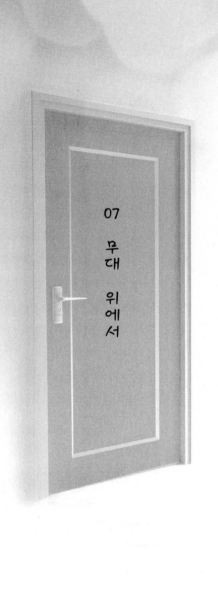

07
무
대

위
에
서

　대본 리딩장은 사람들로 북적였다. 처절한 사랑의 남자 주인공을 하겠다고 나선 최현진에게 쏟아지는 관심은 얼마나 잘 말아먹는가와 오랜만에 등장한 최현진의 어색한 연기가 얼마나 사람들의 입방아에 오르내리는가였다.

　최현진이 타이틀롤을 맡고 나서 어린 여배우들이 달려들기 시작했다. 연기로 인정받겠다기보다는 최현진의 상대역, 스캔들의 대상, 또는 가십으로 자신의 인지도를 높이겠다는 의도가 뚜렷했다.

　유태주는 많은 여자 배우들 중에 가장 연기가 절실한 배우 권소희를 지목했다. 권소희는 이 작품이 통속이기 때문에 잘해 낼 수 있는 배우 중에 하나였다.

　작가와 배우들이 자리를 잡고 각자의 소개가 끝이 날 즈음 세정이 일어나 인사를 했다.

"주인공 [최진영]의 친구 역 [유미주]를 맡은 이세정입니다."

현진이 다시 태주에게 연락을 해 세정의 역할을 부탁했을 때, 그가 물은 것은 한 가지였다.

'미주가 원한 겁니까?'

오늘 받은 대본의 등장인물 이름은 바뀌어 있었다. [유미주]. 유태주의 의도성이 짙은 이름이었다. 이름을 보자 현진 역시도 눈썹이 올라가는 걸 어쩌지 못했다.

'도발인가?'

대본 리딩이 끝나 갈 무렵 사람들은 현진을 이상한 눈으로 쳐다보고 있었다. [이경수]의 작은아버지 역으로 출연하는 중견 배우 송진수는 현진의 등을 두드리며 말했다.

"좋은 연기 선생을 만난 모양이야. 작품이 기대되는데."

"잘 봐 주셔서 감사합니다. 앞으로 잘 부탁드립니다."

현진의 연기는 기대 이상이었다. 그러나 좋은 칭찬보다 더 신경이 쓰이는 것은 유태주의 눈이 세정에게만 고정되어 있다는 것이었다.

세정이 모든 일정을 끝내고 자리에서 일어나자 태주는 기다렸다는 듯 따라나섰다.

"유미주."

세정은 멈칫 자리에서 섰다.

"유 피디님 죄송하지만 제 이름은 이세정입니다."

"알아. 하지만 이 작품에선 유미주지. 난 앞으로 내 작품에 등장하는 인물로 널 부를 건데. 그래야 몰입하지 않겠어? 따라와. 할 말 있어."

세정은 아무 말 없이 태주를 따라나섰다. 한 번은 겪어야만 하는 수순이라고, 세정은 호흡을 가다듬었다.

그 모습을 심각한 얼굴로 현진이 쳐다보고 있었다. 낚아채서 데리고 와야 하나 고민하던 그때, 권소희가 말을 걸었다.

"오빠 오랜만이에요."

"그래, 오랜만이네."

"애틋한 첫사랑으로 재회하게 됐네요. 사실 제 첫사랑이기도 했죠. 오빠가."

"그랬나?"

현진의 정신은 세정에게로 쏠려, 권소희의 말에 건성으로 대답했다.

"여전하시네요. 그 많은 여자들 중 나는 몇 번째였을까?"

현진의 성의 없는 대답에 권소희가 입을 삐죽거리며 작정한 듯 시비조의 말을 건네자, 그는 그제야 세정의 뒷모습으로 향하던 시선을 거둬 자신의 앞에 선 상대역을 바라봤다.

"우린 이제 간절한 사랑을 해야 하는데, 이런 대화는 도움이 안 될 것 같은데."

"전 이 작품에 제 인생을 걸었어요. 통속이니 어쩌니 해도 통속만큼 사람들을 움직이기 쉬운 건 없죠. 애절하고 절절하고 신파의 끝장인 주인공이 될 예정이니까, 도와줘요. 날 바닥으로 같이 끌어내리지 말고."

적의와 호의 사이에 서 있는 권소희였다. 현진은 얼마나 많은 사람들이 자신에게 이렇게 적의를 보일까, 도대체 자신은 어떻게 살아온 것일까를 생각하자 가벼운 한숨이 자신도 모르게 내쉬어졌다.

"이런. 내 첫사랑이 나에게 유감이 많은 사람이었네. 가능하면 널 바닥으로 끌어내리는 일은 하지 않도록 노력하지. 다음에 봅시다."

대화가 끝이 나고 다시 돌아보자 이미 현진의 시야에는 세정이 보이지 않았다. 권소희 덕분에 현진은 세정을 잃어버렸다.

그 시각, 태주와 세정은 조용한 중식당에 앉아 있었다.

"너 좋아하는 짜장면이나 먹자."

"오빠는 여전히 16년 전의 어린 유미주로만 날 보는구나. 짜장면이라……."

"이렇게 가까이에 있는 걸, 청주 원장님이 매번 퇴짜를 놓으셔서 널 찾을 수가 있었어야지."

"파양한 가족에게 신상을 공개하지 않는 게 우리 원장님 원칙이야. 그래도 찾으려면 찾을 수 있었겠지."

세정의 목소리는 날이 서 있었다. 모든 말들이 태주에게 비수로 꽂혔다.

그랬다. 작정하고 찾았다면 찾을 수 있었다. 그저 세정과 마주 서야 하는 상황에서 비겁하게 뒷걸음질 치고 있었을 뿐.

"최현진하고는 무슨 사이야?"

"그게 왜 궁금할까?"

"그냥 평범하게 같은 소속사 선배 같지 않은 느낌이 들어서. 네 이야기를 다 알고 있다면 널 이 무대 위에 올리지 않았을 것 같아서 말이야."

"그러는 오빠는 왜 날 이 무대 위에 올렸어?"

"속죄……해야 하잖아. 우리 모두가 너에게."

'속죄' 그 한 단어가 세정의 마음을 헤집어 놓았다. 이제 와서 용서를 구하겠다는 오빠. 그러나 그녀는 유태주가 말하고 있는 '우리'가 상의되지 않은 것임을 잘 알고 있었다. 그의 가족에게 세정은 꺼내기 싫은 기억에 불과할 테니까.

"늦었어. 내가 이렇게 껍데기를 깨고 나오기 전에 했어야 해. 오빠 가족들은 내게 용서를 빌 기회를 놓친 거야. 아마도 오늘을 기점으로 나도, 오빠도, 오빠 가족들도 피를 흘리겠지. 그게 속죄가 될지, 복수가 될지 그건 모르겠네. 하지만 한 가지는 확실해. 오빠, 16년 전의 아무것도 할 수 없었던 유미주는 죽었어."

"미주야."

"그래. 그렇게 불러. 그렇게 애타게 불러야 극적 효과가 있겠네. 기대할게. 그럼, 오늘은 이만 일어나죠. 유태주 피디님. 다음에 촬영장에서 뵙죠."

그렇게 말한 세정이 뒤도 돌아보지 않고 나가는 뒷모습을 한동안 쳐다보던 태주는 오래전 미주가 자신의 집 대문을 나서던 날을 떠올렸다. 작은 뒷모습이 16년 동안 하나도 자라지 않은 것처럼 작고 여린 아이가 자신에게서 등을 돌리며 사라지고 있었다.

세 사람의 얽힌 이야기와는 달리 드라마 〈첫사랑〉은 순조롭게 진행되고 있었고, 12월의 추운 바람이 겨울의 한가운데임을 알리던 날 첫 촬영이 시작되었다.

앞선 몇 개의 신이 진행되고 처음으로 세정의 촬영이 있던 날, 그녀는 말끔한 실장님으로 변해서 첫사랑을 만나는 남자 주인공을 연기하고 있는 현진을 쳐다보고 있었다.

현진은 2회 분량이 지나면 더없이 사랑에 목매는 지고지순한 사람을 연기해야 한다. 이제 곧 있으면 앞에 서 있는 여자 주인공은 세상의 불행을 모두 짊어지고 죽음에 가까이 다가서는 역할을 해야 할 것이다.

그렇게 애틋한 사랑 이야기가 통속적으로 전개되고 있었다.

"유미주 씨 준비하시죠."

조연출이 자신의 극 중 이름을 부르자, 세정은 피식 웃음을 흘렸다. 아버지, 아니 유건영 씨가 본다면 기막혀하겠군. 유미주라……. 유건영과 그의 가족들에게 '유미주'란 기억하고 싶지 않았던 순간을 떠올리게 할 잊고 싶은 이름에 불과할 뿐일 것이다.

"하이…… 큐."

태주의 큐 사인과 함께 촬영장은 조용해졌고, 모든 사람들의 시선이 세정에게 모아졌다.

  "미주야 나 어제 그 사람을 다시 만났어."

  "누구? 너 혹시……."

  "그래. 그 사람. 오래전 내 인생을 흔든 그 사람을…… 만났어."

  "그렇게 오랜 시간이 흐른 뒤에도 만나지는 사람이라면, 그것도 인연이겠지……."

  세정의 연기는 현진의 말대로 괜찮았다. 태주는 세정에게서 어머니의 모습을 떠올리며 그녀의 연기 속으로 빨려 들어갔다.

  "컷."

  태주의 컷 사인이 내려지자, 주인공이 억지로 붙여 넣은 낙하산만은 아닌 모양이라는 듯 긍정적인 평가들이 쏟아졌다.

  "처음 보는 친구인데 연기가 괜찮네요. 마스크가 좀 평범해서 그렇지 깨끗하고 톤도 좋고. 좋네요."

  조연출의 말소리에 지켜보고 있던 현진은 자신이 칭찬이라도 들은 것처럼 으쓱한 느낌이 들었다. 생각해 보면 세정을 세상 밖으로 끄집어내고자 한 마음보다는 그녀의 연기를 다른 사람들에게도 보이고 싶다는 욕망이 더 컸을지도 모른다.

  학예회에 아이를 내놓은 학부모 같은 마음이 들자, 현진은 세정을 향해 환하게 웃어 주었다.

  현진과 조금 떨어진 곳에서 세정을 바라보던 태주는 미주라고 불리는 게 얼마나 끔찍한 일인지 잘 알면서도, 언젠가는 곪아 터져야 하는 상처라고 생각했기 때문에 작가에게 부탁해 등장인물의 이름을 바꿨다. 이제 이 방송을 자신의 아버지가 본다면, 일은 자신이 예상하지 못한 곳으로 흘러갈지도 모른다.

이 싸움의 승자는 누가 될까?

태주는 다른 곳으로 흐르는 생각을 다잡아 작품에 집중하려고 애썼다.

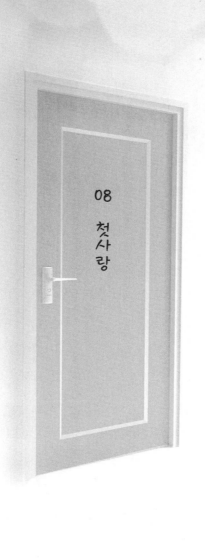

08

첫
사
랑

12월의 추위를 견디며 진행된 촬영은 어느덧 새해를 맞이했고, 많은 사람들의 걱정과 기대 속에 〈첫사랑〉의 방영이 시작되었다. 그리고 〈첫사랑〉의 첫 회가 방영되고 방송가는 술렁이기 시작했다. 생각지도 기대하지도 않았던 현진의 선전과 기대 이상의 연출, 클리셰 덩어리의 통속을 멋지게 담은 촬영 영상과 여자 주인공의 애절함이 예상외의 시청률을 기록하며 다음 회에 대한 기대치를 높였다.

촬영 중간 태주가 집에 들러 옷을 갈아입고 나오자, 거실에는 예상했던 대로 건영과 은숙이 태주를 기다리고 있었다.

"잠깐 이야기할 시간이 있니?"

"미주 이야기요?"

태주는 건영과 은숙이 앉아 있는 소파에 자리를 잡고는 무표정하게 입을 다물고 있었다. 그 누구도 쉽게 이야기를 꺼내지 못하고 숨죽이고 있었다.

"16년 만에 본 얼굴인데, 어떻게 미주 얼굴은 알아보셨어요?"

태주는 비난도 비아냥도 아닌 그저 담담한 목소리로 물었다.

"처음엔 그 아이일 거란 생각을 못 했는데, 이름이 미주더구나."

"이름으로 미주를 알아보셨다? 그래서요?"

"굳이 그 아이를……."

건영이 쉽게 뒷말을 잇지 못했다.

"정확하게 말씀드리죠. 최현진 씨 소속사에서 데리고 온 신인 배우였어요. 미주도 제 작품인지 모르고 온 듯했고, 연출가 입장에서 연기를 꽤 하길래 넣은 것뿐이에요. 드라마 타이틀롤이 작정하고 꽂아 넣은 아이를 연출가가 쉽게 뺄 수가 있나요. 잘 아시잖아요?"

건영의 곁에서 상황을 지켜보던 은숙이 조심스럽게 말을 꺼냈다.

"그래도 그 아이 이야기가 사람들 입에 오르내리면 달갑지 않을 듯한데……."

그 말에 태주가 피식 비웃음을 흘렸다.

"누구에게 달갑지 않은 건가요? 7년을 키운 딸아이를 파양한 장본인인 아버지인가요, 아니면 자기 사랑 지키겠다고 한 가정을 벼랑으로 몰아낸 새어머니인가요. 아, 7년을 함께 살아온 동생이 남의 손에 끌려가는 걸 무능력하게 보고 있던 오빠인 제가 달갑지 않아야 하는 건가요?"

"유태주, 너……."

건영은 태주의 날 선 반응에서 자신의 아들이 작정하고 만들어

낸 상황이라는 것을 알 수 있었다. 오랫동안 묻어 두고 있었던 상처가, 되새김하고 싶지 않은 시간들이 이제 그의 가족 앞에 나타나게 될 것을 예감하자, 건영은 복잡한 심경을 감출 수 없었다.

복잡한 감정이 건영의 얼굴에 드러나고, 새어머니 조은숙의 당황스러움을 느꼈지만, 태주는 자신의 날 선 말을 멈추지 않았다.

"16년을 버려졌다고 생각하며 살아온 아이가 이제 제가 하고 싶은 걸 찾아 제 목소리를 내고 있어요. 어떻게 할까요? 그 아이의 삶을 다시 뺏을까요? 그걸 원하신다면 하세요. 전 그렇게 못하겠으니, 대단하신 아버지나 새어머니가 하시죠. 전 바빠서 이만나가 보겠습니다."

작정한 듯 차가운 말을 내뱉고 돌아서는 태주를 건영은 그저 멍하니 바라보고 있을 뿐이었다.

"언제나 날 선 목소리로 날 새어머니라고 부르는 저 아이는 16년 동안 내가 미주를 버렸다고 비난하고 있어요. 그래요. 그때 난 어렸어요. 단 한 번의 선택이 이렇게 평생을 불행하게 만들어도 되는 건가요? 당신을 만난 걸 증오해요."

늘 자신은 피해자라고 우겼던 것처럼 은숙이 비난의 화살을 건영에게 돌리고 자리를 뜨자 유건영은 깊은 생각에 빠졌다.

생각지도 않았던 순간, 등장한 미주. 태주의 작품 속에서 미주를 보게 될 거란 생각은 한 번도 해 본 적이 없었다. 애써 외면해왔던 과거와 미주를 이제 마주 봐야 하는 순간이란 걸 직감한 건영이었다.

유건영은 한동안 고민 끝에 전화기를 들었다.

⟡ ◇ ⟡

　계속해서 울리고 있는 전화기를 최 교수는 쉽게 들지 못하고
바라만 보고 있었다. 세정이 태주의 드라마에 출연하겠다고 했을
때부터 유건영과 조은숙 두 사람에게서 연락이 올 것이란 걸 예
상하고 있었다.

　한참의 망설임 끝에 최 교수는 전화기를 들었다.

　"여보세요?"

　— 최 선배, 접니다. 유건영. 오랜만이네요.

　"그래. 오랜만이네. 연진이가 죽고 나서 아마 처음이지?"

　— 네, 그러네요. 최 선배, 할 얘기가 있는데 좀 볼 수 있을까요?

　"……세정이 이야기라면 자네를 볼 이유 없네."

　최 교수의 목소리는 단호했다.

　— 선배! 미주만 다치는 게 아닙니다. 우리 모두 또다시 상처를
드러내고 피 흘려야 한다고요.

　"그래서?"

　건영의 흥분한 목소리에 최 교수는 더 냉정해졌다.

　— 선배가 미주를 좀 말려 줬으면 좋겠어요. 이미 시작한 드라
마는 어쩔 수 없겠지만, 우리 과거 이야기가 나오지 않게…….

　최 교수는 더 이상 듣고 싶지 않은 듯 건영의 말을 자르고 강
하게 경고했다.

　"내가 뭐 때문에 그래야 하지? 넌 여전히 지독한 이기주의자구

나. 더 이상 나에게 연락하지 마라. 네 부탁을 들어줄 이유 없어. 그리고 경고하는데, 미주가 아닌 세정이에게 상처 주면 그때는 연진 씨가 나에게 부탁했던 걸 할 거야. 잘 기억해. 끊어."

최 교수는 유건영의 전화를 끊고 나서 한동안 심란해했다. 유건영이 자신의 아내와 가족을 지키기 위해 또다시 세정에게 상처를 입힐지도 모른다는 생각이 들자, 최 교수는 급하게 현진에게 전화를 걸었다.

— 요즘 자주 전화하십니다. 세정이 잘 있습니다. 걱정 마십시오, 작은아버지.

"가볍게 듣지 말고 진중하게 들어. 어쨌든 그 무대 위에 세정이를 올린 데는 네 몫이 가장 컸으니."

— 뭘 그렇게 심각하세요. 세정이에게 무슨 일이 벌어질 것처럼 말씀하시네요.

"세정이한테 파양한 가족 이야기 들었어?"

— 유태주 피디가 오빠라고 작은아버지가 말해 주셨잖아요. 왜요? 제가 뭘 더 알아야 해요?

"유태주 피디 아버지가 배우 유건영이야. 전처가 이연진이고."

현진은 당황한 듯 한동안 말이 없었다.

— 이런, 젠장……. 그럼 혹시 세정이를 버린 건 조은숙입니까?

"그래."

— 알겠습니다. 작은아버지, 걱정 마세요. 끊겠습니다.

생각보다 단호한 목소리로 현진은 전화를 끊었다. 최 교수는 그 순간 현진이 세정에게 보여 주는 마음이 진심이기를, 그리고 그 마음이 그녀를 지켜 주기를 간절히 바라고 바랐다.

◈ ◆ ◈

현진은 작은아버지와의 전화를 끊고 끓어오르는 분노를 참고 참았다. 다음 신을 찍기 위해 스텝들이 추위 속에서 분주하게 움직이고 있었지만, 현진에게는 추위가 분노 덕택에 느껴지지 않았다.

한쪽 구석에서 카메라 감독과 대화를 나누고 있던 태주를 현진이 멱살을 잡아 내동댕이친 건 순식간의 일이었다. 갑자기 일어난 황당한 일에 스텝과 연기자들은 그대로 얼음이 되어 버렸다.

그러나 모든 사람들을 더욱 놀라게 한 것은 태주의 반응이었다. 그는 아무렇지 않은 듯 일어나, 옷매무새를 가다듬으며 현진에게 공손하게 말을 건넸다.

"좀 더 치고 싶으시겠지만, 일은 끝내고 하시면 어떻겠습니까?"

그러나 태주의 정중한 목소리 따위는 현진에게 들리지 않는 듯 보였다.

"너. 어떻게 이런 상황에서 그 녀석을 무대 위에 올려. 더 피 흘려야 해? 얼마나 더 상처받아야 해? 멋모르고 날뛰는 미친 날 막았어야지."

"우리 이러는 거 그 아이에게도 좋지 않을 듯합니다. 잠깐 멈추죠. 그리고 촬영 끝나고 이야기 나누죠."

처음부터 이런 일이 일어날 것을 예상이라도 한 듯 침착한 태주의 반응에 현진은 그제야 주변의 시선이 느껴졌다. 자신의 순간적인 분노에 대한 화살이 세정에게로 향하면 안 된다는 생각이 들자, 현진은 겨우 숨을 삼켜 자신의 감정을 가라앉혔다.

현진이 감정을 가라앉히는 듯하자, 태주는 아무렇지 않게 현진을 스쳐 지나가 연출가로 돌아왔다.

현진은 무대 위에 서겠다는 세정의 요구를, 〈첫사랑〉에 끼워 달라는 아이의 요구를 들어주지 말았어야 했다는 생각에 절망을 담은 한숨을 내뱉었다.

세정은 스스로를 무대 위에 올려 또다시 자신의 오래된 기억들을 떠올리며 이야깃거리가 되어야 한다. 어두운 벽에서 스스로 나오기를 바랐을 뿐이지, 이렇게 오래된 기억들과 함께 세정이 피를 흘리게 될 거란 건 생각하지 못했다.

현진은 그저 이 상황에서 세정이를 데리고 도망가고 싶다는 마음만이 가득해져 오는 자신을 주체하지 못하고 촬영장으로 들어서는 그녀를 향해 거침없이 걸어가기 시작했다.

다음 신을 위해 촬영장으로 들어서던 세정은 자신을 향해 걸어오고 있는 현진의 얼굴에 분노가 서려 있자, 그가 자신의 오래전 이야기를 전해 들었다는 걸 직감했다.

하지만 지금은 멈춰야 한다. 세정은 현진을 향한 주변의 시선들을 느끼며 자신의 간절한 마음을 그가 읽어 주기만을 간절히 바랐다.

"안녕하십니까, 선배님."

거침없이 걸어오는 현진에게 소리 높여 90도로 허리를 꺾어 인사를 하며 세정은 제발 멈추라고, 주문처럼 중얼거렸다.

"어, 그래."

현진이 두 손을 꽉 쥐고는 세정의 옆을 아무 일 없었다는 듯 스쳐 지나가자 그제야 그녀가 허리를 펴 고개를 들었다.

촬영장은 설명하기 어려운 침묵과 불편한 공기에 휩싸여 있었다.

"아이, 진짜 왜 저런데? 시청률 괜찮다고 촬영장 분위기 좋았는데, 오늘 갑자기 왜 저러는 거야? 에이 씨."

현진의 스타일리스트가 그의 뒤를 따라가다 세정에게 말을 걸었다.

"무슨 일 있었어요?"

"저 인간이 갑자기 일 잘하고 있는 유 피디님을 땅에다 패대기 쳤다니까."

"왜요?"

"아무도 몰라. 왜 그런지 알아야 뭐 뒷말이라도 하지, 이건 아무도 몰라요. 지네끼리 뭐 있나?"

스타일리스트에게 예의상 대꾸를 하고 있었지만, 왜 그런 일이 일어났는지 세정은 직감할 수 있었다.

세정을 데리고 유태주가 있는 곳에서 나가고 싶다는 생각만으로 이성을 잃어 가던 현진의 눈에 멈추라는 세정의 눈빛이 읽혔다. 현진은 순간 이곳이 보는 눈이 많은 촬영장이란 것을 깨닫고는 세정의 곁을 스쳐 지나갔다.

자신의 차로 돌아온 현진은 이 모든 상황에 대해 입을 다물고 있었던 세정에 대한 분노를 가라앉히기 위해 큰숨을 내쉬었다.

그때, 박 실장이 차 문을 열었다.

"너 뭐야?"

"아무 말 하지 마. 나하고 유 피디 문제야. 드라마 문제 아니야."

"너, 이세정이 때문이야?"

"여기서 세정이 이름이 왜 나와?"

"내가 등신으로 보여? 갑자기 드라마를 한다고 나선 거나, 연기 연습 하는 거, 이게 너하고 맞는 옷이야? 알면서도 내가 눈감은 건, 사람은 쉽게 안 변하니까. 너, 늘 그렇잖아. 잠깐 만나는 수많은 여자 그중에 이세정이가 하나라면, 너 이러는 거 오버야."

"대기 중인 한 트럭……. 그래 그런 거치고는 내가 지나치게 진지하지. 지금."

"그래, 너답지 않아."

"그래서 박 실장, 나답게 이세정이를 가지고 놀다가 버릴까?"

"맘대로 해. 난 상관없어. 난 이 드라마로 네가 계속 이 바닥에 끼어들어 있기를 바랄 뿐이야. 이세정이를 버리든 데리고 살든 네 멋대로 해. 그런데, 하나만 부탁하자. 뭐가 됐던 이세정이 벌써부터 네 스캔들에 끼워 넣지 마. 쟤 생각보다 괜찮은 연기자야."

박 실장은 자신의 힐난에도 현진이 입을 다물고 있자, 어쩐지 이세정이 현진에게 지난 시간들 속의 여자들과는 다르겠다는 생각을 했다.

"선준아, 세정이 내가 지킬 수 있겠나?"

뜻밖의 말이 현진의 입에서 튀어나오자 박 실장은 아예 차 안으로 들어가 문을 닫았다. 현진의 목소리는 무겁게 가라앉아 있었다. 두 사람의 침묵은 꽤 오랫동안 지속되었다.

박선준 실장은 아주 오랫동안 옆에서 현진을 봐 왔다. 진중함과는 거리가 먼, 어려움 따위는 피해 버리는, 순간의 삶을 즐기는 것이 가장 중요했던 사람이었다. 이젠 자신을 위해서라도 진지한 삶에 대해 고민을 해 주기를 바랐는데, 오늘 본 현진은 이미 진지해지고 진중해져 있었다.

"누구에게서 지켜야 하는 건데?"

"세정이 과거로부터. 그리고 인간쓰레기 최현진으로부터."

"최현진, 너……."

"정확히 몰랐는데, 유 피디를 바닥에 내리치면서 깨달았네. 이세정은 한 트럭, 그 안에 집어넣기 싫은 애란 걸."

박 실장은 현진의 낯선 모습이 두렵기까지 하자 다시 자세를 고쳐 앉았다. 그러고는 결심이 선 듯한 목소리로 침묵을 깼다.

"말해. 내가 알아야 하는 거. 그래야 세상으로부터, 너로부터 이세정이를 지키지. 어쩐지 이세정이를 지켜 내야 너도 지켜질 것 같다. 이건 친구로서 말하는 거야."

박 실장의 날 선 목소리가 가라앉아 진중해지자, 현진은 이제 이전의 가벼운 자신의 시간과 작별을 고할 시간임을 직감했다.

"유 피디 아버지가 유명한 유건영이야. 유건영이 한때 연예계에서 소문난 유명 부부였던 거 기억해?"

"그래, 이연진. 대단한 두 배우의 만남이었지. 이연진이 유건영하고 이혼한다 했을 땐 난리도 아니었지. 아마 그 이혼이 조은숙 때문이었지? 지금의 아내."

유건영과 이연진 부부, 그리고 조은숙은 1980년대 영화계의 중심에 서 있던 인기 배우들이었다.

"유건영하고 이연진이 같이 살 때, 세정이를 입양했던 모양이야. 그러고는 이혼하고 애를 다시 고아원에 보냈어."

"파양? 나쁜 것들⋯⋯. 잠깐만. 이연진은 이혼 소송 중에 자살했어. 그럼 누가 세정이를 버린 건데?"

"조은숙이 유건영하고 같이 있을 때였던 거 같아. 확실한 건 세정이를 버린 건 조은숙이란 거지. 나도 오늘 알았어."

"그래서 네가 유 피디를 패대기쳤구나. 조은숙⋯⋯. 참 나, 자기 사랑 지키겠다고 남의 가정으로 들어가더니, 결국은 세정이를 버리기까지 했구나. 나쁜 인간들. 자기 사랑에 어린애는 왜 휘둘러."

현진은 흥분하는 박 실장을 피식 웃으며 바라봤다. 어쩐지 세정은 타인에게 손가락질 받기보다는 동정받는 대상이 되겠다는 생각이 들었다. 그럼, 이제 자신이 해야 할 일은 하나였다. 유건영의 가족으로부터 세정을 지키는 일.

"박선준."

"왜?"

"내가 세정일 지킬 자격이 있을까?"

질문을 던진 현진은 어제와 다른 사람이었다. 이세정이 어떤 방향으로든 현진을 변화시킨 것만은 확실했다. 그게 좋은 방향이기를, 현진의 삶이 세정과 더불어 행복해지기를⋯⋯.

"미친 새끼, 그게 자격증 같은 게 있어야 하는 거냐? 너 이러는 거 나 30년 만에 처음 본다. 어쩐지 내 친구가 이세정이 때문에 사람답게 변하지 않을까 기대된다. 됐냐?"

"그래. 내가 원하는 대답이었다."

"미친……."

말투는 거칠었지만, 박선준 실장의 말에는 오랜 친구에게 보내는 격려가 담겨 있었다.

"일단 오늘 촬영은 제대로 해. 세정이한테 자세한 이야기 들으면 나한테도 알려 주고. 난 유건영 쪽을 알아볼 테니까."

돌아서는 박 실장을 바라보며 현진은 그래도 자신에게 선준이 있어 다행이라 생각했다. 그리고 앞으로 일어날 일들에 대한 고민을 하며 촬영장으로 돌아온 현진은 세정의 연기를 지켜봤다.

세정은 친구의 죽음을 알게 되어 서럽게 통곡하는 연기를 하고 있었고, 그녀의 오열 연기를 세트장 안의 사람들은 모두 숨죽여 바라보고 있었다.

현진은 연기임에도 세정이 그만 울었으면 좋겠다는 생각을 했다. 그리고 그런 마음이 드는 순간, 이세정을 온 세계에서 지켜 내겠다는 현실의 최현진과 만신창이가 되어 나타난 오래전 연인을 지켜야 하는 드라마 속의 [이경수]가 하나의 인물로 겹쳐지고 있었다.

09

그의 위로

움직이는 차 안에서 여전히 세정은 말이 없었다.

"침묵으로 나에게 방어선을 치는 중이야?"

"그냥. 상황이 좀 우스워서 정리하고 있는 중이에요. 우리 어디로 가요?"

"청평. 좀 자라. 진짜 친구가 죽냐? 뭘 그렇게 목숨 걸고 울어. 아주 눈이 안 보이네."

현진의 목소리는 가벼웠다. 아니, 가벼움을 가장하고 있는 연기였다. 세정은 그가 애써 보이는 가벼움이 자신을 향한 배려라는 것을 쉽게 알 수 있었다.

"최현진 씨, 최 오빠, 최 선배님, 최씨 아저씨……."

"뭐 해?"

"뭐라 부를까 고민하는 중이에요. 아무래도 제 인생에 깊이 끼어들려고 작정하신 듯해서요."

그랬다. 한 번도 타인의 상처에 대해 깊은 고민을 해 본 적이 없는 최현진이 상처투성이 이세정의 인생에 손을 내밀고 있었다.

"그래, 그럴 예정이다. 최 오빠 좋네. 오빠 하자. 현진 오빠."

"남자들은 알 수가 없어. 그놈의 오빠 소리가 왜 그렇게 듣고 싶은 걸까?"

"남자들의 로망이야. 남자의 세계를 그렇게 쉽게 이해하려 하지 마."

"그냥, 선배님 해요. 최 선배님. 그게 좋겠다."

"난 오빠가 좋다니까 그러네."

세정은 이제 곧 있으면 현진에게 자신의 이야기를 모두 들려줘야 하는 순간이 다가옴을 예감하고 있었다. 그 끔찍했던 열두 살의 유미주로 돌아가 그날의 이야기를 들려줘야 한다 생각하니, 여전히 울음 끝의 서러움 같은 것들이 밀려들어 왔다.

그 순간, 끝난 듯했던 울음 끝의 흐느낌이 입 밖으로 튀어나왔다.

"또 울어?"

"아뇨. 아까 너무 울었나 봐요."

자신의 입 밖으로 갑자기 튀어나온 흐느낌에 놀라, 세정은 눈을 감았다.

한동안 움직이던 현진의 차가 청평의 별장 안으로 들어섰을 때는 해가 저물어 갈 즈음이었다.

한참 울고 난 끝이기도 했고, 오늘 마음 졸임의 연속이기도 했던 세정은 간단한 먹을거리를 준비하던 현진을 뒤로하고 손님방으로 들어와 누웠다.

쏟아지는 졸음 속에서 세정은 이렇게도 현진을 무조건 믿고 있는 자신이, 이렇게까지 무방비 상태로 현진과 함께하는 자신이 우습다는 생각에 피식 웃음이 새어 나왔다.

간단한 저녁 준비를 끝내고 세정을 찾아 손님방으로 들어가자, 그녀는 곤하게 자고 있었다. 세정이 현진에게 느끼지 못하는 성적 긴장감, 반대로 자신이 느끼는 세정에 대한 알 수 없는 욕망. 두 개가 서로 만나지 못하는 평행선 같다는 생각을 하며, 이불을 잡아 세정을 덮어 주고는 조용히 밖으로 나왔다.

한동안 고요한 청평의 별장 안에서 현진은 자신이 느끼고 있는 감정이 무엇인지 고민하고 또 고민하며 시간을 보냈다. 그리고 그때, 세정이 잠든 방에서 비명 소리가 들리자 현진은 손님방으로 뛰어 들어갔다.

세정은 잠 속에서 미친 듯이 비명을 지르고 있었다. 무서운 것을 본 아이처럼, 아무 말도 하지 않고 외마디 비명만을 지르는 세정을 현진이 흔들어 깨우기 시작했다.

"세정아. 세정아."

그러나 다급하게 부르는 현진의 목소리를 전혀 못 듣는 사람처럼 세정의 비명은 계속되었다. 순간 현진은 세정을 흔들던 손을 멈추고 그녀를 꽉 안아 귓가에 속삭이며 달래기 시작했다.

"미주야, 괜찮아. 미주야. 괜찮으니까 눈떠 봐. 유미주, 울지 말고 눈떠 봐."

미주라고 불리자 세정의 비명 소리가 잦아들기 시작했다. 그러고는 현진의 품에 매달려 아이처럼 울자, 현진은 그저 괜찮다는 말만으로 세정을 꽉 안아 달랬다.

한참 동안 지속되던 울음 끝에 현진의 품 안에서 세정의 말소리가 들렸다.

"내가 처음 봤어요. 욕실에서 계속 물소리가 났어요. 엄마가 거기 있었어요. 엄마가…… 피를 흘리면서 욕조 안에 있었어요. 내가 처음 봤어요. 내가……."

"괜찮아, 괜찮아 세정아."

오래전 유건영과 이연진은 유명한 배우 커플이었다. 아들 하나를 알콩달콩 키우는 그들의 모습은 많은 사람들에게 달콤하고 아름답게 비쳤다. 그들이 딸아이 하나를 입양해 키운다는 이야기가 돌자, 그들의 마음 따뜻함은 또다시 사회 지도층의 도덕적 책임감 같은 것의 전형이 되어 회자되기 시작했다.

그랬던 그들이 얼마 가지 않아 불화설, 별거설이 나돌더니 결국은 이혼이라는 결정을 내려, 연예 뉴스에, 가십 프로그램에 떠벌려지기 시작했다. 그 이야기의 바닥에는 유건영의 외도가 심심찮게 거론되었지만, 그저 뜬소문일 뿐이었다.

아이의 친권과 양육권을 놓고 흙탕물 싸움이 지속되던 그때, 이연진의 자살 소식이 들려왔다. 전국이 들썩이던 스캔들이었다. 그 싸움 속에 어린 세정이 있었지만, 그 누구도 그녀를 기억하지 못했다.

정말 오랜만의 악몽이었다. 파양이 결정되고 다시 청주의 보육원으로 돌아왔을 때도 세정은 악몽을 꾸지 않았다. 다시 혼자가 되었다는 사실을 받아들이는 것만으로도 버거워 무서운 기억은 잊어버리려 애썼고, 옛 기억을 떠올리며 누군가를 미워하는 일로 시간을 보내지 않으려 노력했다. 그런데 16년 만에 그 악몽을, 기억을 최현진의 품에서 떠올리고 있었다.

"잊어버리려 애쓰던 기억이었는데……. 너무 갑자기 내가 무너져 버리는 느낌이에요."

아이처럼 현진의 품에서 기억을 되돌리는 자신이 낯설어 세정은 현진의 품에서 벗어났다.

"배고파요."

현진은 혼란스러운 자신을 들키지 않으려 노력하는 세정에게 시간을 줘야 한다는 생각에 자리에서 일어났다.

"나가자."

세정은 어떤 질문도 없이 자신에게서 멀어지는 현진의 뒷모습을 바라봤다. 그가 아무것도 묻지 않는 것이 자신에 대한 배려라는 것을, 그리고 그가 해 주는 최고의 위로라는 것을 알고 있었다.

"목소리만, 목소리만 있으면 된다고 생각했어요. 그런데 이젠 당신의 모든 것을 욕심내고 싶어져요. 어쩌면 좋을까요……."

현진이 문을 닫고 밖으로 나가자, 세정은 낮은 목소리로 읊조리듯 말했다. 그러고는 한참을 그렇게 닫힌 문을 바라봤다.

현진은 묻고 싶은 말들을 삼키며 세정을 위해 준비한 저녁을 차렸다.

세정이 꺼내 든 오래전 기억은, 생각보다 더 깊고 무거운 상처였다. 열두 살의 어린아이가 감당하기엔 버거웠을 상처였고, 지난 16년 동안 그녀가 혼자 짊어지고 온 짐이었다. 현진은 지금이라도 당장 세정을 무서운 세상으로 내몬 사람들을 찾아가 따져 묻고 싶은 자신을 간신히 참고 있었다.

"맛있는 냄새가 나네요."

"이런 건 네가 해야 하는 거 아니냐?"

"난 시킨 적 없는데?"

두 사람의 목소리는 아무 일도 없었다는 듯 가벼웠다.

"우리 밥 먹고 산책 갈래요?"

"싫어. 추워."

"그럼 대본 같이 볼래요?"

"밖으로 나가는 것만 빼고 원하시는 대로."

청평의 밤은 더욱 깊어져 갔고, 겨울바람 소리가 거세게 들려오고 있었다.

두 사람은 평소처럼 밥을 먹고 차를 마시고 대본을 보는 일로 깊어 가는 밤을 보냈다.

침대에 누운 현진은 쉽게 잠이 들지 못하고 뒤척거렸다.

지금의 자신은 한 번도 본 적 없는 최현진이었다. 타인의 아픔을 자신의 것처럼 느낀 적은 한 번도 없었다. 꽤 많은 여자들과 보낸 밤들에 대한 책임감 따위도 없었다. 그저 감각적인 욕구에 대한 만족스러운 충족이면 그만이었다. 그러니 그에게 상대에 대한 배려는 낯선 것이었다.

자신의 품에 안겨 울던 세정을 오랫동안 품고 싶었던 욕망, 차가운 그녀의 몸에 온기를 불어넣어 주고 싶은 욕심. 그러나 그런 욕망보다 우선하는 것은 그녀를 아프지 않게 세상의 모든 것들로부터 지켜 주고 싶다는 마음이었다.

"최현진 정신 차려. 아직 어린애야."

현진이 세정에게로 향하는 욕망을 가라앉히려 뒤척이던 그때, 현진의 방문이 열렸다.

"세정아."

"난, 당신에게 매력적인 사람이 못 되나요?"

"무슨……."

"당신이 곁에 둔 수많은 여자들, 그 속의 한 명이 될 수 없을 만큼 그렇게 매력이 없는 건가요?"

공기 중엔 두 사람의 숨결과 차가운 바람 소리만이 움직이고 있었고, 잠깐의 침묵은 둘 사이의 공기를 더욱 무겁게 하고 있었다.

현진은 침대에서 일어나 세정을 자신의 품으로 끌어당겼다.

"무서운 게 없는 이세정이구나."

"몸도 마음도, 너무…… 추워요."

춥다는 말에 현진은 세정을 더욱 강하게 안았다.

"당신이 너무 따뜻해서 그래요. 날 자꾸 흔들어서 내 안에 있던 이야기를 꺼내게 해요. 그런데 그래도 상관없어. 당신이 날 동정해도 상관없고, 데리고 놀다가 버려도 상관없어. 난 지금 당신이 필요해요. 괜찮다고 말해 주는 당신 목소리가 절실해요. 내가 원하는 걸, 갖고 싶은 걸 한 번쯤은 말해도, 욕심내도 되잖아요."

절절하게 매달리는 세정의 목소리가 현진의 가슴속을 파고들어 왔다. 현진은 자신을 향한 세정의 욕심이 꿈처럼 사라져 버릴까 봐, 세정을 힘주어 꽉 껴안아 이마에 길게 입을 맞추었다.

세정은 이마 위로 현진의 따뜻한 입술이 닿자, 이마로 자신의 심장 뛰는 소리가 느껴졌다. 길게 맞추던 입술이 자신의 이마에서 떨어지자 세정은 고개를 들어 현진의 입술에 자신의 입술을 가져갔다.

한 번쯤은 도덕적인 굴레를 벗어나도 괜찮다고, 한 번쯤은 자신이 원하는 걸 요구해도 괜찮다고, 한 번쯤은 타인에게 따뜻한 위로를 받아도 괜찮다고 스스로를 위로하며 세정은 현진의 입술에 숨결을 묻었다.

"동정이어도 상관없어요."

현진은 그동안 세정에게로 움직이며 숨죽였던 욕망이 갑자기 터져 나와 스스로도 감당하지 못하는 열정으로 휘청거렸다. 현진의 손이 세정의 온몸을 쓸어내리며 주체할 수 없는 욕망과 욕심을 애타게 전했고, 거칠고 간절한 손길이 지나갈 때마다 세정은 자신이 뜨겁게 타오르고 있는 불구덩이 같다는 착각을 했다.

한 번도 누군가와 체온을 나누어 본 적이 없는 세정이었다. 오로지 차가운 벽 안에서 스스로의 위안만이 존재하던 어제의 세정은 점점 사라지고, 서로의 몸을 탐하고 숨결을 삼키는 본능적이고 일차원적인 세정만이 현진 앞에 존재하고 있었다.

오랫동안 차가운 몸을 데워 주던 현진의 뜨거운 손길이 멈추었다는 것을 느끼자, 세정은 눈을 떴다. 그러자 그의 손이 닿던 몸에 그의 숨결이 닿기 시작했다.

입술이 세정의 눈에서 입으로 그리고 아무런 방해도 받지 않는 가슴으로 움직였다. 세정은 자신의 입에서 한 번도 들어 본 적 없는 생경한 신음이 흘러나오자 손으로 입을 막았다.

하지만 입을 막았던 손이 그에 의해 떼어지고 그 자리를 현진의 입술이 대신하자, 세정은 눈을 떠 그의 눈동자 속에 담긴 욕망에 달뜬 자신을 봤다. 그럼에도 창피하다는 생각 따위는 들지 않았다.

다만 더 그가 자신을 만져 주기를, 더 짜릿한 움직임 속으로 잡아당겨 주기를 바라는 마음뿐이었다.

이번엔 현진의 손이 다리 사이에서 느껴지자 세정은 그의 팔을 힘을 주어 잡았다.

"괜찮아."

현진의 따뜻한 위로……. 세정의 귀에 숨결과 함께 흘러 들어오는 그의 목소리에 참았던 눈물이 흘렀다. 세정이 눈물을 보이는 순간, 현진은 다리 사이에서 움직이던 그의 손을 떼어 내고 조심스럽게 그녀의 안으로 들어갔다.

"아……."

그러나 세정의 입에서 흘러나온 신음은 금세 현진의 입속으로 삼켜져 버렸고, 그의 움직임이 만들어 내는 열락에 세정은 온몸을 맡길 뿐이었다.

오랫동안 서로의 몸을 탐하던 시간이 흘러가고 원초적인 대화만이 존재하던 공기가 가라앉자, 현진의 살갗에 자신의 가슴이 맞닿아 있다는 걸 느낀 세정이 먼저 말을 꺼냈다.

"난 후회하지 않아요. 오늘을, 지금을."

세정의 목소리에서 떨림이 느껴지자 현진은 그녀의 가슴이 더 자신에게 느껴지도록 꽉 껴안았다. 농밀한 시간이 흘러가고 자신에게 안겨 있는 세정의 떨림이 고스란히 전해져 오고 있음을 심장으로 느끼는 현진이었다.

"후회한다는 소리로 들려. 후회해도, 이젠 도망 못 가. 내가 네 옷을 숨겨서 아이 셋 낳을 때까지 안 돌려줄 거거든. 누구처럼 바보같이 아이 둘밖에 안 낳았는데, 날개옷을 돌려주거나 하진 않을 거니까."

"난 선녀가 아니에요."

"난 나무꾼이 될 생각이야. 노루 이야기도 듣고, 산신령 이야기도 듣고, 이제 주변 사람 이야기를 다 들으면서 널 지킬 생각이거든."

세정의 웃음이 현진의 가슴으로 전해지자, 현진은 다시 한번 그녀를 품에 잡아당겨 안았다.

"이게 어른들의 세계야. 이세정 씨. 이제 너도 어른인 거지. 오래전 열두 살의 아이로 자꾸 돌아가지 마. 난 그렇게까지는 비도덕적이고 싶지 않으니까."

어른들의 세계. 알맹이는 아직 열두 살의 유미주인 채로 대문 밖을 나서던 그때에 머물러 있으면서도 껍데기만 어른인 척 살아가고 있는 자신을 이제는 직시해야 함을, 세정은 달라질 자신의 내일이 두렵기까지 했다.

"당신이 날 어른의 세계로 끌어들였으니까, 난 그렇게 살아가도록 노력하는 게 맞겠죠."

"그래. 그래도 한 가지만 부탁하자. 어른의 세계로 널 끌어들인 책임, 그 몫은 나에게 줘. 이제부터 이세정에게 일어나는 모든 일들에 관여할 권리를 달라는 말이야."

"당신에게 잘 어울리지 않는 단어예요. 책임, 그걸 함부로 말하지 말아요. 무언가를 끝까지 책임진다는 건 정말 쉽지 않은 일이니까."

"날 유씨 집안 식구들과 동일 선상에 놓고 말하지 마. 난 널 버리지 않아."

"처음부터 그들이 날 버릴 생각은 하지 않았겠죠. 내게 엄마와 아빠가 생겼던 다섯 살을 기억하지 못해요. 그냥 난 엄마가 가슴으로 낳은 아이라고, 내게 낳은 엄마와 기른 엄마가 다르다고 말해 줬지만, 예닐곱 살의 아이는 그걸 머리로 이해하지 못하죠. 그냥 내겐 예쁜 엄마와 자상한 아빠가, 언제나 내 편인 오빠가 있는 집의 평범한 아이였어요."

세정은 애써 아무렇지 않은 듯 오래전 이야기를 꺼냈다. 현진은 자신의 품에 안겨 있는 세정의 내일이 오늘보다는 더 평안하기를 바라고 싶었지만, 판도라의 상자가 열려 버린 것처럼 세정은 더 많은 혼란들과 마주 서야만 한다는 것을 알고 있었다.

"어쩜 평범하진 않았을지도 몰라요. 난 내 또래들이 누리는 것보다 훨씬 많은 것을 누리고 살았으니까. 내 부모가 대단한 인기인이란 걸 자랑스럽게 여겼죠. 엄마의 연극 무대와 아빠의 드라마 촬영장이 내겐 놀이터였어요."

"어려서부터 연기를 보고 자랐으니, 나보다는 나은 연기를 하는 거군."

자신의 머리를 쓰다듬는 현진의 손길에 세정은 그가 자신에 대한 안타까움을 애써 감추며 아무렇지 않으려 노력하고 있음을 느낄 수 있었다.

"그럴지도. 엄마와 아빠 사이가 무섭게 흔들리던 그때도 난 전혀 몰랐어요. 어느 날부터인가 아빠가 집에 들어오는 날이 적어졌고, 엄마에겐 좋은 화장품 냄새 대신 술 냄새가 풍겼죠. 엄마와 아빠가 이혼으로 세간을 떠들썩하게 했을 때도 여전히 엄마는 아빠가 돌아오기를 기다리는 것 같았어요. 엄마가 자신의 손목을 그었던 그날, 아빠를 사랑한다는 여자가 우리 집에 찾아왔었어요. 아마도 그날, 엄마에게 임신 사실을 고백했을 거라 생각해요."

세정은 자신의 등으로 전해지는 현진의 심장 소리를 들으며 자신을 감싼 그의 팔을 꽉 움켜쥐었다.

"조은숙……."

"아줌마도 일이 그렇게 돌아가리라 생각지 못했겠죠. 밤새 비명을 지르면서 엄마를 찾는 열 살짜리 아이, 날 보고 있으면 죽은 엄마를 계속 만나는 것 같다면서 아줌마는 아빠에게 소리를 질러

됐죠. 그때, 아줌마 배 속에 아기가 있었어요. 정말 귀여운 아기였는데. 이제 대학생쯤 됐겠네요. 아기는."

열 살의 미주가 오늘처럼 비명을 질러 대며 죽은 엄마를 떠올렸을, 견뎌 내야 했을 시간들에 마음이 저려 왔다. 그리고 그렇게 아물지 않은 채 피 흘리는 상처를 고스란히 보고도 세상 밖으로 아이를 혼자 던져 버린 유건영과 조은숙, 그리고 지키지 못한 유태주에 대한 원망과 분노가 뜨거운 피를 솟구치게 하는 듯했다.

"최현진 씨?"

"응?"

"이제 난 날 흔드는 바람 속으로 걸어 들어가요. 그러니까 당신은 거기 그대로 서 있어요. 그래야 당신을 붙잡고 내가 바람 속으로 쓸려 들어가지 않을 테니까."

"아무것도 하지 말라는 말이야?"

"아니, 내 마음을 짐작해서 미리 아파하고 안타까워하지 말라는 말이에요. 아프면 아프다고 화나면 화난다고 말할게요. 그러니까 나보다 앞서가지 말고 거기 서서 기다려 줘요."

"생각보다 강하네, 이세정. 어른이 다 됐네."

그러나 세정은 현진이 자신의 삶 속에 깊숙이 파고들어 와 이제 자신이 마주해야 하는 바람과는 다른 형태의 바람이 될 거란걸 알 수 있었다.

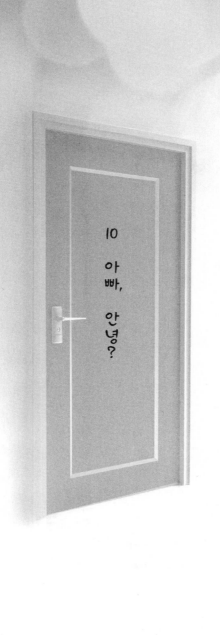

10

아빠, 안녕?

〈첫사랑〉의 최현진, 우려를 기우로 바꾸다
만인의 첫사랑이었던 최현진, 다시 우리를 설레게 하다
땜빵 드라마의 역전 홈런, 〈첫사랑〉 시청률 자체 최고 경신

　드라마 〈첫사랑〉에 대한 기사들이 연일 쏟아지고 있었다. 최현
진은 첫사랑과 재회하고 그녀의 시간이 얼마 남지 않음을 안 가슴
절절한 주인공 역할을 적절하게 소화해 내고 있었다. 사랑을 위해
자신에게 주어진 모든 것을 거는 남자 주인공 [이경수] 역의 최현
진의 눈물은 최현진 자체에 대한 호감도를 높이기엔 충분했다.
　"나 아까 오빠 오열 연기 때문에 정말 내가 죽음을 앞둔 게 아
닌가 착각했어요. 너무 감정 이입을 해서 오빠와 사랑에 빠지면
어쩌죠?"

권소희가 처음과는 다르게 현진에게 친근하게 접근하고 있었다.

"감정 이입을 해야 할 타이밍이지. 너도 더 절절하게 움직여 봐. 불행을 짊어진 사람처럼."

"뭐 하나 묻자, 오빠. 미주 씨하고는 무슨 관계예요?"

권소희는 최현진에 대한 긍정적인 평가가 계속되자, 우호적으로 변하고 있었다. 그녀는 자신과 최현진이 실제 커플로 성사된다면 꽤 괜찮은 이슈 몰이를 할 수도 있겠다는 생각을 했지만, 최현진이 세정을 바라보는 심상치 않은 눈빛이 계속 마음에 걸렸다.

"미주 아니고 세정이야. 젠장. 그렇게 불리는 게 나조차 이렇게 끔찍한데. 나쁜 새끼."

소희는 세정의 이야기에 반응하는 현진을 의미심장하게 바라봤다.

"연애해요, 둘이?"

"연애라……. 그럼 안 되나?"

"안 될 일이야 없죠. 가끔 오빠가 나를 보고 연기하는 게 아니라 미주, 아니 세정 씨를 보고 연기하는 것 같아서요. 오늘 신에서 저 좀 기분이 이상했어요. 내 친구 미주가 나 때문에 우는 걸, 내 극 중 애인이 너무 애타게 보더라구요."

"오늘 세정이가 널 잃을까 봐 무서워하는 연기를 제대로 했잖아. 그거에 몰입이 안 될 수 있나?"

"그런가요? 제 눈엔 오열하는 그 사람 자체가 안타까운 것 같던데."

"그럴 수도 있고. 우리가 이런 이야길 할 이유가 있나?"

"우리가 꽤 잘 어울리는 커플이라 그래서요. 오빠랑 연애나 좀 해 볼까 했죠. 의도된 접근?"

"의도성이 너무 다분해서 거절이야."

현진은 자신의 신이 끝나자마자 약속이 있다며 촬영장을 빠져나간 세정이 어쩐지 걱정되었다. 자신이 없는 곳에서 혼자 바람을 견뎌 내야 하는 건 아닌지, 속이 타 오고 있었다.

아직 촬영이 남은 현진이 계속 들고 있던 휴대폰이 울리자, 아무도 없는 자신의 차 안으로 몸을 움직였다.

"어디야?"

― 언제나 내 걱정이에요?

"다 말해 준다며. 네가 뭘 하고 있을지 모르는 두려움에서 날 꺼내 줘."

― 안 그래도 걱정이었는데. 나, 어떻게 부르면 좋을까요? 유 건영 씨, 유 선배님, 아님 아빠…….

"결국 만나는구나. 흔들리지 말고, 아파하지 말고, 울지 말고. 울면 지는 거야. 알지? 여기에 내가 언제든지 버티고 있을 테니까 무서워하지 말고, 다시 어린 유미주로 돌아가지 말고."

― 걱정 다 끝냈어요? 알았어요. 싸워 이기고 돌아갈게요. 기다려요.

현진과의 전화를 끊은 세정은 조용한 중식당으로 들어섰다.

한 번도 의심한 적 없었던 아빠에게서 버려지던 그날로부터 참 많은 시간이 흘렀음에도 불구하고 세정은 여전히 자신의 심장이 아프게 뛰고 있음이 신기하기까지 했다.

"안녕하셨어요?"

세정은 흔들리는 자신을 감추려 애써 담담하게 인사를 건넸다.

"그래, 오랜만이구나. 일단 자리에 앉아라."

"태주 오빠도 짜장면이더니. 여전히 두 분에게는 열두 살 이전의 유미주가 남아 있나 봐요."

"미주야."

"그렇게 안 부르셨으면 좋겠어요. 제가 원장님 손을 잡고 그 집의 대문 밖을 나설 때 유미주란 이름을 마당 한구석에 묻었어요. 전 이세정이에요."

이세정이라고 부르라는 미주는 예쁘게 자라 있었다. 자신의 선배이자, 전처의 선배인 최 교수가 미주를 후원하고 있다는 걸 알면서도 건영은 미주를 찾아볼 엄두가 나지 않았다. 눈에 눈물이 고여 '아빠'라 자신을 애타게 부를까 봐 겁이 나서 외면했던 아이였다.

그러나 잊으려 애쓴다고 해서 모든 시간들이 잊히는 것은 아니었다. 어린아이들이 아빠를 부르며 떼쓰는 광경을 볼 때면, 자신과 은숙 사이에서 태어난 딸아이가 부족함 없이 자라나는 모습을 볼 때면, 가끔 자신을 향해 웃으면서 뛰어오는 미주의 모습에 놀라 잠에서 깨곤 했다.

"미주야, 멈추면 안 되겠니?"

"누구를 위해서요?"

예상했던 대로 유건영은 세정에게 모든 것을 멈추라 말하고 있었다. 세정이 입을 다물고 조용히 살아가 준다면 지금과 같은 평온함이 지속될 거라고.

"우리 모두를 위해서."

우리란 말에 세정은 피식 차가운 비웃음을 흘렸다.

"우리란 말은 나에겐 없는 말이에요. 왜 내가 속하지도 않은 우리를 지켜야 하죠?"

미주는 무섭게 차가웠다. 하지만 냉정하게 자신을 정면으로 쳐다보는 미주의 눈에선 분노도 비난도 찾을 수 없었다. 그것이 더 무서워지는 유건영이었다.

"오래전에 묻힌 이야기들이야. 들춰내서 네 오빠를 사람들 입에 오르내리게 할 필요는 없지 않겠니?"

"틀렸어요. 설득력이 약해요. 우리가 없는 제게 오빠 따위도 없어요. 자세히 보세요. 당신 앞에 있는 사람은 이세정이에요. 어린 날의 유미주가 버려지면서 마음에 담은 상처를 고스란히 움켜쥐고 여전히 피 흘리는 이세정이죠."

말을 쏟아 내던 세정이 격해진 감정을 가라앉히려 잠시 숨을 고르듯 침을 삼켰다. 다시 입을 연 세정의 목소리는 울음을 참는 듯 더욱 무거워져 있었다.

"그러니까 당신을 위해서, 당신 가족을 위해서 날 멈추게 하려 하지 말아요. 오늘은 이 말을 하기 위해 나온 거예요. 사실 걱정했어요. 당신을 만나 어린 날의 유미주처럼 아빠라고 부르면서 달려들면 어쩌나. 그런데, 그러기엔 내 안의 상처가 생각보다 더 컸던 모양이에요. 애쓰지 마세요. 난 내가 하고 싶은 대로 할 생각이니까."

"미주야. 그땐 그게 부족한 내가 할 수 있었던 최선이었다."

최선이란 말에 세정은 애써 잡고 있던 이성의 끈을 놓아 버리고 말았다.

"최선? 지난 16년 동안 내가 가장 원망한 게 뭔지 알아요? 아빠가 날 버린 거? 아니요. 그날, 원장 선생님 손을 잡고 그 집을 떠나던 날, 내 인생에 한 명밖에 없었던 아빠가 잘 가라고 인사 한마디라도 해 줬다면, 잘 살라고, 따뜻하고 밝게 살라고 한마디 만이라도 해 줬다면 내 마음에 바람이 이렇게 불지는 않았을 텐데, 나도 다른 사람에게 따뜻한 사람이 될 수도 있었을 텐데 그랬어요. 제대로 하지 못한 작별이에요. 이제 제대로 끝낼 때가 된거죠. 난 내 식대로 마무리할래요."

차갑게 일어나 등을 돌리며 나가는 세정의 뒷모습을 보던 유건영의 눈에서는 눈물이 흘러내렸다. 참을 수 없는 울음이 가슴속에서 입 밖으로 터져 나왔다. 어린 날의 미주를 보내고 참기만 했던 눈물이 16년이 지난 지금에서야 실체를 드러내고 있었다.

세정이 나가고 난 중식당 안에서 유건영의 미안하다는 말소리가 허공중에 흩어지고 있었다.

유건영으로부터 등을 돌리고 나온 세정은 중식당 밖을 나와 모퉁이를 돌자마자 주저앉아 버렸다.

"아빠……."

지난 16년 동안 한 번도 잊은 적 없던 아빠였다. 그 집 밖을 나서면서 단 한 번도 불러 본 적이 없는 아빠를 가끔 드라마에서 볼 때마다 세정은 애타고 그리운 마음으로, 그러나 다른 이들이 혹시라도 들을까 작은 목소리로 애타게 인사를 건넸었다.

'아빠…… 안녕?'

한동안 주저앉아 서럽게 울던 세정이 일어나 추운 거리를 걸어가는 동안 가방 안에 있던 휴대폰이 계속 울려 댔지만, 받지 못했다.

그렇게 멍하니 걷던 세정이 택시를 타고 도착한 곳은 태주의 엄마, 이연진의 납골당이었다.

"엄마…… 엄마……."

세정은 오랫동안 연진의 유골함 앞에 주저앉아 또다시 눈물을 쏟아 냈다. 오랫동안 세정이 서러운 울음을 멈추지 못하고 있을 때, 따뜻한 사람의 체온이 느껴졌다.

"오빠."

유태주가 미안함을 가득 담은 눈빛으로 안타까워하며 세정을 바라보고 있었다.

"아버지 만났다며. 너 여기 올 거 같았어. 네가 안 오더라도 나도 오늘은 엄마가 보고 싶은 날이네."

모두가 상처받았을 오늘, 그러나 그중에서도 가장 아팠을 사람은 세정이었다. 태주는 간혹 연진의 납골당에서 세정의 흔적을 발견하곤 했다. 그럼에도 찾지 않았던 동생. 무서웠다고, 뭘 어떻게 해야 할지 몰랐다고 변명하기 바빴던 과거의 자신이 지금도 여전히 무능력하고 비겁하다는 것에 변명의 여지가 없었다.

"나 오늘 아빠한테 매달릴 뻔했어. 미쳤지? 왜 그동안 날 찾지 않고 버려뒀냐고 떼쓰는 열두 살로 돌아갈까 봐 너무 무서웠어."

"미주야……."

담담하려 애쓰던 세정은 없어지고 사랑하는 사람에게 버려져 상처받은 유미주가 태주의 앞에서 오열하고 있었다.

"오빠, 제발 내 안에 있는 미주를 좀 죽여 줘. 미칠 거 같아. 아직도 내 안에, 아빠에게 매달리는, 오빠에게 떼쓰는 유미주가 살아 움직여. 아파서 죽을 것 같아. 내 안에 유미주가 살아 있는 한 나는 가족에게 버려지던 그날에서 벗어날 수가 없어. 오빠……. 나 좀 살려 줘."

오열하는 세정을 바라보는 태주는 어린 날 밤마다 악몽에 시달리던 열 살의 미주를 대하듯 그렇게 그녀를 안아 달래기 시작했다.

"우리 착한 미주, 그만해. 괜찮아. 다 괜찮아질 거야. 오빠가 지켜 줄게."

그렇게 태주는 어린 미주를 다독였지만, 결국 자신은 미주를 지켜 줄 수 없었다. 무능하기만 했던 열여섯 살의 어린 날로 다시 돌아간다면, 그렇다면 자신은 미주를 지킬 수 있었을까? 도대체 이 모든 일들은 어디서부터 잘못된 것일까?

미주를 다독이며 태주의 마음이 무겁게 가라앉아 가고 있었다.

◈　◆　◈

받지 않는 전화기에 매달려 세정의 목소리를 애타게 기다리던 그때, 전화기 저편으로 목소리가 들렸다.

"너 어디야?"

— 유태주입니다.

전화기 너머로 태주의 목소리가 들렸다.

"어딥니까? 세정이 어디 있습니까?"

— 16년 만에 만난 동생을 어디로 데려가야 할지 모르겠군요. 데리러 오시겠습니까?

"어딘지 물었습니다."

— 분당입니다. 문자로 위치 알려 드리죠. 늦지 않게 미주 데리고 가 주세요. 추운 데 혼자 두지 마시고. 부탁입니다.

유태주가 알려 준 분당의 납골당 주소로 차를 몰고 도착했을 때, 세정은 납골당 밖에 나와 추운 바람 사이에 위태롭게 앉아 있었다.

"너 머리 나쁘지? 난 추운 거 싫다 했던 거 같은데."

"오빠가 혼자 갔어요. 날 또 혼자 남겨 두고."

눈도 마주치지 않고 땅바닥을 향해 세정은 말을 하고 있었다. 오래전 열두 살의 미주로 돌아간 것처럼.

"그래서 슬퍼?"

"아니, 오늘 나 때문에 아빠와 오빠는 전쟁 같은 시간을 보내게 되겠죠? 잘한 거라고 말해 줘요."

고개를 들어 현진을 바라보자 그는 말없이 세정을 일으켜 세워 자신의 차에 태웠다.

한동안 조용하던 차가 멈춰 선 곳은 현진의 아파트였다. 차가 주차장으로 들어섰을 때, 세정은 잠들어 있었다. 현진은 힘들었을 세정의 하루가 오늘로 끝나지 않을 것임에 긴 한숨을 내쉬었다. 그러자 그 소리에 열은 잠에 들어 있던 세정이 깨어났다.

"당신 집이에요?"

"너 안 깨면 안고 가야 하나, 업고 가야 하나 걱정했다. 들어가자."

현진은 차에서 내린 세정의 손을 잡고 자신의 집으로 올라가는 엘리베이터를 기다렸다. 세정의 손은 차가웠다. 그런 손을 따뜻하게 녹여 주고 싶어서 현진은 손을 잡아당겨 자신의 품으로 세정을 끌어당겼다.

"언제나 위로가 되는 당신의 목소리, 당신의 품속……. 당신의 체온……."

자세히 들어야만 들리는 세정의 목소리, 현진은 세정의 작아지기만 하는 목소리가 맘에 들지 않았다.

"나한테 인격과 인기가 비례하지 않다고 말하던 당찬 이세정이 어디 갔어?"

"죽었어요……."

현진의 툴툴거리는 목소리에도 여전히 보호받고 있다는 편안함을 느끼자, 세정은 자신이 그의 목소리가 아닌 최현진의 모든 것에 위로받고 있었다는 것을 깨달았다.

그런 두 사람의 모습이 다음 날 인터넷 연예란에 열애 기사로 번지게 될 거란 걸, 그날 그 누구도 알지 못했다.

세정은 현진이 주방에서 움직이는 모습을 식탁에 앉아 바라보고 있었다.

"요리하는 뒷모습이 근사하다는 말 했던가요?"

"왜, 매번 그냥 얻어먹으려니 미안해?"

"내가 늘 그렇게 배고파 보여요?"

현진은 세정의 가벼운 질문에 냉장고에서 고개를 돌리지도 않고 대답했다.

"응. 항상 배고파 보여."

"나 고1 땐가, 우리 담임 샘은 맘이 참 예쁜 샘이었어요. 때로는 예쁜 마음이, 아무런 사심이 없는 마음이 사람을 다치게도 하죠."

"응?"

"견학 같은 걸 가던 날이었던 것 같은데, 보건실로 부르셨죠. 그러고는 도시락 하나를 건네줬어요. 그 배려가 그날 내내 날 아프게 했어요."

세정의 덤덤한 고백에 현진은 음식 재료를 만지던 손을 멈추고 그녀의 앞으로 다가갔다. 그런 그와 눈을 맞춰 고개를 든 세정이 희미한 웃음을 지었다.

"그 도시락 안에 뭐가 들어 있었는지 알아요? 멜론, 파인애플, 체리……. 그 도시락 안에 김밥이 들어 있었다면 조금 덜 상처받았을까?"

세정의 미소가 서글퍼, 현진은 그녀를 일으켜 자신의 품속으로 잡아당겼다.

"이세정, 여기 내 식탁에서 내 음식을 먹은 여자가 얼마나 되는지 알아? 난 여자애들을 음식으로 유혹하거든."

"음, 그 대답이 더 서글픈데요. 최현진에게 목매는 여자들 중에 난 하나일 뿐이란 이야기잖아요."

"네가 내게 목을 매고 있기나 하고?"

현진은 자신의 품속에서 피식거리며 웃고 있는 세정의 작은 움직임을 더욱 세게 안았다. 그는 품속에 안겨 있는 여자의 모든 것들이 자신을 아프게 하는 낯선 경험을 하고 있는 중이었다. 늘 배고파 보이고 언제나 추워 보이는 아이, 웃는 것도 아프게 보이고 우는 것은 더 슬프게 보이는 여자아이를 안고 어쩌지 못하는 자신을 설명해 내기가 어려웠다.

"이상하죠? 당신이나 그때 그 선생님이나 나를 동정하는 건 같은데, 당신이 내미는 도시락은 왜 이렇게 좋기만 할까요?"

"그 선생이 나보다 더 못생겼나 보지? 그리고 그 선생은 이런 걸 안 해 줬을 거 아니야."

안긴 세정의 귓가 가까이에서 느껴지던 숨결이 어느 순간 이마로 움직였고, 그리고 입술로 움직여 호흡을 삼켰다. 숨이 얽히고 키스가 계속되자 두 사람은 더 깊은 열정에 대한 기대감으로 온몸이 달아올랐다.

그러나 현진의 품에 매달려 있던 세정이 휘청거리며 주저앉을 듯하자 멈출 수 없을 것 같던 욕망의 몸짓이 멈춰 버렸다.

"세정아."

놀라 세정을 안은 현진이 그녀의 얼굴을 감싸 쥐자, 세정은 멋쩍은 웃음을 지으며 그의 품에 얼굴을 묻었다.

"나, 너무 열심히 울었나 봐. 다리에 힘이 없어요."

기가 막힌 듯 자신의 품속에서 키득거리는 세정을 안고 있는 현진의 얼굴은 생각보다 심각했다.

세정을 세상의 바람 속에서 지켜 주고 싶었다. 어떤 누구도 함부로 그녀에게 도시락 따위를 건네지 못하게 해야 한다. 그렇게 온전하게 자신의 품에만 있게 하고 싶었다.

가족, 현진은 자신의 삶 속에서 한 번도 떠올린 적 없는 단어를 떠올리고 있었다.

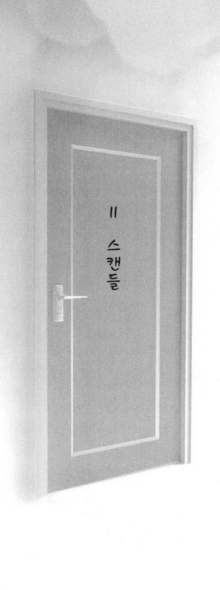

박 실장은 노트북 화면을 난감한 얼굴로 바라보다가 수화기를 집어 들었다.

"나다. 세정이하고 같이 있냐? 차 보낼 테니까 세정이 꽁꽁 싸서 같이 회사로 들어와. 너희 스캔들 기사 났다. 이건 해결하고 촬영장 가야 하지 않겠냐."

— ……그래, 지금 갈게.

박 실장은 지금껏 현진이 벌여 놓은 스캔들을 막아 내는 데 이력이 난 사람이었다. 그러나 이번만은 달랐다. 이 스캔들 기사는 펼쳐진 가지의 몸통 같은 것이었다. 모든 가지를 살려 내거나, 가지 몇 개를 잘라 내거나, 혹은 다 같이 죽어 버리거나…….

고민의 시간이 흘러가고 어떤 결정도 내리지 못하고 있을 때, 현진이 사무실 문을 열고 세정과 함께 들어섰다.

"박 실장아 봤어. 드라마 끝날 때까지 입 다물고 있는 건……."

"그럼 뭐가 달라져? 세정이 말대로 최현진이란 배우가 절절한 사랑을 할지도 모른다고 생각하게 만드는 데 이제 겨우 성공했는데, 쪽박을 깬 거지. 최현진 네가."

드라마 〈첫사랑〉은 종반을 향해 가고 있었다. 사람들은 〈첫사랑〉의 주인공 [경수]와 [진영]의 사랑이 기적처럼 이루어지기를 바라고 있었고, 작가 역시도 새해의 시작점에서 기적을 말해 주고 싶었는지 해피엔딩을 준비하고 있었다.

"난 최현진도 살려야 하고 이세정도 살려야 해. 둘 다 살리는 방법, 미치겠네. 그게 뭐냐고! 겨우 살려 놓은 이미지 원점으로 돌리게 생겼네, 젠장."

두 사람의 심란한 대화가 오고 갈 때도 세정은 가만히 앉아 인터넷 기사들을 들여다보고 있었다. 기사에 실린 사진은 늦은 밤 최현진이 자신을 잡아당겨 안은 모습이었다. 드라마 남자 주인공과 여자 주인공의 친구, 누가 봐도 익숙한 조합이었다.

한창 노트북을 들여다보던 세정이 웃음을 터트리자 황당한 두 사람의 눈이 모두 그녀에게 향했다.

"너무 놀라서 미쳐 가는 중이야?"

"아니, 당신이 만난 여자 중에 가장 급이 떨어지는 여자래요, 내가. 하하하, 도대체 최 선배님은 어떤 사람들을 만나고 다닌 건지. 어쨌든 이 열애설을 책임져야 하는 사람으로서 말해도 되죠?"

"해."

"그래."

"두 분 다 여기 와서 앉아요."

이 상황에서 가장 침착한 사람은 세정이었다.

"이 드라마 하라고 한 게 나였어요. 의도치 않게 내가 최 선배를 좋아하게 됐고, 아, 토 달지 말고 내 말 끝까지 들어요. 최 선배는 날 불쌍하게 여기면서 좀 애매한 연애를 하고 있죠, 우리가. 일단, 지금까지 열애설 인정한 적 있어요?"

"아니. 없어. 없었어. 이미지가 중요하기도 했고 가볍게 만나는 관계였으니까."

"그럼, 열애설 인정하죠. 우리."

듣고 있던 박 실장이 말을 거들었다.

"인정하면 드라마에 지장 없을까?"

"오히려 긍정적인 효과가 일어날지도 모르죠. 다들 말하는 대로 알려진 게 없는 단역의 이세정, 그런 급이 떨어지는 아이에게 최현진이 꽂혔다. 연기 공부 하다가 눈 맞았다. 아직 부족한 게 많은 아이지만, 내가 지켜 주마. 이렇게 나서면 최현진의 이미지와 드라마 [이경수]의 이미지가 크게 엇나가지는 않아요. 그리고 며칠 전에 제안 들어왔던 영화 〈폭풍 속으로〉 있죠."

"박진선 감독 거? 그 액션 스릴러가 최현진하고 맞아?"

"이세정 네가 잊은 모양인데, 나 내일모레 마흔이야. 너처럼 팔팔하지 않아."

"이번 드라마와 완전 반대의 캐릭터죠. 연기력도 필요하고, 상업적으로 성공할 가능성은 거의 없어요. 그런데 시나리오가 대박이에요. 모르죠. 잘하면 칸에 갈 수 있을지도."

"그런데 그 영화가 왜? 내가 해야 하는 이유는?"

"사람들에게 아, 이제 최현진이 사랑놀음 따위에 시간을 보내는 인간이 아니구나, 뭔가 배우로서 일을 하고 싶어 하는구나, 라는 생각이 들게 하는 거죠. 그럼 제가 좀 잊히지 않을까요? 그때쯤 헤어졌다고 하면."

"이세정!"

세정의 말을 중간에서 끊은 건 현진의 무거운 말소리였다.

"됐어. 다 필요 없고. 박 실장, 우리 결혼한다고 발표해. 내가 이세정이 데리고 살려고."

"최현진!"

"최현진 씨!"

두 사람 모두 놀란 눈으로 최현진을 바라봤다. 그러고선 전혀 생각지도 않은 대답에 입을 다물고는 현진의 다음 말을 기다렸다.

"열애 인정보다야 결혼한다, 이게 더 확실하지 않겠어? 이제 최현진이도 가정을 가지고 책임감 있게 살아가겠구나, 어때?"

박 실장은 현진이 가볍게 던진 말이 아니란 걸 알 수 있었다. 짧은 순간이었지만, 현진의 짝으로 세정은 꽤 괜찮은 상대였다. 얼마 되지 않은 시간 동안 최현진을 변화시키지 않았던가?

"농담하지 말아요."

세정이 기가 막힌다는 듯 툭 내뱉자, 현진이 그녀의 옆으로 다가와 앉았다.

"이게 농담으로 들려?"

현진의 목소리에 무게가 실리자, 박 실장이 자리에서 일어났다.

"이제부터는 내가 없는 자리에서 의논해, 최현진. 난 어떤 결정이라도 따를 준비 할게. 시간 없어. 곧 대응 기사 나가야 하고, 오늘 촬영장에도 두 사람 모두 나가야 해. 난 잠깐 나간다."

박 실장이 모든 것을 감수하겠다는 눈빛으로 현진과 세정을 번갈아 바라보다 사무실 밖으로 나서자, 현진이 세정의 손을 잡았다.

"결혼하자."

세정은 갑자기 등장한 결혼이라는 단어에 당황하고 있었다.

"이거 정말 우스운 거 알아요?"

"알아. 네가 말한 대로 내가 너에게 느끼는 감정이 연민이고 동정일지도 몰라. 그래도 재미있을 것 같지 않아? 너하고 내가 결혼하면 유 피디네 집에서는 어떻게 나올까. 아니, 내 집에서도 가만있지는 않겠지. 어때?"

"결혼을 재미로 해요?"

"그럼 결혼은 뭘로 하는 건데? 사랑? 그거 네 말대로 너무 진부하잖아. 이 세상 사람들 중에 그래도 내가 너에 대해 가장 많이 알고 있지 않아? 난 너하고 결혼해도 좋을 거 같은데, 어때?"

현진의 말은 가벼운 듯 보였으나, 세정을 잡은 손에는 그녀를 놓치지 않겠다는 의지가 담긴 듯 힘이 들어가 있었다.

현진은 자신의 프러포즈를 오래전 그녀가 받았다는 선생님의 도시락처럼 느끼지 않기를 간절히 바랐다. 그러기 위해서는 사랑한다는 말을 삼켜야 했다. 사랑……. 그랬다. 세정과 가족이라는 끈으로 묶이기를 바라는 간절한 마음, 그건 세정을 향한 사랑이었다.

"그 재미있는 일을 왜 꼭 나하고 해야 하는데요? 다른 많은 여자들 있잖아요."

"다른 여자들과 넌 급이 다르다며. 열 살이나 차이 나는 예쁜 여자 후배 꼬셔서 결국에는 결혼하는구나, 로 마무리하자."

"당신은 책임감을 가진 사람으로 남게 되고 드라마도 지키겠지만, 난 얻을 게 없는 거래예요. 최현진의 여자란 꼬리표를 평생 달고 다닐 테니까."

"그래서 자신 없어? 최현진의 여자 꼬리표 때문에 도망갈 정도로 겁쟁이 아니잖아. 그걸 이용하면 이용했지. 어때, 괜찮은 제안 아니야?"

"사랑한다는 말보다 더 무섭네."

"사랑한다고 하면 도망갈 거니까."

한동안 멈추어진 대화의 공백 사이로 침묵이 흘렀다. 현진이 아무런 말 없이 세정의 다음 말을 기다리고 있었다.

세정은 이상하게도 그의 청혼이 싫지 않았다. 아니, 그가 자신에게 던진 그 제안이 달콤하기까지 했다. 이제 숨기지 않고 그의 모든 것을 탐내도 된다고 그가 허락해 준 것처럼…….

"그래도 〈폭풍 속으로〉는 해요. 당신을 진짜 배우로 만들어 줄 거니까."

생각했던 것보다 훨씬 빠른 승낙이었다. 현진은 도망칠까 두려운 마음으로 꼭 잡았던 손을 잡아당겨 세정의 입술에 짧은 입맞춤을 했다.

"나한테 들어온 대본 이제 너 읽지 마. 무서워서 살겠어? 다음엔 나한테 뭘 시킬래?"

"코미디?"

"됐다. 박 실장 들어오라고 하자. 마음 졸이면서 기다릴 테니까."

촬영장으로 들어선 밴 안에는 묘한 긴장감이 흘렀다. 운전을 하는 매니저도 코디들도 다들 입을 굳게 다물고 있었고, 현진이 잡은 세정의 손을 박 실장은 말없이 바라보고 있었다.

"기자들한테는 너희들 결혼 소리 흘렸어. 아직 결정된 건 없지만 아마도 결혼할 거 같다, 드라마 끝나고 제대로 이야기하자고. 벌써부터 세정이하고 너 인터뷰며 후속 방송 제안이 들어오고 있어. 일단 드라마부터 마무리하자. 현진이는 알아서 잘할 거고. 세정아, 넌 오늘 촬영장에서 아무 말도 하지 마. 어떤 물음에도 대답하지 말고. 심각하지 않게, 웃으면서, 알았어? 너 촬영 끝나면 바로 차 타고 회사로 들어와."

"애 겁주냐? 내가 알아서 해. 내가 옆에 있는데 뭘 걱정하고 난리야. 세정이 넌 촬영 끝나면 작은아버지 집에 가 있어."

두 사람의 말에는 세정에 대한 애정이 그대로 녹아 있었다. 누군가에게 걱정의 대상이 된다는 건 생각보다 행복한 일이었다. 지금껏 세상을 향해 벽을 쌓고 있을 때는 느끼지 못한 감정들이었다. 자신을 감싸던 벽이 툭 하고 무너지자 따뜻한 세상이 자신을 맞이하고 있었다.

"걱정 말아요. 난 내가 지켜요. 내 집 놔두고 날 어디다가 숨겨 두려고 그래요. 일단 부딪쳐 봅시다. 나가요. 밖에서 우릴 주시하고 있을 텐데."

씩씩한 말과는 다르게 깊은 심호흡을 하는 세정의 손은 약간 떨리고 있었다. 자신을 잡고 있던 현진의 손이 떨어지자 어쩐지 세정은 꼭 쥐고 있어야 하는 소중한 것을 잃어버린 사람의 심정이 되는 듯했다.

밴의 문을 열고 현진이 먼저 내리자 사람들의 시선이 그에게 꽂혔다. 현진이 사람들에게 등을 보이고는 차 안으로 손을 내밀어 세정을 잡아 내렸다. 그러고는 잡은 손 그대로 촬영장으로 움직이며 사람들에게 가벼운 인사를 건넸다.

순식간에 손잡은 둘의 사진은 결혼설을 필두로 하는 기사들과 함께 인터넷을 뜨겁게 달구기 시작했다.

"축하드려요. 두 분 좋은 소식 있을 거라면서요?"

촬영장의 침묵을 깨고 조연출이 가볍게 인사를 건네자, 사람들의 관심은 더 집중되었다.

"그러게. 좋은 소식이 너무 일찍 소문났네요. 좀 더 기다리라고 하세요. 좋은 소식 조만간 정확하게 알려 준다고. 지금은 [이경수] 합시다. 죽어 가는 [최진영] 살리려고 자기가 가진 모든 걸 거는. 이거 해피엔딩 맞죠? 유 피디님."

가볍게 던지는 현진의 농담과 함께 태주가 생각이 많은 얼굴로 나타났다.

"네, 오늘 엔딩 대본 나왔습니다. [진영]이가 살아나네요, 기적처럼."

드라마는 마지막 회 차를 향해 달려가고 있었다. 두 사람의 오해가 풀리고, 죽어 가는 여주인공이 병원 응급실로 실려 가 수술실에 들어가며 화면이 전환된다. 그리고 죽음을 이겨 낸 두 주인공이 주변의 모든 사람들을 용서하고 사랑하며 행복하게 살아갈 거란 메시지를 던져 주며 마지막 회 차의 마무리가 지어졌다.

이제 방영만이 남겨진 상황에서 모든 사람들의 관심은 드라마 엔딩보다는 최현진과 이세정의 만남에 쏠렸다.

12
가족

"포커스가 여주인공인 내가 아니라 단역에게 맞춰지는 이 이상한 드라마라니. 충분히 기분 나빠도 되는 거죠?"

드라마 주인공 권소희가 입을 삐죽거리며 세정에게 빈정거렸다. 꼭 손에 쥐고 있던 사탕을 뺏긴 기분이 든 권소희는 자신보다 한참 못한 세정이 어떻게 현진을 홀렸는지 뒤틀리는 심사를 숨기지 못하고 있었다.

"미안해요, 저도 이렇게 될 줄은 몰랐어요."

"나하고 사진이나 찍어요. 친한 척하면서. 그래야 뭔가를 알고 있었던 사람처럼 느껴질 테니까. 이 정도는 해 줘야 하는 거 알죠?"

소희의 빈정거리는 제안에도 세정은 말없이 응해 줬다. 아마 이 사진은 우리 친해요, 라는 뉘앙스의 글과 함께 권소희의 SNS를 타고 돌아다니게 될 것이다.

"세정 씨 대단한 사람이에요. 유 피디도 마음이 있었던 거 같던데, 남자들은 세정 씨 같은 여자를 좋아하나? 유태주 피디는 알고 있었나? 몰랐으면 유 피디 완전 좌절했겠네. 혹시 임신했어요? 현진 오빠가 결혼이라니, 참 나. 아님 아버지가 어디 회장님이나 사장님, 그런 건가? 세정 씨 금수저야?"

소희의 빈정거림은 도를 지나치고 있었다. 촬영 중인 현진을 제외하고 다른 모든 사람들이 빈정거리는 소희의 물음에 어떤 반응을 할지 세정을 주시했다.

"질문이 한꺼번에 몰려와서 뭘 먼저 대답해야 하나. 일단, 유태주 피디는 결혼까지는 몰랐지만 현진 씨와 내 관계는 알고 있었어요. 남자들이 저 같은 스타일을 좋아하는 게 아니고, 최현진 씨가 절 좋아하는 거겠죠. 전 고아니까 아버지나 금수저하고는 거리가 멀고, 또 뭘 물으셨죠? 아, 임신. 그건 좀 기다려 봐야겠네요. 가능성이 아주 없는 건 아니어서."

어떤 부분에서도 감정이 섞이지 않은 건조한 대답, 작정하고 빈정거리는 소희와는 정반대로 차분하다 못해 차갑기까지 한 세정의 모습에 소희는 놀랐다. 그동안 세정은 별로 말이 없는 배우였다. 꽤 괜찮은 연기를 한다는 것은 인정하지만, 세정에게 최현진이 반할 만한 매력 같은 건 보이지 않았다.

권소희는 지금껏 최현진이 만난 여자들의 리스트를 순간 머릿속으로 떠올렸다. 아무리 생각해 봐도 이세정은 빼어난 외모가 아닌 평범 그 자체였다.

"곧 결혼할 사람치고는 좀 그렇네. 혹시 계약 결혼 같은 거 아니야? 세정 씨 단역에서 유명 인사가 되었으니까, 괜찮은 거래였겠네."

권소희의 말에는 여전히 이해할 수 없다는 듯 가시가 돋쳐 있었다. 그런 그녀의 삐딱한 질문에 답을 한 건, 세정이 아니라 그들 사이에 불쑥 나타난 최현진이었다.

"최현진의 여자가 됐으니까 기회는 더 많아지고, 사람들 입에도 오르락내리락하겠지. 그래도 말이야, 권소희. 내가 장담하는데, 세정이 너보다는 좋은 연기를 할 거다. 그 연기가 최현진의 여자라는 타이틀을 무색하게 할 거니까 기다려. 이세정이 조심하고. 얘 무서운 애거든."

그러고는 세정을 향해 아주 오랜 연인처럼 말을 건넸다.

"이세정 일어나. 나하고 커피나 한잔 마시러 가자."

현진이 세정을 데리고 자리를 빠져나가자 권소희의 얼굴은 일그러졌고, 조금 전까지 두 사람의 가시 돋친 설전을 엿듣고 있던 사람들은 권소희가 보여 줬던 최현진에 대한 관심을 화젯거리로 만들고 있었다.

세정은 그들을 향한 많은 사람들의 시선을 느끼며 현진과 나란히 촬영장을 벗어났다. 하루 사이 자신을 둘러싼 상황들이 급격하게 변하고 있었지만, 두려운 생각은 들지 않았다.

"난 왜 당신의 결혼 제안을 받아들인 걸까?"

말없이 걷던 세정이 불쑥 현진에게 질문을 던졌다. 그러나 그것은 자신에게 건네는 질문이었다.

"왜? 이제 와서 후회해? 네 마음을 제대로 들여다봐. 그럼 어느 순간 스며든 내가 보일 테니까. 사랑한다는 말보다 훨씬 강렬하게 박혀 있을걸."

"그런데 난 왜 이 황당한 상황이 싫지 않을까?"

"고민해 봐. 상황이 싫지 않은 게 아니라 내가 좋은 걸 테니까. 난 오늘 평창동 본가에 들어가야 할 거 같다. 부모님한테 결혼한다는 말은 해야 하지 않겠냐?"

"이사장님 뒤로 넘어가시겠네. 학업 파트너가 돼서 대학원에 잡아 놓으라는 말은 안 듣고 사고나 치고. 나 이사장님 무서운데."

"나도 무섭다. 그래도 언젠가는 만날 일 아니냐. 아마 우리 어머니가 너 보자 할 거다. 각오 단단히 하고."

"네. 궁금하니까 전화해 줘요."

"이러니까 좀 연인 같네. 참, 유 피디네 쪽에선 아무 말 없어? 앞으로 너하고 내 이야기가 시끄러워지면 유건영 이야기도 수면 위로 올라올 텐데."

"각오하고 있어요. 그건 당신과의 결혼이 아니더라도 한 번쯤은 터졌어야 할 일이니까. 난 지금 복수심에 불타고 있거든요."

"잘도 그러겠다. 아직도 열두 살 유미주 안에 갇혀 있는 주제에."

"아! 그렇게 무자비하게 찌르면 나 아플 거 같은데."

"아프라고 하는 말이야. 이제 좀 유미주 버리고 내가 좋아하고 사랑하는 이세정이로 돌아와."

가벼운 말들이 오고 가던 그때, 세정이 현진의 앞에서 걸음을 멈춰 섰다. 그리고 팔을 벌렸다.

"어쩌라는 거야?"

"이리 와요. 안아 줄게요."

"보는 눈이 많아."

"그래서 싫어?"

"말이 짧아. 못쓰겠어, 이세정."

현진이 한 발짝 다가오자 세정은 팔을 벌려 그를 안았다.

"언제나 어디서나 날 지킬 준비를 하고 있는 최현진 씨. 우리의 끝이 어떨지는 모르겠지만, 이러는 내가 좀 우습지만, 지금의 당신이 너무 좋아서 난 당신이 하자는 대로 할 생각이에요. 그러니까 우리 지금만 생각해요."

현진은 자신을 안고 있는 세정의 팔을 풀어 다시 자신의 품으로 안았다.

"중요한 한마디가 빠졌어. 해 봐. 들어 줄게."

"사랑해요……."

세정을 안은 현진의 모습이 사람들의 작은 휴대폰을 통해 실시간으로 전해지고 있었다.

어제가 꿈같이 지나 버리고 새로운 하루가 밝자, 세정은 어쩐지 어제보다는 두려운 오늘이 되지 않을까, 불길한 생각까지 들었다. 설명할 수 없는 두려움으로 고요한 아침을 시작하던 세정은 낯선 전화번호가 뜬 휴대폰이 울리자, 심호흡을 크게 하고 전화기를 들었다.

"네, 여보세요?"

— 저기, 혹시 이세정 씨인가요?

"네, 그런데요."

— 나, 최현진이 엄마예요. 이렇게 불쑥 전화해서 미안하네. 좀 만날 수 있을까?

"네, 안녕하세요? 제가 어디로 가면 될까요?"

— 세종문화회관 뒤편에 '설가'라고 있어요. 거기서 1시쯤에 볼까요?

"네, 그쪽으로 가겠습니다."

전화가 끊기고 나서야 세정은 자신이 자연스럽게 무릎을 꿇고는 두 손으로 전화기를 쥐고 있었다는 걸 알게 되자, 일순간 긴장이 풀리면서 웃음이 새어 나왔다.

"전쟁의 서막인가."

현진의 부모와 만나게 될 것도, 그들이 왜 세정을 싫어할지도 알고 있었기에 마음을 다지는 것 외에는 할 게 없는 세정이었다.

한창 두려운 점심을 걱정하고 있을 때, 한 통의 전화가 또 걸려 왔다.

"바쁘네, 이세정 휴대폰. 자, 누구실까? 네? 여보세요?"

— 미주니? 나다. 조은숙. 기억하니?

아줌마…… . 자신의 삶에 갑작스럽게 끼어들어 세상 밖으로 떠밀었던 목소리. 오랜만에 듣는 목소리였지만, 어제까지 들은 것처럼 익숙한 음성이었다. 그렇게 오랜 시간이 지났어도 잊히지 않는 목소리…….

"아…… 네. 무슨 일이시죠?"

— 좀 만났으면 좋겠는데.

"우리가 만날 이유가 있나요?"

세정은 최선을 다해 냉정하고 감정을 드러내지 않게 말을 건네려 애쓰고 있었다.

— 최현진하고 결혼한다며. 우리가 해야 할 말이 있지 않겠어?

"해야 할 말이 아니라, 제게 부탁의 말이 있는 거겠죠. 조용히 입 다물고 있어라. 그럴 생각 없어요. 그러니까 만나고 싶지 않습니다."

조심스럽던 조은숙의 목소리는 적대감을 드러내는 세정의 말에 날카롭고 차가운 것으로 변해 가고 있었다.

— 부탁? 넌 여전히 사람을 기분 나쁘게 하는 재주가 있구나. 전화로 길게 말하고 싶지 않다. 오늘 좀 보자. 장소는 문자로…….

"그러지 말고 제가 집으로 가죠. 그냥 한꺼번에 만나요. 할머님도 오시라고 하시죠. 제가 집으로 3시쯤 가겠습니다. 그럼."

세정은 은숙의 말을 더 듣고 싶지 않다는 듯 툭 하고 먼저 전화를 끊었다.

현진과의 결혼이 공표되면서 이름이 알려지지 않았던 세정에 대한 관심은 과도하게 증폭되고 있었다. 세정에 대한 과거의 이야기가 알려지면 그것은 또다시 유건영, 이연진 그리고 조은숙을 묶고 있는 스캔들까지 들춰내게 될 것이다. 그렇기 때문에 조은숙에게 이 상황이 유쾌하지만은 않을 것이라는 건 쉽게 짐작할 수 있는 일이었다.

뜻밖은 아니었으나, 조은숙의 전화를 받자 세정은 바닥으로 가라앉는 듯했다.

한동안 멍한 상태의 세정을 깨운 것은 세 번째 전화였다.

"네."

— 뭐 해?

"그냥. 집에는 다녀왔어요?"

— 응.

"어머님이 전화하셨어요. 보자고 하시네."

— 마음 단단히 먹고 나가. 울지 말고. 늘 말하지만, 울면 지는 거야.

"……."

— 왜. 무서워?

"조금."

— 같이 가 줘?

"아니요. 내가 해결해야 할 일이니까."

— 잡아먹기야 하시겠냐. 이세정, 너 할 말 또박또박 잘하는 애잖아. 우리 어머니한테도 그렇게 해. 밀리지 말고.

자신의 가족과 만나야 하는 상황 속에서도 현진의 말은 가벼워 보였다.

"네. 그리고 아줌마한테서도 전화가 왔어요."

— 아줌마는 또 누구야?

"조은숙."

— ……그래서?

이전과 다르게 현진의 목소리는 무거워졌다.

"내가 집으로 간다 했어요. 한꺼번에 보자 하려고. 이러다가는 아줌마 만나고 나서 할머니도 만나 줘야 할 거 같고, 꼬맹이도 만나자 하는 게 아닌가 싶어서요. 내가 쳐들어가기로 했어."

— 그건 진짜 같이 가야 할 거 같은데. 아군으로 내가 필요하지 않겠어?

무거워진 현진의 목소리에 세정은 더욱 가볍게 응대했다. 벌써부터 현진을 자신의 진흙탕 같은 싸움 속으로 끌어들이고 싶지 않았다. 과거는 자신의 것일 뿐 현진의 것이 아니었다.

"혼자 해요. 도저히 자신이 없으면 내가 부를게요. 대기하고 있어요. 어디 돌아다니지 말고."

— 그래. 언제나 용감한 이세정, 가서 유미주 홀홀 벗어서 던져버리고 나와. 뒷감당은 내가 해 줄 테니까. 거기서도 울지 말고. 울면…….

"알아요. 지는 거. 안 지고 싸워 이기고 올게요. 나 오늘 바빠요. 두 탕이나 뛰어야 하니까. 끊어요. 예쁘게 하고 나가야 하니까."

— 그래. 머리부터 발끝까지 힘 꽉 주고 나가서 이기고 돌아와.

"네, 진짜 끊어요."

그러고 보면 현진에게만은 자신의 모든 걸 드러내어 보이고 있는 세정, 자신이었다. 세정은 언제나 타인으로부터 상처받지 않으려고 견고한 방어벽으로 무장하고 살았다. 30년 가까이를 살아오면서, 아니 이세정으로 살아온 지난 16년 동안, 그 누구에게도 자신의 안에 숨겨져 있던 상처받은 유미주를 들켜 본 적이 없었다. 그런데 이상하게도 현진에게만은 모든 것을 말하고 있는 자신이 낯설기까지 했다.

정신없이 드는 쓸데없는 생각들을 털어 버리고 세정은 현진의 어머님을 만나기 위해 준비를 하고 집을 나섰다.

세정이 처음 경험하는 분위기의 조용한 한정식 집에 들어섰을 때, 현진의 어머니는 이미 도착해 자리에 앉아 있었다. 늘 드라마에서 보던 흔한 장면이 연출될 것이라고, 그러나 울지 말자고 다짐하면서 왔던 세정이었지만, 현진의 어머니를 만나 나눈 첫인사의 목소리는 떨리고 있었다.

"안녕하세요. 이세정입니다."

세정이 조심스럽게 인사를 하자, 정 여사는 벌떡 자리에서 일어나 그녀의 손을 잡았다. 놀란 세정이 눈을 크게 뜨자, 그제야 그녀의 눈에 온화한 어머니의 얼굴이 들어왔다.

"앉아요. 내가 음식은 주문했어요. 뭘 좋아하는지 알아야지. 다음엔 내가 해 줄게, 우리 집으로 와요. 편하게 앉아요."

"저기, 어머님. 말씀 편하게 하셔도……."

"앞으로 우리 오랫동안 볼 건데, 뭐 천천히 말도 놓고 할게요.

걱정 많이 했어요. 밥 먹지 말고 차나 한잔하자 할걸. 주책스럽게 뭘 좀 먹이고 싶고, 오래 같이 있고 싶어서."

"아니에요."

예측과는 달리 너무 따뜻하고 온화한 말에 세정은 눈물이 나올 듯했다. 이제 세정의 과거와 상황을 알게 된다면, 이 온화함이 어떤 비수로 바뀔까. 세정은 떨림을 진정할 수 없었다.

"나 만난다고 세정 씨가 긴장을 많이 했나 보다. 현진이가 어제 집으로 들어와서 세정 씨 이야기 했어요. 상처 많은 사람이라고 잘 봐 달라 하더라구요. 세상에 내 자식이 그렇게 철들어서 진지하게 이야기하는 걸 죽기 전에 보게 될 줄이야. 세정 씨 고마워요. 우리 아들 버리지 말고 오랫동안 곁에 있어 줘요."

현진이 세정의 상황을 어떻게 설명했을지 몰라 심란해하고 있을 때, 상이 차려지기 시작했다.

"우리 먹으면서 이야기해요. 세정 씨는 뭘 좋아하나? 다음에 우리 집에 오면 내가 맛있는 거 해 줄게요. 이사장님이, 알죠? 우리 바깥양반. 참 참한 사람이라더니, 화면에서 보는 것보다 훨씬 예쁘네."

세정은 자신을 향한 못마땅함의 표현을 잊어버린 듯 따뜻하게 말을 건네는 현진의 어머니를 멈춰야 했다.

"어머님, 제가 이렇게 환대를 받을 만큼 예쁘게 자란 사람이 아니라서……."

떨리는 목소리로 두려움을 담아 말을 꺼낸 세정을 바라보는 정 여사의 눈은 촉촉해졌다. 스스로 환대받을 만한 사람이 아니라는 아이의 말이 그녀의 상처를 짐작하고도 남게 했다.

"내 앞에 있는 세정 씨가 이렇게 예쁘면 된 거지, 옛날이야기가 뭐가 그렇게 중요해. 다 알고 왔어요. 어제 현진이가 작은아주버님 부부하고 같이 왔어요. 세정 씨 옛날이야기 듣고 많이도 울었네. 그래서 걱정이야. 현진이가 세정 씨 상처를 안아 줄 만큼 사람이 되었나 싶어서. 더 좋은 사람 만나야 하는 거 아닌가 해서. 오늘 이 자리는 내가 가족 대표로 나온 거예요. 세정 씨 걱정 하지 말라고. 아무 걱정 하지 말고 현진이가 하자는 대로 하라고. 우린 그렇게 합의 봤어."

세상은 따뜻했다. 지난 시간 동안 냉정하고 차갑기만 했던 세상이 세정에게 따뜻한 손을 내밀고 있었다.

세정은 정 여사의 따뜻한 말에 그만 참기 힘든 눈물이 흘렀다. 울고 있는 세정의 손을 어머니 정 여사는 어떤 마음인지 다 알고 있다는 듯 꽉 쥐어 주었다.

점심 식사를 마치고 나오며 정 여사는 한동안 세정의 손을 잡고 놓지 않았다.

"오늘은 첫날이니까 이렇게 보내 주는 거야. 다음에 우리 집으로 초대할게요. 우리 가족하고 인사해야지? 그리고 결혼은 내가 다 알아서 해요. 세정 씨는 현진이가 하자는 대로만 해. 알았지?"

"네, 알겠습니다."

"우리 현진이 잘 부탁해요. 이건 우리 식구 모두의 마음이야."

"네, 감사합니다."

떨어지지 않는 발걸음을 떼어 정 여사는 차에 올랐다. 어쩐지 세정을 혼자 남겨 두고 가고 싶지 않은 마음에 차창 밖으로 오랫동안 자신을 배웅하는 세정을 바라보다가 전화기를 집어 들었다.

"네, 저예요. 아이 만났어요."

— ……참한 아이야.

군더더기 없는 칭찬이었다. 현진의 아버지 최 이사장은 쉽게 사람을 칭찬하는 사람이 아니었다. 남편이 세정이를 두고 현진의 곁에 있어 줬으면 좋겠다는 말을 흘렸을 때만 해도 정 여사는 그 아이가 진짜 현진의 짝이 될 거란 생각을 하지 못했었다.

"네. 예뻐요. 현진이가 제대로 아이를 지켜 줄 수 있을지 걱정이네요."

— 결혼하겠다고 나섰으면 그만한 각오는 했겠지.

"네."

철없는 막내아들은 책임이란 단어와는 거리가 멀기만 했다. 서로 엇나가는 부자 사이에서 정 여사는 늘 애가 타기만 했다. 그런 아들이 이제는 어리고 작은, 상처가 많은 아이를 지켜 주겠다고 나섰다. 한동안 못 본 아들은 어느새 제대로 된 어른이 되어 있었고, 그것만으로도 세정은 자신에게 만족스러운 며느릿감이었다.

정 여사를 태운 차의 뒷모습을 한동안 바라보던 세정은 전화기를 집어 들었다.

— 어머니 만났어?

"네, 저 진 것 같아요."

— 무슨 소리야.

"울면 지는 거라면서요."

— 어머니가 너 울렸어? 그럴 양반이 아닌데…….

"당신 버리지 말고 잘 데리고 살래요. 내가 당신 인간 만들었다는데, 나 이렇게 대단한 사람이었어."

— 그래, 어머니 말대로 나 버리지 말고 데리고 잘 살아. 어떻게 할래. 이쪽으로 올래?

"아니요, 저 태주 오빠 집으로 가려구요. 거기에선 꼭 승리할게요."

— 맘에 안 들어, 그 집. 알았으니까, 나오면 전화해. 데리러 갈게.

"네."

세정은 마음 한구석에 자신도 사랑받고 살아갈 수 있는 사람이라는 자부심 하나를 집어넣고 전쟁터가 될, 한때 자신의 집이었던 곳으로 향했다.

도착한 집은 오래전 자신이 등 돌려 나오던 그날과 크게 달라지지 않아 있었다. 심호흡을 하고 초인종을 누르자 문이 열렸다.

세정은 혼자가 아닌 현진과 그의 가족과 함께 살아가는 꿈을, 아름다운 꿈을 꾸기 위해 한 번은 치러 내야 하는 전쟁이라고 마음을 다독이며 현관으로 들어섰다. 거실에는 16년 만에 보는 가족들이 앉아 있었다.

"왔니? 앉거라."

오랜만에 마주하는 할머니가 냉정하고 차가운 목소리로 세정을 맞이했다.

"안녕하셨어요?"

세정은 인사를 건네고 거실 소파에 앉았다. 가운데는 할머니가, 그리고 한쪽 자리에는 유건영과 조은숙이 앉아 있었고, 세정이 자리에 앉을 때쯤 유태주가 2층에서 내려오고 있었다.

먼저 말을 뗀 것은 할머니였다.

"결혼을 한다고?"

"네."

"남편 될 자리 집안에서는 얼마나 알고 있는 거냐."

"다 알고 있습니다."

"그런데도 널 받아들인다더냐?"

할머니의 의아한 물음에 세정은 피식 비웃음 같은 쓴웃음이 튀어나왔다.

"지금 절 여기로 불러들이신 이유가 제 결혼이 궁금해서였습니까? 이런 걸 물을 관계는 아니지 않나요? 불러들이신 이유를 말씀하시죠."

"머리 검은 짐승 거두지 말랬다고, 그래도 한때 제대로 먹이고 입히고 키워 놨더니 제 잘못은 생각지 못하고 우리한테 짐이 돼?"

"말씀이 재미있으시네요. 머리 검은 짐승 거두실 거면 제대로 거두시지 그러셨어요. 그 짐승 품었다 다시 세상 밖으로 던지셨으니, 야생으로 살아온 거고, 그렇게 살아온 제가 이제 하고 싶은 일을 하겠다는데, 왜 이러시는지 알 수가 없네요. 뭐가 두려우신가요?"

오랜만에 세정을 본 가족들은 놀라고 있었다. 어린 날의 여리기만 했던 미주가 아닌, 당찬 세정이 하고 싶은 말을 거침없이 쏟아 내는 모습이 낯설었다.

"이래서 가정 교육이 중요한 게야. 어디서 따박따박. 넌 옛날에도 그랬어. 똥그랗게 눈을 떠서는 따박따박 말대답이나 하고."

세정은 자신에게 건네지는 비난이 아프지 않고, 어쩐지 우스워지기까지 했다. 세정의 얼굴에 비릿한 웃음 비슷한 것이 떠오르자 은숙이 말을 거들었다.

"널 어쩌자는 게 아니야. 우리 이야기를 하지 말라는 거지. 너 결혼한다고 난리 치면 네가 어떤 애인지 궁금해들 할 거고, 그러면 안 해도 되는 우리 과거가 또 들춰지니까."

"그게 저하고 무슨 상관이 있는 거죠? 알 수가 없네요. 저는 결혼도 하고 오래전에 이 집에서 버려진 이야기도 할 겁니다. 날한때 키워 준 엄마가 왜 자살할 수밖에 없었는지도 이야기해야하면 할 거고. 버려져서 어둡게 자란 지난날을 원망한다는 말도할 겁니다."

세정은 오래전 이야기를 꺼내 들었다. 여전히 힘없이 대문 밖으로 쫓겨 나간 어린 시절의 미주가 아니란 걸 보여 주어야만 한다는 생각으로 그녀의 어조는 더욱 강해지고 있었다.

"열두 살에 제 오빠를 꾀어냈다는 말도 안 되는 비난을 마음속에 담고 자라서 뾰족하기가 이루 말할 데가 없다는 말도 함께 할 생각입니다. 이걸 걱정하셨으면, 그때 절 내보낼 때 말도 안 되는 이유를 덮어씌우지 말았어야죠. 그래서 사람이 착하게 살아야 하는 건가 봅니다. 할머님."

"뭐, 저런⋯⋯."

세정이 아랑곳하지 않고 벌떡 자리에서 일어나며 말을 던졌다.

"전 이 집 가족이 아닙니다. 그러니 이제 이렇게 함께 자리할 이유 없습니다. 더 이상은 제게 연락하지 말아 주세요."

세정은 더 있다가는 울어 버릴 것 같은 두려움에 주먹을 꽉 쥐고 애써 예의를 차려 깍듯하게 인사를 한 뒤 현관을 나서려 했다. 하지만 그렇게 나서는 세정을 돌려세운 것은 은숙의 손이었다.

"미주야."

"그렇게 부를 자격, 있으십니까?"

"그땐 내가 너무 어렸어. 그냥 널 보고 있는 것 자체가 끔찍한 일이었어."

조은숙의 목소리는 애원조였다. 세정은 차갑고 이기적인 목소리를 숨기고 연기하는 그녀를 간파할 수 있었다.

"그때, 당신은 몇 살이었어요? 전 아무것도 할 수 없는 열두 살이었어요."

"알아, 네가 얼마나 상처받았을지 알고 있어."

"내가 가장 상처받은 건 이 집에서 내쳐져서가 아니었어요. 7년을 산 집이었는데 나만 가족이라고 생각했구나, 싶었어요. 열두 살 아이가 세상의 전부였던 열여섯 살 오빠를 꾀어냈다는 비난, 당신은 그게 말도 안 된다는 걸 알면서도 눈감았어요. 단지 날 보지 않기 위해서, 당신이 좀 덜 아프고 싶어서⋯⋯."

세정은 매정하게 은숙의 손을 뿌리치고 대문을 나섰다. 순간이 집을 나서던 열두 살, 자신의 모습이 떠오르자 세정은 고개를 휘저었다.

그때, 갑자기 나타난 익숙한 손길이 세정을 잡아끌어 안았다.

"좀 더 늦게 나오면 내가 쳐들어갈 뻔했어. 괜찮아?"

현진은 어머니와의 약속이 아니었다면, 그녀가 싫다고 해도 같이 이 집을 찾을 생각이었다. 그녀가 나오길 기다리는 한 시간도 안 되는 짧은 시간 동안, 수백 번 닫힌 대문을 열고 세정을 데리고 나오고 싶었다.

"정말 언제 어디서나 나타나서 날 지킬 셈인가 봐요."

"괜찮아?"

"안 괜찮아요. 위로가 필요해요."

"가자, 위로가 있는 곳으로."

집 안에서 세정을 안은 현진의 모습을 아무런 말 없이 지켜보던 유건영은 두 사람이 시야에서 사라지자 거실로 몸을 돌렸다. 여전히 모든 식구들이 자리를 지키고 있었고, 침묵이 흘렀다.

"언젠가는 책임질 일이었어. 미주 그만 괴롭히고 멈춥시다. 그래도 그게 인간다울 수 있는 마지막 기회 아니겠어."

세정이 거실에 있는 동안 단 한 마디도 하지 않은 건영이었다. 그런 그를 향해 두려움이 가득한 눈으로 은숙이 소리 질렀다.

"은진이는요? 은진이는 아무것도 몰라요. 그 아이가 받을 상처는 생각 안 해요?"

"은진 에미야, 일단 좀 두고 보자. 아직 일어나지도 않은 일에 지레 겁먹지 말고. 제깟 게 뭘 어쩌겠어. 결혼할 집안이 어떤지나 좀 알아봐라."

아무런 말 없이 모든 상황을 주시하기만 했던 태주가 조용히 자리에서 일어났다.

"생각보다 더 싸구려 집안이에요. 아이를 버렸으면 죄책감이란 게 좀 있어야 하는데, 참 다들 무서운 사람들이에요. 전 오늘부로 이 집을 나갑니다. 할머님 손자, 아버지 아들 노릇 그만하고 미주 오빠 노릇 할 생각입니다. 이제 열여섯 어린아이도 아니니, 미주 정도야 이 싸구려 집안에서 지켜 줄 수 있지 않겠습니까?"

태주의 목소리는 차분했지만 냉소를 담고 있었다.

"넌 이 집안의 장손이야. 저런 하찮은 여자아이 때문에 뭐 하는 게냐. 에이 못난 것."

태주가 자리를 박차고 나간 뒤 유건영이 서재로 자리를 옮기자, 은숙은 멍하게 거실에 앉아 있다가 서재로 따라 들어갔다.

"미주를 가만두라니, 무슨 말이에요? 우리 이야기가 또 사람들 입에 오르내리게 두란 말이에요?"

"그게 미주 탓인가? 너하고 죽어도 같이 살겠다고 내가 미주 엄마한테, 그 어린 미주한테 못할 짓한 거 책임지겠다는 거지."

"난 싫어요. 난 그때로 돌아가기 싫어. 어떻게든 막을 거야. 목숨 걸고 막을 거야."

터지는 울음 속에서 조은숙은 악을 썼다. 어린 날의 철없는 조은숙은 여전히 살아 있었다.

자기중심적인 사랑을 지키기 위해 자신의 전처 이연진과 어린 미주에게 씻을 수 없는 상처를 주었음을, 그것을 오랫동안 감출 수 있을 거라 생각한 자신의 어리석음을 떠올리며 악을 쓰는 조은숙을 냉정하게 바라보는 유건영이었다.

　한바탕 결전을 치르고 나온 듯 현진의 차 안에서 세정은 지쳐 보였다. 오늘 하루 현진의 어머니부터 한때 가족이었던 사람들까지 한꺼번에 만났으니, 지치지 않는 게 더 이상한 일이었다.
　"어머님은 뭘 좋아하세요?"
　자는 줄 알았던 세정이 뜬금없는 질문을 하자, 현진은 긴장하던 마음이 툭 하고 풀리는 느낌이었다.
　"왜, 하루 만에 우리 어머니 팬 됐어?"
　"팬이 아니라 아군. 나 오늘 적진에 쳐들어갈 때, 내 마음에 어머님이라는 백만 대군이 들어 있었거든요."
　"그건 또 뭔 소리야?"
　"어머니가 지금 예쁘게 자라 있으면 된 거다, 말씀해 주셨거든요. 난 언제나 내가 차갑고 어둡고 불행한 애라고 생각했는데, 어머님이 그렇게 말씀해 주시는 순간, 어깨가 펴지고 당당해졌어요. 나 너희들이 쫓아낸 후에도 잘 살았다. 이렇게."
　"넌 내가 그렇게 예쁘다고 한 거는 기억 못 하고, 오늘 어머니가 한 말만 기억해?"
　"당신 말은 깊이가 없거든요."
　"어쭈, 어머니하고 너무 친하게 지내지 마. 귀찮아질 거 같아. 오늘도 너 데리고 언제 집에 오냐 난리다."

"하하하. 근데 우리 어디 가요?"

"우리 집."

"우리 집?"

한동안 달리던 차가 목적지에 도착했는지 속도가 줄어들기 시작했다. 그러고 나서 도착한 곳에 주차한 뒤에 차에서 내린 두 사람은 아직은 가구가 들어차지 않아 비어 있는, 그리 크지 않은 빌라로 들어섰다.

"박 실장이 바빴어. 크게 문제없으면 여기로 결정하자. 너 만나고 어머니 잠깐 들르셨는데, 너무 작은 거 아니냐 하시네. 방송국하고 멀지 않고……. 왜 그래?"

한창 말을 하던 현진이 주저앉아 있는 세정에게 급하게 다가갔다. 세정은 울고 있었다.

"왜 울고 그래."

현진이 울고 있는 세정을 가만히 안아 다독였다.

세정은 이제 자신에게도 집이 생긴다는 안도감 같은 것에 무너져 내리고 있었다. 이제 자신에게도 가족, 집, 그리고 사랑하는 현진이 생겼다는 사실에 세정의 눈물은 멈추지 않았다.

이제 이곳에서 행복을 꿈꾸어도 되는 걸까?

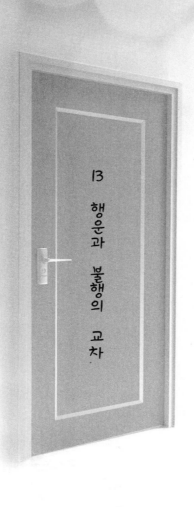

13

행운과 불행의 교차

세정이 돌아가고 무거운 분위기가 계속되던 어느 날, 태주의 할머니는 조은숙을 자기 방으로 불러들였다.

　"은진 에미야, 미주 혼담 오가는 집이 어떤 집인지 알아봐서 그 집 시모 될 사람 연락 좀 해 봐라."

　"어머님, 어쩌시려구요. 미주 자극해서 더 날뛰면 어쩌게요."

　"은진이가 그러던데, 혼담이 오가는 집이 꽤 이름난 집안이라 며. 그 집에서도 미주 과거 드러나는 게 좋은 일은 아닐 게다. 그 집 어른을 좀 보자 해 봐."

　은숙은 자신의 시어머니 말대로 미주가 결혼하는 시댁에서 그 녀를 달갑게 받아들이지 않았다면, 가능성이 없는 이야기는 아니 라는 생각에 집을 나섰다.

똑똑—

"네."

"최 선배 오랜만이에요."

거의 20년 만에 만나는 조은숙임에도 최 교수는 담담한 얼굴로 맞이하고 있었다.

"제가 찾아올 걸 예상하셨나 봐요?"

"세정이 문제로 한 번은 찾아올 거라 생각했다. 앉아."

최 교수의 연구실에 조용히 앉은 조은숙은 어린 날의 반짝이던 아름다움이 사라진 지 오래였다.

"지금 어떤 말도 비난의 대상이 된다는 거 알아요. 그러니까 단도직입적으로 묻죠. 최현진의 집에서 미주 혼담 정말 달갑게 받아들인 건가요?"

예상했던 질문에서 하나도 빗나가지 않은 조은숙의 반응에, 최 교수는 피식 웃음을 흘렸다.

"최 선배, 비웃을 거 각오하고 왔어요. 비난도 하세요. 하지만 전 제 아이를 지켜야 해요. 지금 뭐라도 해야 하니까요."

"진짜 궁금한 게 뭐야? 그 집에서 세정이를 내치기를 바라는 거야?"

"잘 모르겠어요. 그냥 가능하면 미주 과거가 세상에 드러나지 않기를 바랄 뿐이에요."

"그래서 나에게 원하는 게 뭐야?"

"최현진 어머님하고 자리를 만들어 주세요."

"허. 현진이 엄마를 만나서 세정이를 조용히 시키겠다?"

"네."

"너희 부부는 정말 형편없는 건 여전하구나. 시간이 흘러도 사람의 품성은 변하지 않는 법인가 보다. 자리를 원한다니 그건 해주지. 연락처 놓고 가. 그런데 조은숙. 잊지 않았으면 좋겠다. 세정이만 그 오래전 일을 들춰낼 수 있는 건 아니야. 너희 그 사랑놀음에 시들어 가던 연진이가 가장 의지했던 게 내 처였어. 너희에게 보이지 않은 패 한 장이 내 손안에 있거든. 세정이 또 한 번만 더 아프게 하면, 내가 그 패를 내보일 수도 있다는 걸 명심해."

냉정하게 은숙에게 등을 돌린 최 교수가 손에 쥐고 있다는 패, 조은숙은 그것이 단순한 협박이 아니란 걸 단번에 알 수 있었다.

더 무거워진 마음으로 학교를 나오자 휴대폰으로 최현진 어머니의 연락처가 전해졌지만, 은숙은 과연 이 연락처를 시어머니에게 전해야 할지 말아야 할지 계속 망설여졌다.

똑똑—

"네."

"안녕하셨어요? 이사장님."

"그래, 왔어. 이 선생, 와서 앉아."

현진의 아버지, 최 이사장은 세정을 일상적인 호칭으로 불렀다. 이사장의 호출에 또 어떤 일이 일어나게 될지, 아직은 걱정과 두려움의 마음으로 세정은 이사장실을 찾았다.

비서실에서 차가 들어오자, 그제야 최 이사장이 침묵을 깼다.

"마셔라. 지난번 중국 다녀오면서 가져온 차인데, 맛이 괜찮다."

"네."

세정이 대답을 마치기도 전에 최 이사장은 자신의 책상 서랍에서 무언가를 꺼내서 다시 자리로 돌아와 앉았다.

"이 선생. 아니, 이제 이름을 불러야 하나. 세정아, 집사람 이야기 들어 보니, 지금 있는 데가 옥탑방이라더구나. 애 엄마가 걱정이 늘어났어. 결혼해서 새집 들어가기 전에 여기에서 머물면 좋겠는데……."

최 이사장은 말끝에 세정의 앞에 주소 하나를 건넸다.

"집사람 앞으로 된 조그만 오피스텔인데, 처가에서 애 엄마 몫으로 주신 거다."

"이사장님."

지금껏 자신이 알던 냉정하고 사무적이기만 했던 이사장이 아닌, 현진의 아버지로서 자신에게 내미는 배려에 세정은 당황하고 있었다.

"집사람이 직접 주면 되는데, 나도 너한테 할 말도 있고 해서 내가 준다 했다. 너 이렇게 해야 따로 한번 볼까 해서. 세정아."

"네."

"너 처음 내가 여기로 불렀던 날 기억하니?"

"네, 현진 씨 대학원 진학 때문에……."

"그래. 최 교수가 나보고 장사꾼이라 손해 보는 장사는 안 한다고 했을 게다. 널 볼 때마다 네가 현진이 옆에 있어 주면 좋겠다고, 그럼 그 녀석이 사람 구실은 하고 살겠다고 그렇게 생각했었다. 내 계산이 맞아떨어졌던 거지. 그놈이 제 형과는 다르게 나하고는 계속 엇나가고 있어. 알지?"

"네."

"그래도 그 녀석이 그렇게 덜떨어지진 않았을 게야. 널 지켜 주겠다고 나섰으니, 현진이가 하자는 대로 해 줘. 이건 애비로서 부탁이야. 널 지키는 동안은 그 녀석이 그래도 사람같이 살지 않겠니."

세정은 현진과의 결혼 이야기가 오고 가면서 점점 자신의 방어벽이 무섭게 무너져 내리는 것을 느꼈다. 그 무너져 내리는 방어벽만큼 눈물도 쏟아져 내렸다.

"울기는. 집사람 만나 봐서 알겠지만, 속없이 좋은 사람이야. 잘 지내고, 현진이 형하고 형수 자리도 사람이 괜찮다. 너 하던 대로 그렇게 예쁘게, 내 보는 눈이 잘못되지는 않았다는 걸 증명해 줬음 좋겠구나."

"네, 알겠습니다. 감사합니다."

이전의 세정이라면 이사장이 내미는 호의를 거절하고 외면했을지도 모른다. 하지만 방어벽이 무너져서인지, 자신을 예쁘다고 말해 주는 현진 부모님의 따뜻함 때문인지 세정은 주소가 적힌 작은 종이가 너무도 갖고 싶은 선물같이 느껴졌다.

흐르는 눈물이 민망해 고개를 숙이는 순간, 문이 벌컥 열리고 현진이 들어섰다.

"아버지. 어, 이세정 너 왜 울어? 아버지가 뭐라 하셨어?"

최 이사장은 그런 현진이 밉지 않은 듯 피식 웃으며 자신의 책
상으로 돌아가 앉았다.

"세정아, 저 모자란 놈 데리고 나가거라. 최현진, 네 엄마가 세
정이 데리고 가족끼리 저녁 먹자 하더라. 빨리 날짜 정해서 알려
줘. 네 엄마 애타서 죽기 전에."

울던 세정이 작은 메모지를 꼭 쥐고 일어나, 최 이사장에게 인
사를 건네고는 현진의 팔을 잡고 밖으로 나왔다.

"어머니한테 전화하니까, 너 아버지가 부르셨다잖아. 저 양반
이 뭐라시는데? 왜 울어?"

"당신하고 헤어지래요. 이거 오피스텔 주소인데, 이거 먹고 떨
어지래. 그래서 그런다 하고 나오는 길이야."

세정이 눈물을 훔치며 장난스럽게 말했다.

"말도 안 되는 소리 하지 말고. 그 주소는 뭐야?"

"나 살고 있는 데 걱정되신다고, 결혼해서 새집 들어가기 전까
지 가서 지내라고 하시네요."

"아, 어머니 오피스텔. 그거 어머니가 주면 되지, 널 굳이 학교
까지 불러내? 하여튼 이상한 양반이야."

아이처럼 툴툴거리는 현진의 팔짱을 끼고 학교를 빠져나가던
세정은 그동안 자신에게 주어지지 않았던 행운이 한꺼번에 쏟아
지는 것 같다는 생각을 했다.

"안 바빠요?"

"드라마 끝나고 뭐가 바빠?"

"영화 하기로 했잖아요. 〈폭풍 속으로〉."

"그거 미팅 시작하려면 좀 있어야 해. 그러게 그사이에 후딱 결혼식 올리자니까."

"그럼 다들 수군거릴걸요. 속도위반."

"그것도 나쁘진 않은데…….."

"미치겠다. 날 모든 스캔들의 주인공으로 만들 셈이에요?"

"그럼. 우리 어머니 오피스텔이나 가 볼까?"

"어쩌지? 나 오늘 약속 있어요."

"무슨 약속."

"박 실장님이 좀 보자고 하시네요."

"박 실장이 왜?"

"시나리오 좀 봐 달라고 했어요. 우리 회사 김태운 씨 있잖아요. 그분한테 들어온 시나리오 중에 어떤 게 어울리겠냐고 봐 달래요."

"왜 너한테 봐 달래?"

"내가 대본 보는 눈이 좀 있잖아요. 내 능력을 발휘하라는 거지."

"안 돼. 가서 계약서 다시 작성해. 손해 보는 장사는 하지 말자, 우리."

오랜만에 세정의 웃음소리가 교정 안에 퍼졌다.

현진은 처음 세정을 만났던 날을 떠올렸다. 이렇게 맑은 웃음소리를 감추고 안으로만 얼어붙어 차가운 입김만을 내뿜던 세정이 자신의 곁에서 이제 환하게 웃고 있음이 너무도 감사한 3월이라고, 교정에 봄이 오듯, 세정에게도 겨울을 녹인 봄이 오고 있음에 마음이 따뜻해져 오는 현진이었다.

◈　◆　◈

현진은 새로운 영화 〈폭풍 속으로〉의 준비로 바쁜 나날을 보내고, 세정은 현진의 가족들과 결혼 준비로 정신없던 3월의 중순, 독실로 마련된 전통 찻집에서 정 여사는 유태주의 할머니와 조은숙과 마주 앉아 있었다.

태주의 할머니가 먼저 말을 꺼냈다.

"바쁘신데, 이렇게 시간을 내 주셔서 감사합니다."

"아닙니다. 세정이 일인데, 당연히 만나 뵈어야지요."

생각보다 선선히 잡힌 약속에 조금은 불안하던 조은숙은 정 여사를 직접 보는 순간, 자신의 계산이 어쩌면 틀렸을지도 모른다는 생각을 했다.

"미주 옛날이야기는 들으셨는지요?"

최대한 공손하게 말을 꺼낸 태주 할머니의 말에, 지금껏 온화하기만 하던 정 여사의 눈매가 날카로워졌다.

"여사님, 미주가 아니라 이세정입니다. 세정이라 불러 주시지요."

순간, 멈칫한 태주의 할머니가 급하게 정정하며 말을 이어 갔다.

"네, 습관이 참 무섭습니다. 오랫동안 그렇게 불러 놔서……."

"그러게요. 그렇게 익숙하게 불릴 만큼 데리고 있던 아이, 좀 더 데리고 계시다가 저희 집에 주시지 하는 안타까움이 좀 있습니다."

웃으면서, 그러나 말속에 가시 담아 건네는 정 여사는 온화함은 던져 버린 지 오래였다. 만만치 않은 상대라는 생각을 한 태주 할머니는 자세를 고쳐 앉았다.

"그러게 말입니다. 제가 모자란 탓입니다."

"오늘은 무슨 일 때문에 보자고 하신 건지요? 세정이 결혼이라면 저희 집에서 온전히 다 준비할 예정입니다만."

은숙은 이 상황에서 시어머니를 말려야 한다는 생각이 들어 눈빛을 보냈지만, 그녀는 눈치채지 못하고 제 이야기를 꺼내 놓았다.

"잘 아시겠지만, 저희 집안과 미주, 아니 세정이의 과거 인연이 드러내기 좋은 일은 아닙니다. 옛일이 세상에 알려져 시끄러운 과거를 가진 아이를 맞이하시는 게 소문나면, 그쪽 집안에서도 좋을 게 뭐가 있겠습니까?"

정 여사는 아무런 표정 변화 없이 조용히 찻잔을 집어 들어 차를 한 모금 마셨다.

"그러니까, 제게 원하시는 게 세정이가 과거 이야기를 꺼내지 못하게 하라는 말씀이신가요?"

"네. 그게 그 아이의 미래를 위해서도, 그 집안의 품위를 위해서도 좋지 않겠습니까?"

"그 말씀이라면 저는 더 이상 드릴 대답이 없습니다. 전 그 아이가 가시처럼 품고 있는 과거를 꺼내서 이젠 상처를 아물게 할

참입니다. 오랫동안 아프지 않았습니까? 아픈 아이를 어떻게 그냥 보고만 있겠어요. 저희 집안 그렇게 대단한 집안 아니니, 품위까지 따질 것 없구요."

딱떨어지는 정 여사의 거절에 태주의 할머니는 당황했고, 이미 그럴 거란 예감을 했던 은숙은 마지막 지푸라기라도 잡는 심정으로 말을 보탰다.

"여사님. 그 아이가 파양된 건 물론 저희가 부족해서였기도 하지만, 그 아이가 적응하지 못했던 것도 있습니다. 특히 제 양오빠에 대한 집착이 심해서, 더 이상은 제 오빠와 한집에 두면 안 될 거라는 판단이 있었습니다."

은숙이 던진 마지막 말에, 정 여사는 더욱 날카롭고 차가운 얼굴로 찻잔을 내려놓고 은숙을 쳐다봤다. 지금껏 본 것 중 가장 무서운 얼굴이었다.

"오늘 보니, 세정이가 그나마 그 나이에 그 집을 나와 다행이란 생각이 드는군요. 이렇게 말도 안 되는 어른들 밑에서 몇 해 지낸 세정이가 그래도 저렇게 예쁘게 자라 준 걸 하늘에 감사해야겠어요. 다시는 보지 말았으면 좋겠군요. 우리 세정이 이제 더 이상 미주라고 부르지도 마시고, 미주였던 순간도 잊어 주세요. 전 세정이가 원하는 대로 해 줄 생각입니다. 다시 말씀드리지만, 저희 집안 그렇게 품위 있는 집안이 아니라서 제 식구 건드리면 가만있지 않습니다. 참고하시죠. 그럼 이만."

차갑게 등을 돌리고 나서는 정 여사를 태주의 할머니와 은숙이 급하게 따라나서자, 언제 와 있었는지 찻집 창가에 세정이 서 있었다.

"어머님."

세정은 현진의 어머니 뒤로 태주의 할머니와 조은숙이 보이자, 어떤 이야기가 오갔을지 짐작할 수 있었다. 그런 세정을 보자마자, 정 여사는 그녀에게 걸어가 손을 잡았다.

"많이 기다렸어?"

"아뇨. 조금요."

"왜 이렇게 옷을 가볍게 입었어. 감기 들면 어쩌려고. 오늘 우리 가구 보고, 맛있는 거 사 먹자. 아, 세정아 할머님하고 조은숙 씨가 네 결혼 걱정 하셔서 잠깐 보자셨어. 인사하고 가자."

난감한 듯 서 있는 할머니와 조은숙에게 세정이 가볍게 인사를 건네자, 정 여사가 차갑게 인사를 마무리했다.

"뵐 일이 또 있을지 모르겠군요. 그럼 이만 가 보겠습니다."

냉랭한 인사가 끝나자, 정 여사는 두 사람 앞에서 세정은 이제 더 이상 혼자가 아니라는 듯, 함부로 하면 가만 안 있겠다는 듯 꽉 잡은 손으로 찻집 밖으로 나섰다.

그제야 세정은 현진의 어머니가 자신을 일부러 그들 앞으로 불러들였다는 것을, 그렇게 현진과 함께 자신을 지켜 주기로 했다는 걸 알 수 있었다.

"어머니, 손 아파요."

정 여사가 차 안에서도 세정의 손을 놓지 않고 힘을 주어 쥐고 있자, 세정이 한참 만에 말을 건넸다.

"나쁜 사람들, 꼭 벌받을 거야. 저렇게 자기만 살겠다고, 세상에. 세정아 저런 사람들 말은 들어줄 것도 없고 받아 줄 것도 없다. 혹시라도 너 불러들이거나 하면, 현진이한테 말해. 벌써부터 걱정이네. 저 사람들 성정이면, 가만있지 않고 또 널 흔들 텐데."

정 여사가 꽉 잡은 손에 힘을 풀어 세정의 손을 다독이며 걱정을 늘어놓자, 세정이 말을 이어받았다.

"뭐가 걱정이에요. 저 지켜 줄 사람 많아요. 무서운 아버님이랑, 천하무적 어머님, 물불 안 가리는 현진 씨, 완전 똑똑한 아주버님이랑 아줌마 파워 형님, 그리고 작은아버님이랑 작은어머님까지. 저 하나도 겁 안 나요. 싸워서 이길 자신 있어요."

세정은 이제, 아버님과 어머님의 말에 눈물이 나지 않았다. 그저 마음 따뜻하게 받아들이고 감사하면 된다는 걸 근래 배우고 있는 중이었다.

눈빛에 따뜻함을 담고 정 여사를 바라보자, 그녀도 태주의 할머니와 조은숙을 마주할 때의 눈빛은 어디에도 없는 듯한 온화함으로 세정을 바라봤다.

그 시간, 찻집에 남겨진 태주 할머니와 조은숙은 오래전 과거를 묻기 위해 세정의 입을 다물게 할 방법을 고심하고 있었고, 그들 마음속에는 오래전 세정을 집 밖으로 내던지던 때의 악마가 소리 없이 자리 잡고 있었다.

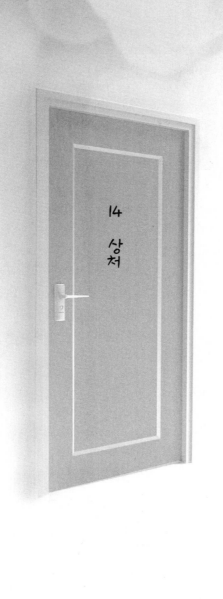

14

상
처

저녁 늦게, 초인종이 울리자 올 사람이 뻔하다는 듯 세정은 피
식 웃었다.

"누구세요?"

"나 말고 올 사람이 또 있어?"

현관문이 열리고 현진이 피곤하다는 듯 털썩 소파에 누웠다.

"싱글로서의 날들을 즐길 시간을 좀 주시면 안 될까요? 이렇게
좋은 오피스텔에서 혼자 지내는 거 언제 해 봐요."

세정은 결혼식이 있을 5월까지 현진의 집에서 마련해 준 어머
니의 오피스텔에서 지내기로 했다. 현진의 가족들이 내미는 배려
는 세정의 차가운 마음을 따뜻하게 만들어 줬다.

"이 오피스텔 들어오지 말고 바로 우리 집으로 들어가야 했어.
쓸데없이 혼자 지내게 하면 안 되는 거였는데. 애 버리겠어."

"애가 어딨어? 여기에?"

"이리 와 봐. 얼굴 좀 보여 줘."

세정이 소파에 누운 현진에게 다가가자, 그가 손을 내밀었다.

"밥은 먹었어요?"

"우리 시켜 먹자, 세정아. 너 밥하는 거 시키는 건 싫고, 나도 오늘은 귀찮아."

"어머님이 보내 주신 밑반찬 있어요. 그거랑 밥 먹을래요?"

"아니, 짜장면 먹자. 오랜만에 먹고 싶네."

"그래요, 그럼. 나 탕수육도 먹을래."

"네, 그러세요."

세정이 피식 웃으며 휴대폰을 꺼내 들어 배달앱을 찾아보고 있자, 그 모습을 보던 현진이 툭 질문을 던졌다.

"왜? 중국집 전화번호 몰라?"

현진의 물음에 세정이 큰 소리로 웃자, 그가 왜 그러냐는 듯 눈을 뜨고 세정을 쳐다봤다.

"이 결혼 물러야겠어요. 세대 차이 나서 같이 못 살겠어요."

"무슨 세대 차이?"

"배달앱도 몰라요? 맨날 TV에서 광고하잖아."

"아, 잘나가던 최현진이 어쩌다 이세정이한테 잡혀서는 세대 차이 나는 노땅 아저씨가 되었냐."

"아저씨, 그러니까 결혼해 주는 내게 고마워해야 해요."

"오빠 건너뛰고 바로 아저씨냐. 그래, 그럼. 아저씨한테 잡아먹혀 봐."

말이 끝나자마자 현진은 세정을 잡아 소파로 끌어당겨 자신의 품 안에 가뒀다. 그러고는 세정의 숨결을 모두 자신의 것으로 만들려는 듯 깊고 강한 입맞춤을 시작했다.

현진의 따뜻한 손이 온몸을 스쳐 지나가자, 세정은 감당하지 못할 열정이 자신의 입 밖으로 빠져나가다 그의 입속에 고스란히 갇히는 듯한 느낌을 받았다.

"당신 곁에서 난 매일 조금씩 당신 안에 묻히는 느낌이에요."

"어른이 되어 가는 거지. 아저씨하고 살려면 각오했어야지."

세정의 몸을 더듬던 뜨거운 손이 움직임을 멈추자, 세정은 어지러운 눈을 떠 현진을 바라봤다. 현진은 자신의 욕망을 다시 가다듬는 듯 호흡을 추스르고 있었다.

"왜 멈춘 거냐고 물어야 하나 순간 고민했어요. 내가 너무 야하게 느껴져서……."

"피임. 지난번에도 내가 정신없어서 아무 생각이 없었는데, 결혼하기 전에 임신은 싫다며."

"아, 피임, 그거라면 괜찮은데……."

"뭐가 괜찮아?"

"나, 피임약 먹었는데."

피임약 소리에 벌떡 자리에서 일어나 세정을 일으켜 세운 현진의 눈은 혼란스러움이 담겨 있었다.

"무슨 소리야? 네가 왜 피임약을 먹어?"

"아, 실수했다……. 그게, 그냥 좀 아파서 피임약을 처방받았어요. 심각한 거 아니니까……."

"어디가 아픈 건데?"

현진의 목소리는 높고 날카로워져 있었다.

"실수했어. 말하지 않아도 되는 건데."

"세정아."

"네, 알았어요, 말해요. 가벼운 자궁내막증이라 1년 정도 생리를 멈추는 게 좋겠다고 해서, 그래서 피임약 처방받았어요. 좀 창피하네. 말하지 말걸."

"언제?"

"당신 만나기 전이에요. 말할 이유가 없었을 뿐이었어. 좋아지기도 했고."

"어디가 어떻게 아픈 건데?"

"그냥 생리통이 좀 심한 거뿐이에요. 그것도 치료 중이잖아요. 괜찮아요."

현진은 아팠다는 세정의 말에 그냥 화가 머리끝까지 나기 시작했다. 무엇이 자신을 화나게 하는지 알지 못하면서도, 세정에게 화를 내면 안 된다는 이성 하나만을 잡고 있었다.

꽤 긴 시간 동안 자신의 분노를 가라앉히는 현진을 보고 있던 세정이 우울하고 낮은 목소리로 말했다.

"화내요. 참지 말고. 나랑 살면서 계속해서 화내지 않고 나를 다 참아 낼 거예요?"

"이세정!"

"내가 당신한테 보호받는 애야? 그래서 마냥 감싸 주고, 참아 주고 그래야 하는 빙충이야? 맨날 어린 미주에서 벗어나라며. 그런데 당신은 언제나 어쩔 줄 몰라 하는 어린애 취급이야. 왜요? 화내면 내가 어린애처럼 울까 봐? 아니면, 그렇게 예쁘다 예쁘다 하다가 당신도 날 버릴래?"

생각지 못한 순간 세정이 스스로 감추어 왔던 상처를 의식하지 않고 드러내자, 현진은 마음이 아프다 못해 저려 왔고, 세정은 스스로의 말에 놀라 바닥에 주저앉았다.

한동안을 멍하니 자신의 말에 넋이 나가 주저앉아 있던 세정 앞에 현진이 마주 앉았다.

"세정아 그렇게 오랫동안 마음이 아팠는데, 그 누구에게도 말을 못 했어?"

현진의 목소리는 차분하고 다정했다. 세정의 눈에서는 또다시 눈물이 흘러내리고 있었다.

"항상 그렇게 버려질까 봐 두려웠니?"

"네."

세정은 흐느낌이 깊어지는데도, 또박또박 현진의 물음에 대답하고 있었다.

"그래서 아무에게도 손을 내밀지 않고 꼭꼭 닫아걸고 살았어? 아무도 네 안으로 못 들어오게?"

"네."

현진은 세정의 마지막 대답과 함께 그녀의 얼굴을 자신의 품 안에 담아 다정한 목소리로 말했다.

"세정아, 이세정. 괜찮아. 다 괜찮아. 뭘 하든 내 품에서만 하면 돼. 괜찮아."

현진의 괜찮다는 다독임에 세정은 품에서 빠져나와 팔을 뻗어 그를 감아 안았다. 서러운 울음소리가 커지면 커질수록 세정은 현진을 향해 감은 팔에 힘을 주어 놓치지 않으려는 듯 애달프게 매달렸다.

"그래. 이렇게 네가 꼭 쥐고 놔주지 않으면, 나는 어디에도 가지 않아, 이세정."

현진은 자신에게 매달리는 세정을 보며, 시간이 아무리 지나도 지워지지 않는 어린 시절의 상처를 주고 아무렇지 않게 살아가는 그들에게 어떤 방식으로든 벌을 받게 할 거라고, 세정이 흘린 눈물보다 훨씬 더 많은 눈물을 쏟아 내게 만들겠다고 다짐했다.

아침이 밝아 오고 침대 위 옆자리가 비어 있자, 현진은 세정을 찾아 거실로 나섰다. 늦게까지 서럽게 울던 세정이 지쳐 잠이 들어 또다시 악몽에 시달리는 걸 안아서 겨우 재우고 늦게 잠든 참이었다.

보이지 않는 세정의 모습에 문득 겁이 난 현진은 급하게 두리번거리다가 추운 베란다에서 담요를 뒤집어쓰고 있는 세정을 발견하고는 베란다 창을 열었다.

"감기 걸려 죽으려고 작정했니?"

"화내는 거예요?"

"그래, 화내는 거다. 넌 내가 맨날 추운 거 싫다고 하는데도 말을 안 들어."

"이제 3월이 끝나 가서 추위도 끝나 가요."

"안 들어올 거야? 안아서 들어와?"

현진의 핀잔에 벌떡 일어나 거실 안으로 들어온 세정이 추위에 몸을 떨자 그는 방으로 들어가 얇은 이불 하나를 들고 나와 그녀에게 덮어씌웠다.

"안 얼어 죽어요."

세정은 얇은 이불에 쌓인 채로 소파에 앉아서는 삐죽거렸다.

"뭐 하나만 묻자. 넌 왜 그렇게 추운 바람이 좋냐?"

"좋은 게 아니라 익숙한 거예요. 내가 추운 날 그 집에서 쫓겨났거든요. 그땐 내가 어려서 혹시 아빠가 날 찾으러 올지도 모른다고 생각했어요. 그해 겨울 내내 바람 속에서 아빠를 기다렸죠. 그래서 난 찬바람에 익숙해요."

"세정아 우리 진짜 부모님 찾아볼까? 너 낳아 주신 부모님. 혹시 너를 찾고 있을지도 모르잖아."

"밤새 나를 위로할 방법으로 찾은 게 진짜 부모를 찾아 주는 거였어요? 그럼 실패예요. 나 낳아 주신 부모님은 돌아가셨어요."

"어떻게 알아?"

"아주 먼 친척할머니가 계셨다는데 친부모님이 사고로 돌아가시고, 그분이 친권을 포기해서 내가 엄마에게 입양된 거래요. 엄마가 알려 줬어요. 그때 우리 엄마가 가장 많이 했던 말이, 넌 엄마가 마음으로 낳은 아이야. 그러니까 엄마를 닮아서 예쁜 마음의 미주란다, 였는데 엄마는 예쁜 마음보다는 나보다 아빠를 좋아하는 마음이 더 컸나 봐요."

"……."

"이 이야기는 오늘 여기까지만 해요. 앞으로 더 많은 날들이 있으니까. 〈폭풍 속으로〉 대본 가지고 왔죠?"

드러내지 못한 상처를 안으로만 감추어 온 세정이었다. 하지만 이제 세정이 상처를 드러내며 아프다고 말하고 있었다. 지금 그 상처에 딱지가 생기는 거라고, 억지로 떼어 내지 않는다면 자연스럽게 떨어진 딱지 아래로 상처가 아물어 갈 것이라고, 현진은 그렇게 흐르는 시간 속에 세정의 아픔이 치유되기를 기대하고 바라고 있었다.

매스컴에서는 연일 최현진의 새로운 도전에 대한 기대와 의심의 기사들이 넘쳐 났다. 현진이 선택한 〈폭풍 속으로〉는 지금껏 그가 도전한 연기와는 성격이 완연히 다른 것이었다.

〈폭풍 속으로〉에서 현진은 냉혹한 킬러의 역할을 맡아 자신이 사랑했던 여인에게 냉정하게 총구를 겨눠야만 했다. 그것은 지금껏 트렌디한 드라마의 가벼운 역할만을 해 왔던 현진에게는 섬세한 심리적 변화를 연기해 내야 한다는 어려운 과제 같은 것이었기에, 영화의 흥행과는 상관없이 현진의 결혼 소식과 함께 연예란에 연일 기사가 오르내렸다.

"박 감독님. 저를 캐스팅하신 건 감독님 경력에 오점이 될 수도 있습니다."

〈폭풍 속으로〉의 미팅 자리에서 현진은 박 감독에게 가볍게 인사를 건넸다.

"최현진 씨의 캐스팅이 신의 한 수가 될 수도 있겠죠. 듣자 하니, 꽤 근사한 연기 선생을 곁에 두고 계신다던데요."

"하하하. 네, 저보다 훨씬 괜찮은 사람입니다. 어디 좋은 배역 있으면 좀 시켜 주시지요."

가벼운 이야기가 오고 가던 자리에서 현진의 눈에 미팅 장소로 들어오는 유건영이 보이자, 두 사람은 주변 사람들은 모를 복잡한 시선을 주고받았다.

잠시 멈칫거리던 현진이 유건영을 향해 걸어가 공손하게 인사를 건넸다.

"안녕하십니까? 먼저 찾아뵈었어야 했는데, 인사가 늦었습니다."

현진이 공손한 인사를 하자, 유건영이 손을 내밀었다.

"그래. 우리가 처음 보는 사이는 아니지. 미주는 잘 있나?"

"네, 잘 지냅니다."

"이런, 자네가 역을 맡을 줄 알았다면 내가 피했어야 했는데."

"그러실 필요 없습니다. 그냥 하시지요. 저는 세정이와는 끊을 수 없는 끈이 있는 모양입니다. 지난번에는 유태주 피디와 일을 하게 되더니, 이번엔 아버님과 일을 하게 되는군요."

현진의 아버님 호칭에 유건영은 잡은 손에 힘을 주었다.

"아버님이라. 미주가 들으면 뒤로 넘어가겠네. 일단 미주에게 말해 두게. 나와 일을 해도 되겠는지. 만약 그 아이가 싫다 하면 내가 그만두지."

유건영은 잠시 흔들리던 눈빛을 뒤로하고 현진에게서 등을 돌려 미팅장 밖으로 빠져나갔다. 현진은 한참을 고민하다가 전화기를 꺼내 들었다.

— 여보세요? 미팅 중 아니에요?

"맞아. 너한테 허락받을 일이 있어."

— 뭐요?

"유건영 씨가 이 작품 킬러를 쫓는 수사관 역으로 캐스팅됐어. 너 싫다 하면 자신이 안 하겠다 하시네."

전화기 너머로 오랫동안 침묵이 흘렀다.

— 캐스팅 잘했네요. 그 역할 그분하고 잘 어울려요. 하시라 하세요. 당신만 괜찮다면.

"괜찮겠니?"

— 네. 전 상관없어요.

"그래. 오늘의 이세정은 어른이네."

— 하하하. 오늘 저녁에 만나는 나는 유미주일 수도 있어요. 마음 단단히 먹고 돌아와요.

"난 어린 유미주도 어른 이세정도 모두 사랑하니까, 상관없어."

— 사랑을 그렇게 쉽게 말하다니. 끊어요. 일 열심히 하고 와요.

현진은 전화를 끊고 어쩐지 망설여지는 자신의 마음이 불안함으로 다가오는 것을 애써 떨쳐 내면서, 유건영이 뒷모습을 보이고 나선 문을 한참 동안 바라보았다.

◇　◆　◇

태주는 시끄럽게 울리는 초인종 소리에 소파에서 일어나 떨어져 뒹굴고 있는 빈 소주병을 발로 치우고는 문 앞에 섰다.

"누구세요?"

"오빠, 문 열어. 나야, 은진이. 유은진!"

태주가 귀찮은 얼굴을 떨쳐 내고 오피스텔의 문을 열자, 은진이 두 손 가득 종이 가방을 들고 들어섰다.

"집 나가면 개고생이라고, 오빠만 고생하면 되지, 나까지 왜 고생해야 하는 건데? 이거 밑반찬이랑 고기. 냉장고에 넣어 둔다."

은진의 높은 목소리를 뒤로하고 태주는 욕실로 들어가 아직도 남은 취기를 떨쳐내고 있었다.

그날 미주가, 아니 세정이 자신의 집으로 찾아온 날 이기심만이 득실거리는 집이란 공간에서 도망쳐 나온 지 한 달 정도가 넘어가고 있었다.

태주가 욕실에서 나오자 은진이 이곳저곳에 어질러져 있는 빈 병들을 치우며 밥을 차리고 있었다.

"됐어, 안 먹어도 돼."

"웃기시네. 속 안 쓰리냐? 밥이랑 국 데워 줄 테니까 먹어. 그리고 나 할 말 있어. 그러니까 일단 먹고 정신 차려."

은진의 분주함을 내버려 두고 옷을 갈아입고 나오자, 식탁 위에는 집에서 가지고 온 반찬들과 국이 차려져 있었다. 태주가 자리를 잡고 앉아 숟가락을 들자, 그 앞에 은진이 앉았다.

"할 말 있다며?"

태주의 말에도 은진은 대꾸 없이 그저 숟가락을 움직이며 밥을 먹고 있는 그에게 시선이 향해 있었다.

"미주 언니한테도 이렇게 쌀쌀맞았니?"

갑자기 미주의 이름이 튀어나오자 태주는 숟가락의 움직임을 멈췄다.

"오빠는 그랬어. 내가 오빠라고 부르기 시작한 그 순간부터 나를 떨쳐 버리지 못한 옷에 묻은 가시덤불같이 여겼어. 우리 집에서는 절대 부르면 안 되는 미주. 유미주란 이름이 나올 때마다 온 집안 식구들이 움찔하는 거 알아. 엄마는 내가 전혀 모를 거라고, 날 지켜야 한다고 생각하겠지만, 내가 모르는 게 있을까?"

태주는 은진의 이야기에 숟가락을 내려놓고 물었다.

"네가 아는 게 뭔데?"

"놀랄 텐데, 내가 아는 걸 다 말하면. 첫째, 우리 엄마가 오빠네 가정을 깨 놓았다는 거. 아마 이혼 소송 중에 내가 배 속에 있었을걸. 맞지? 둘째, 아빠가 우리 엄마 사랑한다고 난리 쳐서 오빠네 엄마가 자살한 거. 그리고 그 장면을 미주 언니가 처음으로 발견했어."

"너, 그걸……."

"아직 안 끝났어. 셋째, 악몽에 시달리는 어린 미주 언니를 다독이고 달래던 오빠와 언니사이를 못마땅하게 여기던 할머니와 엄마가, 그리고 아빠가 미주 언니를 오빠에게 집착한다는 이유로 파양했지. 미주 언니는 한순간에 엄마를 잃고, 아빠를 잃고, 오빠를 잃고, 그리고 집을 잃었어. 그래서 지금까지 오빠는 보이지 않는 돌을 우리 엄마에게 던져 댔고, 아빠는 숨죽이며 살았고, 오빠는 마음속에서 미주 언니를 지우지 않고 살았어. 그렇게 묻힐 줄 알았던 이야기가 미주 언니가 다시 나타나면서 시끄러워지고 있는 거지. 틀린 곳 있으면 말해."

너무도 정확히 알고 있는 은진의 말에, 태주는 놀라고 있었다. 온 집안이 은진이 하나만은 모르기를 바란 지난 기억이었다.

"난 눈도 귀도 없는 줄 알아? 엄마 이름만 검색하면 주르륵 나오는 게 엄마하고 아빠 스캔들이야. 충분히 유추할 수 있는 이야기지."

은진의 말이 끝나자 둘 사이에는 침묵이 흘렀다. 태주는 도대체 무슨 말을 어떻게 해야 할지 몰라 혼란스럽기만 했고, 은진은 중요한 말은 지금부터라는 듯 깊은 심호흡을 했다.

"그래서 내가 원하는 건. 오빠 미주 언니를 한 번만 만나게 해 줘."

"만나서 어쩌려고."

"그냥. 어떤 사람인가 궁금해서. 난 만날 자격이 없나?"

"없어."

태주의 말은 단호했다. 은진은 예상한 일이라는 듯 고개를 끄덕였다.

"그래도 난 만나. 오빠 없이 못 만날 것 같아서 말하는 거 아니야. 마지막으로 하나만 묻자. 오빠. 오빠도 내가 아무것도 모르기를 바랐니?"

은진의 갑작스러운 물음에 태주는 당황했다. 그러고는 자신이 한 번도 생각지 않은 부분을 집어낸 은진을 그저 멍하니 쳐다만 봤다.

"그랬다면, 오빠. 오빠도 가해자야. 피해자인 척하지 마. 내가 모르기를 바래서 미주 언니를 찾는 것도 미주 언니에게 사과하는 것도 외면한 거라면, 오빠도 가해자야. 그러니까 피해자인 척하지 마."

"……."

"나 간다."

태주는 은진이 자신의 집 현관을 빠져나가는 것을 식탁에 앉아 그저 바라만 보고 있었다.

가해자. 그랬다. 미주가 집을 나선 그 순간부터 자신은 아무것도 하지 않고 그저 아버지와 새어머니에게 책임을 전가하는 일만 했을 뿐이었다. 사건의 내막을 은진만이 모르기를 바랐던 게 아니라 은진을 포함한 세상 모두가 모르기를 바랐던 것은 아닐까. 결국 은진의 말대로 자신은 무책임한 가해자에 불과했다.

한동안 태주는 앉은 자리에서 일어날 줄을 모르고, 그렇게 바닥으로 가라앉아 가고 있었다.

3월의 봄은 여전히 추운 겨울을 담고 있었다. 〈첫사랑〉이 종영

되고 한 달의 시간이 지나는 동안 많은 일들이 일어났다. 태주는 카페 창밖 바람을 눈으로 세고 있는 듯 열심히 바라봤다.

"오랜만입니다."

처음 만났을 때와는 완연히 달라 보이는 현진이었다.

"앉으시죠. 나와 주셔서 감사합니다."

주문한 차가 나올 때까지 두 사람은 말을 아꼈다.

"제가 〈첫사랑〉을 하겠다고 나선 이유를 물었을 때, 최현진 씨는 작품을 권한 사람이 애인이라고 하셨죠. 기억하세요?"

"네. 기억합니다."

"그러고 보면 우리 모두를 무대 위로 올린 건 미주였어요."

유태주는 세정을 여전히 미주라고 불렀다. 그는 미주를 세정이라고 부를 생각이 전혀 없어 보였다.

"한 번은 만나야 하지 않을까 했습니다. 미주가 청주 보육원에 있을 때 매년 생일 선물을 챙겨 찾아갔습니다. 11월의 추운 겨울 바람을 온몸으로 맞으며 벤치에 앉아 있는 아이에게 말 한번 걸어 보지 못하고 돌아오곤 했죠."

태주의 방에는 매년 세정에게 전하지 못한 생일 선물이 담겨 있는 상자가 여전히 옷장 한구석에 놓여 있다. 태주는 고해 성사를 하듯, 나지막하고 회한이 가득한 목소리로 오래전 이야기를 꺼내 놓았다.

"세정이가 그러더군요. 추위에 익숙하다고. 아버지가 자신을 찾으러 올지도 모른다는 기다림으로 겨울바람 속에 서 있었다고. 지난 이야기는 이쯤하고, 절 보자고 하신 이유를 물어도 될까요?"

"미주를 잘 부탁드립니다. 압니다. 자격 없는 부탁이란 걸. 그래도 꼭 하고 싶은 말이었습니다. 저희처럼 버리지 말고 끝까지……."

현진은 떨리는 목소리로 말하는 태주의 눈빛이 세정과 많이 닮아 있다는 생각을 했다. 어린 세정이 모든 것을 의지했을 어린 날의 유태주. 어쩌면 자신 앞에 앉아 있는 그 역시도 부모의 사랑놀음에 다친 피해자가 아닐까?

"네. 세정이를 끝까지 지키겠습니다. 이 말이면 유 피디님의 마음이 좀 가벼워지겠습니까?"

"감사합니다."

유태주는 뭔가 더 할 말이 있는 듯 머뭇거리다가 체념한 듯 자리에서 일어났다. 그 머뭇거림에 용서, 화해와 같은 말들이 담겨져 있을 것임을 현진은 어렴풋이 알아챌 수 있었다.

태주와의 짧은 만남을 뒤로하고 현진은 세정이 기다리는 집으로 향했다. 문이 열리자 정체불명의 음식 냄새들이 방 안을 가득 채우고 있었다.

"너 뭘 한 거야?"

현진은 베란다 창을 열며 주방에서 애쓰는 세정을 돌아봤다.

"뭘 하려고 했죠. 하기는……. 그런데 망했어요."

"설마 날 위해서 요리 같은 걸 한 거였어?"

"계획은 그럴 듯했어요. 그런데 이게 쉽지 않네."

현진이 주방으로 들어서자 도무지 감이 잡히지 않는 요리 재료들이 갈 길을 잃고 여기저기 널려 있었다.

"도대체 뭘 하려던 거야?"

"닭볶음탕……."

"닭볶음탕 두 번 했다가는 주방을 다 날려 먹겠네."

혼자 오랫동안 지낸 세정이었지만 요리 따위는 한 번도 해 본 적 없는 사람처럼 주방 일 모든 것에 서툴렀다.

"난 아무것도 배운 게 없는 아이처럼 모든 게 서툴러요."

속상한 듯 풀 죽은 세정의 넋두리에 현진은 피식거리며 그녀의 곁에 앉았다.

"먹은 걸로 할게. 요리야 배우면 되는 거고. 안 되면 내가 하면 되는 거고."

"오늘 당신한테 줄 게 있었어요."

"뭐?"

세정은 거실에 현진을 앉혀 놓고 자신의 침실로 들어가 작은 상자 하나를 들고 나왔다.

"결혼 선물."

세정이 내민 상자를 열자, 고가의 시계 하나가 담겨 있었다.

"이거……."

"내가 가진 전부예요. 매시간 나를 생각해 주길 바라는 제 마음이랄까요."

그러나 선물을 받은 사람의 얼굴이라기에는 현진의 얼굴은 무거웠다.

"이거 무슨 돈으로……."

세정은 현진의 무거운 얼굴이 무얼 말하는지 알 수 있었다. 그녀는 상자 속에서 시계를 꺼내 그의 손목에 채웠다.

"말 그대로 내가 가진 전부예요. 성인이 된 보육원 아이가 그곳을 나올 때 자립하라고 지원금을 줘요. 내가 있던 지역은 꽤 많이 줬죠. 서울로 올라올 때 내 손에는 500만 원이 있었어요. 다행히 최교수님이 아니, 작은아버님께서 집이랑 학비를 마련해 주셨어요."

현진은 세정이 더 이상 이야기하지 않았으면 좋겠다는 생각이 간절해졌다.

"그래도 생활비는 필요했으니까 형편이 어려운 다른 아이들처럼 아르바이트를 엄청 열심히 했죠. 그렇게 힘들었는데도 원장님이 주신 500만 원을 쓸 수가 없었어요. 그 돈이 없어지면 꼭 내가 밟고 있는 땅이 무너져 버릴 것처럼 무서웠거든요."

현진은 가슴 한쪽이 뻐근해져 오는 것을 느끼자, 세정을 자신의 품으로 당겼다. 자신을 버리지 말라는 말을 애타게 하고 있는 그녀에게 눈물을 들킬 것 같아 한동안 세정을 감은 팔을 풀지 않고 그녀의 정수리에서 들리는 맥박 소리를 입술로 느꼈다.

"난 뭘 해 주면 좋을까?"

"이미 당신은 너무도 큰 선물을 해 줬어요. 내게 가족이 되어 주었으니까요."

"세정아……."

"응?"

"사랑해."

"……알아요."

현진은 오랫동안 세정을 가슴에 품고 있었다. 그녀가 가진 모든 상처가 사라져 주기를 바라는 간절한 마음을 담아서.

　그러나 그 소원은 이루어지지 않았다.

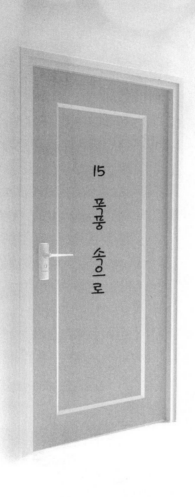

15
폭풍 속으로

4월 중순 영화 〈폭풍 속으로〉의 촬영이 시작되고 냉철한 킬러 역에 도전한 최현진에 대한 관심들이 연일 이야깃거리를 만들어 내고 있었다.

"현진 씨, 결혼할 사람 한번 보여 줘요."

〈폭풍 속으로〉의 박 감독이 촬영 준비를 하고 있는 현진에게 가벼운 말을 걸었다. 현진은 박 감독뿐 아니라 모든 사람들이 한 달 앞으로 다가온 자신의 결혼식에 대한 관심이 높다는 걸 알고 있었다.

"혹시 실재하지 않는 가상의 인물인가?"

"하하하, 그러기야 하겠습니까? 드라마 안 보셨어요? 그 드라마에서 가장 예쁜 사람이 제 처 될 사람입니다."

"그러지 말고 한번 봅시다. 들리는 소문으로는 대본 보는 눈이 그렇게 좋다면서요."

"그냥 부풀려진 칭찬이지, 그렇지는 않습니다."

곁에서 박 감독과 현진의 대화를 듣고 있던 조연이 대화에 끼어들었다.

"에이, 선배님. 그 소속사 배우들 전부 자기한테 들어온 대본 들고 형수님 될 분한테 상담한다면서요. 대본 잘 골라서 대박 났다고 최수진이랑, 김태운 씨랑 다들 형수님 대단하다고 난리던데요 뭐. 저도 한 번만 만나게 해 주세요. 네?"

"결혼할 사람 한번 봅시다. 현진 씨 이 영화에 출연하게 된 것도 아내 될 사람 추천 덕이었다니까 내가 밥 한번 살게요. 조언도 좀 구하고."

"하하하, 어쩐지 제가 세정이한테 밀리는 느낌인데요. 알겠습니다. 이야기 전하겠습니다. 그래도 아내 될 사람 칭찬이 나쁘지만은 않네요."

현진은 자신의 기분 좋음이 결국 학예회에 아이를 내어놓고 아이가 하는 모든 일들에 감사하고 행복해하고 작은 칭찬에도 어깨가 으쓱 올라가는 학부모 같은 심정일 거란 생각이 들었다. 하지만 이런 마음을 이야기하면 세정은 여전히 자신이 어리고 보호받아야 할 존재로 여겨지는 거냐며 불만을 토로할지도 모른다.

현진은 갑자기 세정의 목소리가 듣고 싶어져 조용한 곳을 찾아 전화기를 들었다.

"어디니?"

— 나, 여기 근사한 레스토랑이요.

"레스토랑? 누구랑? 어머니하고?"

― 아니, 완전 근사한 사람이랑요.

수화기 너머로 낯선 남자의 웃음소리가 들려왔다.

"더 궁금하게 만들 거야?"

― 하하하, 아뇨. 지금 김태운 씨랑 점심 먹는 중이에요. 지난 번 대본 선택에 대한 작은 답례 같은 거라는데요.

"너 이제부터 대본 봐주지 마. 쓸데없이 남의 일에 관심 가지고 고민해 주고 결국은 밥 한 끼 얻어먹어?"

― 어, 이거 어쩐지 질투 같은데요. 그런 건가요?

"그렇다면 어쩔래?"

― 그렇다면, 여기서 박 실장님 찬스를 쓰죠 뭐. 박 실장님, 현진 씨요.

수화기 너머로 웃음소리가 들리자, 그곳에 함께 있고 싶다는 생각이 간절해지는 현진의 얼굴 위로 미소가 흘렀다.

― 야, 최현진. 너 기억 못 하나 본데 이세정 우리 회사 소속 배우야. 그 소속 배우를 어떻게 활용하느냐는 내가 결정하는 거다. 질투 그만하고 영화나 잘 찍으시지.

"애 데리고 자꾸 돌아다닐래? 세정이가 네 마누라냐?"

― 아, 그러게. 내가 결혼만 안 했어도 세정이 너한테 안 넘기는 건데, 아쉽네.

"미친. 여기도 세정이 궁금한 사람들이 널려 있다. 박 감독이 세정이 한번 보고 싶다는데."

― 그래? 하긴 영화 대본에 박 감독이 손을 많이 댔지. 세정이

조언이 필요한가 보네. 그럼 뭐 이벤트 하자. 세정이한테 김밥 들려서 촬영장 보내지 뭐.

"그러면 좋은데, 유건영 씨가 계셔서……."

— 알아. 내가 앞뒤 분간 못 하는 사람이냐? 알아먹었어. 세정이하고 의논하고 결정할게.

"알았어, 세정이 바꿔."

여전히 세정이 속해 있는 공간은 즐거운 듯 보였고, 다시 전화기를 받아 든 세정의 목소리도 티 없이 맑고 명랑했다.

— 네.

"김태운이 그 자식 미소에 홀라당 넘어가지 말고, 박 실장한테 끌려다니지 말고, 실속 챙기고. 이따 보자."

— 네, 알았어요. 한몫 단단히 챙겨서 혼수로 들고 갈게요.

전화를 끊고 나서도 레스토랑 테이블은 웃음이 떠나지 않았다.

세정은 현진을 만나고 나서 자신의 세상이 변하고 있음을 느꼈다. 자신의 세계에만 갇혀 잊어버리면 그만일 상처를 다시 들여다보고 매만지는 일로 시간을 보내고 있었음을 반성하는 중이었다.

현진의 어머니와 함께한 자리 이후 조은숙에게서는 연락이 없었다. 자신이 과거에 대해 입을 다물고 있는 동안만은 그들 역시도 위태로운 침묵을 지키고 있을 것이리라.

"세정 씨, 이러다 저 최 선배한테 불려 가는 거 아닌지 모르겠어요."

떠오르는 스타인 김태운은 그녀와 비슷한 연배였다. 박 실장은 세정이 꽤 좋은 배우로서의 소질을 가지고 있는 것뿐 아니라 대본을 보는 뛰어난 눈을 가지고 있다는 것을 발견하고는 거의 매일 사무실로 불러내고 있는 중이었다. 물론 언론의 관심에서 세정을 보호하고자 하는 현진의 의도도 담겨 있었다.

"그럼 우리 삼각관계 치정 멜로드라마 한 편 찍죠, 뭐. 저 아직은 싱글이거든요."

"와, 이세정 너 이런 농담도 할 줄 알아? 현진이 알면 뒤로 넘어가겠네."

현진이 처음과는 다르게 진중해지고 책임감을 가진 진짜 배우로 변해 가는 것처럼, 세정 역시 제 또래의 사람들과 어울리며 밝고 명랑하게 변하고 있음에 박 실장은 흐뭇한 감정을 숨길 수 없었다.

즐거운 이야기만 풀어놓고 있던 그때, 세 사람의 유쾌한 자리로 서경일보의 최 기자가 다가왔다.

"박 실장님, 오랜만입니다."

박 실장은 자신을 부르는 최 기자에게 악수할 손을 내밀며 당혹스러움을 감추었다.

"최 기자 아니야. 여긴 무슨 일이야?"

"아, 지나가다가 그림이 좋아서. 저도 합석하죠. 태운 씨 섭섭해. 그렇게 인터뷰 한번 하자니까 연락이 없어."

넉살 좋게 자리에 합석한 최 기자의 시선은 김태운이 아닌 세정에게 향하고 있었다.

"여긴 베일에 싸여 있는 이세정 씨. 박 실장님하고 최현진 씨가 꽁꽁 감추어 둬서 만날 수가 있어야죠. 이렇게 만난 것도 인연인데 인터뷰 어떠세요?"

세정은 작정하고 자신을 따라붙은 신문 기자가 자신에게 원하는 게 뭘까 속으로 궁리하며 겉으로는 예의에 어긋나지 않는 차분한 시선으로 최 기자를 바라봤다.

"그건 최현진 씨와 상의해야 할 문제인 듯합니다. 제가 혼자 결정하기는 어렵습니다. 연락처를 주시면 추후에 연락을 드리죠."

최 기자는 세정의 차분한 대답에 그럴 줄 알았다는 듯, 피식 웃음을 흘리며 자세를 고쳐 앉았다.

"그 대답은 모범 답안이고, 이세정 씨가 드라마 속의 이미지하고는 좀 다르네요. 워낙에 알려진 게 없는 분이신지라. 그럼 이건 어떨까요? 최현진 씨와의 결혼이 아니라 세정 씨에게 영향을 준 사람에게 포커스를 맞추어 보는 건. 이를테면 유건영 씨와 조은숙 씨 같은……."

최 기자의 입에서 유건영과 조은숙의 이름이 나오자, 당황한 건 박 실장이었다. 세정은 최 기자가 자신의 이야기를 얼마나 알고 있을지 가늠하기 어려웠지만, 태연한 척 이야기를 이어 갔다.

"그것도 현진 씨와 의논해야겠죠? 무슨 이야기든 제 이야기라면 최현진 씨와 별개가 될 수 없을 테니까요."

"보기보다 당찬 구석이 있는 분이셨군요."

"왜 이래 최 기자. 배우 인터뷰 자리야 매니저하고 상의해서 결정하면 되고…….”

“이세정 씨는 실장님 관리시잖습니까? 그럼 어떠세요? 저하고
자리 한번 만들어 주시죠.”

“알았어. 내가 상황 봐서 연락할게. 우리 다음에 술이나 한잔하
자고, 최 기자.”

박 실장의 하는 모양새를 바라보던 최 기자는 세정을 한 번 쳐
다보고는 자리에서 일어났다.

“네, 그럼 저는 연락 기다리고 있겠습니다. 이세정 씨. 다음에
우리 꼭 보죠.”

가볍게 목 인사를 하고 식당 밖으로 나서는 최 기자를 당황해
서 쳐다보는 박 실장과 영문을 몰라 어리둥절해하는 김태운과는
달리 세정은 아무런 일도 없었다는 듯 담담하게 자리에 앉아 있
었다.

식사 자리가 끝이 나고 회사로 들어온 박 실장은 한참 고민 끝
에 전화기를 들어 현진을 찾았다.

“최 기자가 세정이 이야기를 어디서 들은 모양이야.”

— 최 기자? 누구?

“서경일보 최 기자, 이 자식아. 그 사람 확실한 거 아니면 안
무는 사람이야. 어쩔 거야? 야, 듣고 있어?”

— 어쩌긴 뭘 어째. 세정이가 말하고 싶다고 하면 인터뷰 잡으
면 되는 거고, 이야기하기 싫다고 하면 그냥 놔두면 되는 거지.

박 실장의 걱정과는 달리 현진의 목소리는 담담하고 차분했다.

마치 이런 일이 당연하다는 듯.

"뭐야, 너 세정이 지킨다며."

— 과거를 말하지 않고 숨기는 것만이 세정이를 지키는 건 아니니까. 사실 과거 이야기에서 세정이가 잘못한 거 있어? 그 아이는 오롯이 피해자야. 피해자가 굳이 피할 필요는 없지 않을까 한다. 본인이 원한다면 말이야.

"과거 끄집어내서 애 피 흘리게 안 하고 싶다고 한 게 너였어."

— 알아. 안 끄집어내면 괜찮을 줄 알았지. 근데 안 끄집어내니까 속에서 썩어 들어가더라. 드러내고 아프다고 하는 것도 나쁘지 않을 것 같다는 게 내 생각이야. 아프다고 투정 부리면 받아 줄 내가 있으니까.

"아, 몰라. 난 모르니까 세정이하고 잘 얘기해서 결정해."

— 애는 어디 있어?

"사무실에 있어."

— 알았어. 지금 데리러 갈게.

현진이 아무렇지도 않은 듯 말했지만, 최 기자는 만만한 상대가 아니었다. 전화를 끊고 나서도 박 실장은 어떻게 하는 것이 가장 이상적인 방법인지 고민하느라 자신의 이마에 깊이 주름이 잡히는 것을 알지 못했다.

"뭘 그렇게 심각하게 보고 계신가?"

갑자기 들리는 현진의 목소리에 세정은 고개를 들었다. 회사에서 만들어 준 작은 사무실에서 대본을 보고 있던 중이었다.

"이제 와요? 영화는 잘 찍었어요? 피곤한데 뭐 하러 와요. 나 혼자 갈 수 있는데."

세정의 목소리엔 반가움이 담겨 있었다.

"질문이 많아서 뭐부터 대답해야 하나? 다 모르겠고, 이리 와 봐. 좀 안아 보자. 보고 싶어 죽는 줄 알았다."

세정은 두 팔을 벌려 자신을 향해 오는 현진의 품으로 다가가 안겼다. 그녀는 그제야 현진이 왜 사무실로 자신을 데리러 왔는지 짐작할 수 있었다.

"최 기자 이야기 들었구나."

"그래."

"그래서 지금 나 위로하는 거예요?"

"아니, 열심히 일한 나에게 주는 보상이야. 널 위한 위로가 아 니라. 난 나밖에 모르는 이기적인 사람이거든."

"피― 난 이기적인 사람 싫은데."

"몰라서 그렇지 이기적인 사람은 자기 거 안 뺏기려고 무진장 애쓰거든. 나도 마찬가지야. 내 손에 들어온 너 안 내놓으려고 발 버둥 치는 중이야."

현진은 자신의 가슴에 세정의 웃음이 흔들림으로 전해지자, 그 녀를 더욱 힘주어 안았다.

"숨 막혀. 좀 놓고 이리 와서 앉아요."

세정이 소파로 가 앉고 자신의 옆자리를 손으로 톡톡 쳤다.

"야, 소속 배우 사무실도 따로 만들어 주는 좋은 회사야. 우리 회사."

"이제부터 나 심각한 이야기 해야 해요."

"최 기자?"

"네. 어디까지 아는지는 모르겠지만, 파양 이야기는 아는 듯했어요. 가만히 있지는 않을 않을 것 같던데."

"넌 어쩌고 싶어?"

"지금은 그냥 알려져도 상관없다? 그 이야기 속의 모두가 상처를 받겠지만, 결국은 그렇게 매듭이 지어지지 않을까 하는 게 내 생각이에요."

현진은 대답 없이 가만히 세정을 바라봤다.

"왜 그렇게 열심히 봐요?"

"내가 널 처음 만나고 며칠 '이세정이에요.' 하던 네 목소리가 나를 따라다녔어. 그런데 너 그때 네 이름 잘못 가르쳐 줬어. 알아?"

"그건 또 무슨 말?"

"그때 넌 나에게 '유미주예요.' 라고 해야 했어. 지금 내 앞에 있는 게 이세정거든."

세정은 그의 말이 무슨 뜻인지 알 듯도 했다. 최현진을 처음 만나 최현진의 새로운 드라마를 제안했던 그때는 '괜찮다' 는 말이 간절했던 어둡고 외롭던 시간이었다.

그날을 떠올리자 세정의 얼굴에 옅은 미소가 떠올랐다. 길을 잃어버린 아이처럼 어디로 가야 할지 방향을 찾지 못했던 자신의 과거, 그날이 아주 멀게만 느껴졌다.

"지금이 더 나은가요?"

"훨씬."

"그럼 됐어요."

"최 기자 문제는 조금 더 생각하자. 일이 터지면 〈폭풍 속으로〉도 시끄러워질 거야. 나하고 유건영 씨하고 함께한다는 것만으로도. 그건 그렇고, 지금까지 하는 걸로 봐서는 김밥을 못 쌀 것 같은데……."

"김밥?"

"촬영장 한번 왔다 가야겠는데, 그대가."

"나?"

"그래. 최현진과 결혼할 이세정의 결혼 전 외조 어때?"

"음. 김밥, 꼭 내가 싸야 할까요?"

도무지 할 줄 아는 음식이 하나도 없는 세정이었다.

"왜? 자신 없어? 그럼 너 좋아하는 그놈의 찬스를 쓰시든가."

"찬스?"

"어머니 찬스!"

"아, 그거 좋은데요. 어머님한테 전화드려야겠네."

휴대폰을 들어 어머니에게 전화를 하는 세정을 바라보며 현진은 이런 소소한 행복이 깨어지지 않기를, 일상의 평온함이 지속되기를 기원했다.

"여보세요?"

― 조은숙 씨 되시죠? 안녕하세요? 저는 서경일보 최순안 기자입니다.

조은숙은 낯선 전화번호를 한참 바라보다가 휴대폰을 들었다. 자신을 기자라고 소개하는 목소리를 듣자, 순간 가슴이 쿵 하고 내려앉는 통증을 느꼈다.

"무슨 일이죠?"

― 곧 제가 최현진 씨와 결혼할 이세정 씨와 인터뷰를 할 예정입니다. 혹시 그 전에 제게 해 주실 말씀이 없으실까 해서요.

모든 걸 다 알고 있다는 듯한 기자의 질문, 그것이 은숙에게는 협박처럼 느껴졌다.

"그 사람 이야기를 왜 아무 상관 없는 제게 묻는 거죠?"

― 아니, 혹시나 해서요. 제가 일방적으로 이세정 씨의 인터뷰만 실어도 괜찮으실지 여쭈어야 할 듯해서 말입니다.

최 기자는 모든 것을 알고 있다는 듯 조은숙에게 빈정거리며 말하고 있었다.

순간 조은숙은 복잡해지는 머리를 정리하려고 애썼다. 결국은 세정이 인터뷰를 통해 떠벌릴 이야기는 본인의 가족 모두에게 날카로운 비수가 되고 말 것이다. 말려야 한다. 그렇다면 선수를 쳐야 할까?

복잡한 생각이 어지럽게 엉키자, 조은숙은 최 기자와 자신의 집으로 약속을 잡았다. 어차피 가라앉은 이야기들을 떠 올려야 한다면, 본인에게 그리고 자신의 가족에게 유리하게 만들어야 한다고 조은숙은 마음을 다잡았다.

조은숙과의 전화를 끊고 나서 최 기자는 승리와 확신에 찬 웃음을 보였다. 처음 최현진이 신파 멜로드라마에 출연하다고 했을 때, 이제 최현진도 끝이라는 생각을 했다. 그런데 시간이 지날수록 좋은 연기를 해내며 연기자로서의 자질을 드러내자, 자신이 성급한 게 아니었을까, 란 생각이 들었다.

하지만 얼마 가지 않아 드라마 속의 단역 배우와 스캔들이 터지자 사람은 쉽게 변하는 게 아니라며 비웃었고, 스캔들이 난 지하루도 지나지 않아 결혼 발표를 하는 최현진의 모습에서 비웃음은 뭔가 숨겨진 진실이 있을 것 같다는 의구심으로 변하기 시작했다.

그때부터 최현진과 이세정의 주변을 살피던 최 기자는 유태주 피디의 집을 드나드는 세정을 포착할 수 있었다. 유건영과 조은숙, 이연진과 유건영, 그리고 유태주와 이세정. 그 관계를 알아보던 최 기자는 어렵지 않게 유미주의 존재를 발견할 수 있었다.

"이세정이 된 유미주가 정확하게 유건영과 조은숙의 심장을 겨눴다……. 누가 이길까?"

최 기자는 혼잣말을 내뱉으며 이 막장 드라마 같은 가족사를 어떻게 요리할 것인가의 기대로 조은숙의 집으로 향할 준비를 했다.

◇ ◇ ◇

배우 조은숙, 지난 과거를 이야기하다

유건영과 이연진 불화의 시작은 자신이 아닌 입양아였던 배우 이세정!

최 기자: 많은 사람들은 조은숙 씨가 유건영 씨와 이연진 씨의 사이를 멀어지게 한 장본인이라고 기억합니다. 오랫동안 그 어떤 변명도 하지 않으셨는데요, 이제 시간이 많이 흘렀으니 말씀을 해 주시면 어떨까요?

조은숙: 네, 다들 제게 불륜이라고 손가락질하시죠. 하지만 사실과는 다릅니다. 제가 유건영 씨와 만나기 시작한 건, 그들의 사이가 벌어질 대로 벌어져 이혼 소송이 진행되고 있을 때였습니다. 다들 저 때문이라고 하지만, 이는 사실과 다릅니다.

최 기자: 그럼 무엇 때문이었죠?

조은숙: 아이, 입양한 아이 때문이었어요.

최 기자: 아이요?

조은숙: 유건영 씨와 이연진 씨 사이에는 아들 하나와 입양한 딸아이 하나가 있었어요. 그런데 실은, 그 딸아이가 이연진 씨가 예전에 좋아했던 남자의 아이였어요. 건영 씨가 그 사실을 알고 사이가 틀어지게 된 거죠. 아내가 다른 남자의 아이를 품고 그 사람을 떠올리는 걸 참아 낼 남편은 없을 테니까요.

최 기자: 그렇군요. 그럼 그 입양한 아이는 어떻게 되었나요?

조은숙: 이연진 씨가 죽고 나서 한동안 저희 집에서 건영 씨와 제가 키웠어요. 하지만 전처가 마음에 두고 있던 남자의 자식을 키운다는 게 쉬운 일은 아니었죠. 게다가 제 오빠에게 심하게 집착을 하곤 했어요. 어머니는 여자아이가 더 커 가면서 피가 섞이지 않은 제 오빠에게 이성적으로 집착할까 걱정이 많으셨어요. 그래서 파양을 하게 됐죠. 그 부분에 대해서는 그 아이에게 늘 미안한 마음을 가지고 있습니다.

최 기자: 제가 알아본 바로는 그 파양된 아이가 우리가 잘 알고 있는 사람이라던데요?

조은숙: 네. 곧 배우 최현진 씨와 결혼 예정인 이세정이 그때 저희 집에서 파양한 아이입니다.

최 기자: 아, 그렇군요. 그러니까 이 집으로 입양되었다가 파양된 어린아이가 다 커서 배우가 된 거군요. 근래 만난 적은 있으신가요?

조은숙: 네. 협박을 하더군요. 사과하라고. 그러지 않으면 파양한 사실을 세상에 알려 도덕적으로 비난받도록 하겠다고…….

최 기자: 이세정 씨가요?

조은숙: 그럴 만할 겁니다. 어린아이가 파양되어 집을 떠났으니, 그 분노가 얼마나 컸겠어요? 세정이가 그런 말을 해도 전 어떤 말도 할 자격이 없습니다.

최 기자: 조은숙 씨, 그만 우시고. 그럼 이 자리를 빌려 이세정 씨에게 하실 말씀 하시죠.

조은숙: 세정아 그땐 나도 어렸단다. 내가 낳은 아이를 네가

시샘해서 해코지하는 것도 마음 넓게 받아들이지 못할 만큼 어리석었지. 다만 네가 미워서, 싫어서 파양한 건 아니었다. 네 아빠가, 유건영 씨가 널 키워야 할 이유는 하나도 없었어. 널 보면서 부정했던 자신의 아내를 떠올리는 건 생각보다 불행한 일 아니었겠니. 이제 결혼도 한다고 하니, 과거는 모두 잊어버리고 행복하게 살아.

더 많은 이야기를 담고 있던 기사는 스물여섯이라는 어린 나이에 불륜의 멍에를 덮어쓰고 자신이 원하던 일을 하지 못했던 조은숙에 대한 동정 여론과 세정이 조은숙을 협박하기 위해 최현진에게 접근했을지도 모른다는 추측성 이야기들로 가득했다.

"너 언제 협박했어?"

"그랬나 봐요. 내가 협박을 했어나 봐요. 언제 했더라……."

기사를 보고 있던 현진은 튀어나오는 욕을 억지로 삼키며 가벼운 농담조로 세정에게 말을 건넸다. 세정은 식탁에 앉아 요리책을 공부하듯 들여다보고 있었다.

"사람은 쉽게 안 변해요. 그죠?"

"사람이 갑자기 변하면 죽어."

심각한 상황에서도 현진이 가볍게 대응하자, 세정은 요리책에서 눈을 들어 신문을 들고 있는 현진을 봤다. 점점 더 현진은 세정이 속해 있는 상황 속에 당연한 듯 녹아들고 있었다.

"그나저나 나 복수를 위해 당신을 유혹한 꽃뱀이 됐어요. 어쩌죠?"

"아, 내가 그렇게 어리숙한 캐릭터였나?"

"기사는 완전 심각한데, 난 왜 이렇게 아무렇지 않지?"

"유미주가 아니라 이세정이어서 그래."

"그런가?"

"그나저나 이세정 씨. 난 어쩌면 좋을까요? 영화 촬영장에 사람들 쫙 깔렸겠는데."

"나 같아도 몰려들지. 당신이랑 유건영 씨를 한 컷에 담을 수 있는데, 당연히 가야죠. 기자라면."

가볍게 말을 던지는 세정이 다행이라는 듯 현진은 식탁에 앉은 그녀에게로 손을 내밀어 일으켜 세웠다. 그러고는 익숙한 듯 세정의 입술을 삼켰다.

"왜 이래요. 대낮에 야하게."

"내가 뭘 하재? 그냥 가만히 있어 봐. 착해서 씩씩해서 주는 상이니까."

"꽃뱀에게 이런 상은 무의미해요. 돈을 줘요, 돈을!"

현진의 웃음소리가 더욱 커지자 세정은 아무런 일도 일어나지 않은 듯한 착각에 휩싸였다. 어제와 같은 오늘, 그리고 오늘의 평온함이 내일로 이어지는 그런 아무렇지 않은 보통의 날들……

"김밥 싸 들고 내가 촬영장 찾아갈까요?"

"왜? 앵글에 아버님과 나 둘만 넣기 아까워서 너도 끼워 넣으려고?"

"그럼 재밌지 않을까요?"

"가서 뭐 하게?"

"따져 물어보게요. 정말 내가 당신을 엄마에게서 돌아서게 한 장본인인가요? 이렇게 물어보려고."

"그래, 그거 좋다. 당당한 이세정이 하자. 와, 내가 확실하게 이세정이란 꽃뱀한테 홀라당 넘어간 걸로 할게."

"어머니 걱정하시겠다. 일단 전화드리고 김밥 SOS 쳐야겠어요. 먼저 촬영장 가 있어요. 내가 곧 갈게요."

"그래. 애타게 기다리고 있을게. 안 되면 그냥 사서 와."

세정이 어머니와 통화하면서 자신에게 등을 돌리자, 한참을 웃던 현진의 얼굴이 금방 어두워져 심각해졌다. 이제 자신의 등 뒤에 숨겨만 둔다고 해서 해결될 일 따위는 아무것도 없어졌다.

촬영이 끝나면 유태주 피디와 만나 봐야겠다는 생각을 하면서 현진은 〈폭풍 속으로〉 촬영장으로 향했다.

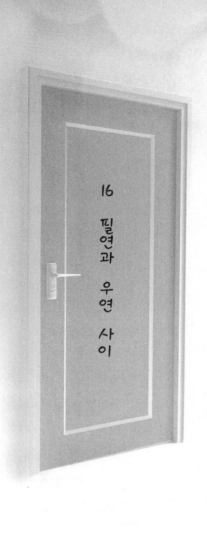

16
필연과 우연 사이

"엄마, 꼭 그래야 했어?"

"뭐가?"

은진은 신문에 난 엄마의 인터뷰를 보며, 기가 막힌 듯 따져 물었다.

"널 위해서도 좋은 일이야. 나도 참을 만큼은 참은 거고."

"그래도 달라지는 건 없어."

"뭐가 안 달라져?"

"그 추운 날 열두 살의 어린애를 집 밖으로 쫓아낸 거."

은진은 위태로웠던 평화가 깨질까 모두가 조심했던 지난 시간 속에서 유미주를 원망하기도 했다. 그러나 근래 엄마의 모습은 확연히 유미주가 피해자였음을, 자신의 가족이 가해자였음을 보여주고 있었다.

"흥, 조금 있어 봐. 그건 아무도 기억 못 할걸. 오로지 이연진이 지 옛날 남자의 아이를 입양했다는 거하고, 이세정이가 나에 대한 복수를 하려고 최현진을 꾀어냈다는 것에만 사람들의 이목이 집중될 거야. 두고 봐."

은진은 지금껏 보지 못한 엄마의 또 다른 모습에 마음이 싸늘해졌다. 지금껏 내조만을 하는 아내, 착한 엄마의 역할을 한 배우로서의 조은숙만을 보고 살았던 것은 아니었으나, 은진은 자신의 엄마가 도무지 어떤 사람인지 알아낼 수가 없었다.

"엄마, 난 엄마가 이 모든 게 날 지키기 위한 것이라고 생각했어. 그런데 아니었던 거 같아. 엄마는 날 지키는 게 아니라 자기 자신을 지키려고 했을 뿐이야."

서글픈 은진의 말대답에 은숙은 순간 마음이 철렁 내려앉았지만, 아직은 어린 은진이니 잘 다독이면 문제없을 거라고 마음을 다잡았다.

"쓸데없는 소리 하지 말고. 네 아빠 촬영장 갈 거야. 너도 따라나서."

"아빠 촬영장?"

"최현진이 얼굴도 좀 보고 싶고, 나도 이제 놀 만큼 놀았어. 나도 하고 싶은 거 하면서 살고 싶어졌거든. 사람들한테 내 모습을 보이는 것도 나쁘지 않지."

그러고 보니 이전과는 다르게 조은숙은 예쁘게 차려입고 있었다. 화려하지 않게, 그러나 패션 센스는 잊어버리지 않은 듯, 내조만을 위해 살아온 지고지순한 아내의 컨셉이었다. 은진은 엄마의 이런 행동에 동조하고 싶지는 않았지만, 아빠의 의견이 갑자기 궁금해졌다.

아빠는 이제 어떻게 할까?

깊은 생각을 하고 있던 은진은 자신이 의식하지 않은 어느 순간, 〈폭풍 속으로〉의 촬영장에 도착해 있었다.

〈폭풍 속으로〉 촬영장 안은 설명하기 어려운 침묵이 사방을 감싸고 있었다. 촬영 공간에 동시에 나타난 유건영의 처 조은숙과 그의 딸 유은진, 그리고 최현진의 결혼 상대이자, 스캔들의 중심에 서 있는 그들이 파양한 딸 이세정. 이들에게 모든 시선이 모아졌다.

소란스러운 촬영장 밖은 쉴 새 없이 터지는 카메라 플래시와 기자들의 인터뷰 요청 등으로 정신없었지만, 촬영이 진행되고 있는 안쪽 공간은 시선만이 논란의 중심에 서 있는 그들을 따라다닐 뿐이었다.

진행 중이던 촬영은 킬러를 잡는 형사 역의 유건영과 킬러 최현진이 실내 공간 안에서 우연히 만나게 되는 장면이었다. 그 장면을 지켜보고 있던 세정의 곁으로 은진이 다가섰다.

"미주 언니."

미주 언니, 자신을 세상에서 미주 언니로 부를 아이는 하나뿐이었다. 세정이 놀라 돌아보니, 갓난쟁이 어린 아기는 예쁘게 자라 있었다.

"은진이구나."

"네."

세정이 파양되던 해, 막 걷기 시작했던 은진은 어느새 대학생이 되어 있었다. 그녀는 조은숙보다는 아빠, 유건영의 모습을 더 많이 담고 있었다. 그런 그들이 나란히 서 있는 모습을 곁눈으로 보던 조은숙은 나쁘지 않은 그림이라고 생각하며 가만히 둘을 놔두었다.

"엄마 때문에 곤란하시죠?"

무슨 말을 먼저 해야 할지 망설이던 은진이 조심스럽게 물었다.

"아직은 잘 모르겠네. 그런데 꼬맹이, 우리 이렇게 나란히 서 있는 거 다른 사람들이 보면 우스워할걸."

"웃으라 해요. 우리 모두 코미디 하고 있잖아요. 그중에서 우리 엄마가 최고지만."

"꼬맹이 많이 컸네."

"미주 언니는 생각보다 훨씬 단단하네요."

몇 번의 대화가 오고 가던 그때, 촬영이 끝이 나고 유건영과 최현진이 다가왔다. 최현진은 이세정을 향해, 그리고 유건영도 이세정을 향하고 있었다. 두 사람이 모두 이세정을 향하자 당황한 건 간식거리를 들고 서 있던 조은숙이었다.

"여보."

그러나 자신을 부르는 조은숙의 목소리는 들리지도 않는다는 듯, 유건영은 세정의 앞으로 다가섰다. 주변은 스캔들의 중심에 있는 사람들의 이야기를 하나도 놓치지 않으려는 듯 의도적인 침묵으로 가득했다.

"미주야."

건영이 세정을 미주라고 부르자, 모든 사람들이 그들의 대화에 더욱 집중하기 시작했다.

"네."

"그땐 내가 너무 어리고 그것도 사랑이라고, 사랑에 눈이 멀어서 네 엄마를 의심했었다."

너무 늦은 고백이며 후회였다. 그러나 건영은 은숙이 더 이상 세정을 다치게 해서는 안 된다는 생각만이 들 뿐이었다.

"지금 생각해 보면, 그 의심이 사실이었다면, 네 엄마가 내가 돌아오기를 그렇게 애타게 바라진 않았을 텐데. 그땐 아무것도 안 보이고 아무것도 안 들렸어. 미주야."

건영은 은숙의 인터뷰 기사를 읽으며, 오래전 기억들을 떠올렸다. 그랬다. 그때, 미주가 오래전 자신의 아내 연진이 좋아했던 남자의 아이였다고, 사고로 죽은 남자의 아이를 그래서 품은 거라고, 그렇게 믿었었고 그 사실에 분노했었다.

"그렇다 해서, 널 7년이나 키우고서는 매몰차게 파양한 죄가 없어지는 건 아니야. 언젠가는 저 사람도 너에게 진심으로 사과하는 날이 올 거다. 내가 그렇게 만드마. 아파하지 말고 서러워하지 말고 그렇게 행복하게 살아."

유건영은 진심 어린 사과를 하고 있었다. 오래된 회한과 미련으로 일그러진 그의 얼굴을 보자, 옆에서 지켜보고 있던 조은숙은 터져 오르는 화를 참아 내기 어려웠다.

오랫동안 자신이 하고 싶은 일도 포기하며 지켜 온 가정이고 유건영이었다. 그리고 여론을 자신의 편으로 만들어 놓으려 얼마나 많은 거짓을 만들어 냈던가? 그런데 내다 버린 쓰레기 하나가 다시 굴러 들어와 자신의 집안을 더럽히고 있었다. 저건 버려져야 한다. 이제 다시 내 집안으로 들여놓으면 안 된다.

그런 분노로 가득한 조은숙이 앞뒤 생각 없이 그들에게 더 가까이 다가갔다.

그때, 무서운 비명 소리가 들리고 유은진의 머리 위로 세워졌던 조명이 그녀를 향해 떨어지고 있었다. 그리고 또다시 찢어지는 비명 소리.

모두들 정신이 들었을 때는, 은진을 감싸 안은 세정의 머리에서 숨 막히는 붉은빛의 피가 흘러내리고 있었다.

"세정아!"

"미주야!"

현진의 울부짖음과 유건영의 비명, 그리고 급하게 걸어오면서 조명선을 발로 걸고 넘어뜨린 장본인인 조은숙이 멍하니 서 있을 뿐이었다.

조금 뒤 소란스러움을 뒤로하고 온몸이 피범벅이 된 최현진이 망연자실하게 구급차에 실리는 세정과 은진을 따라 병원으로 이동했다.

병원으로 향하는 구급차 안에서 현진은 자신의 인생에서 가장 무서운 한때를 보내고 있었다. 조금 더 자신이 빨랐다면 넘어지는 조명을 잡을 수 있지 않았을까? 아니, 조은숙의 황당한 인터뷰에 좀 더 적극적으로 대응했다면 오늘 그 촬영장에 조은숙이 나타나지 못했을 텐데. 현진은 밀려오는 자책과 두려움에 온몸이 떨려왔다.

병원에 도착한 세정은 긴급 수술에 들어갔다. 담당의사가 심각하게 상황 설명을 했지만, 현진은 아무것도 들리지 않는 사람처럼 멍하니 서 있을 뿐이었다. 그의 형이 도착하지 않았다면 현진은 그저 그 자리에 주저앉아 세정을 살려 달라고 떼를 쓰는 세 살의 어린아이로 돌아가 버렸을지도 모른다.

수술실로 들어간 세정이 다시 병실로 나오기까지는 꽤 긴 시간이 흘렀고, 그 시간으로부터 일주일이 넘는 시간 동안 세정은 깨어나지 못하고 있었다. 그 시간 동안 그 어느 누구도 현진에게 말을 건네지 못했다.

현진이 세정의 의식이 돌아오기를 간절히 바라는 그때, 세상은 세정과 얽힌 사람들의 이야기로 시끄러웠다. 그 모든 이야기 속에 '왜'는 없었다. 오로지 누가 나쁜 사람인지 가려내는 말만 있을 뿐이었다.

세정이 깨어나기 어려울지도 모른다는 담당의의 말에 삶의 의지를 잃어버린 사람처럼 주저앉아 있는 현진을 바라보던 최 교수는 떨쳐지지 않는 분노로 유은진의 병실을 찾았다. 세정이 보호하기는 했으나, 넘어지면서 은진 역시 팔에 골절상을 입은 상태였다.

"최 선배님."

병실 안에는 상황이 어떻게 돌아가고 있는 것인지, 두려움에 떨고 있는 조은숙과 은진 대신에 다친 사람이 세정이란 사실에 기막혀하는 할머니, 그리고 이성을 놓아 버린 것 같은 유건영이 모여 앉아 있었다.

사람 좋기로 소문난 최 교수가 독을 품은 듯한 분노의 눈빛으로 병실 문을 열자, 거기에 있던 사람들은 긴장할 수밖에 없었다.

"내가 경고했을 텐데. 세정이 건들지 말라 했지."

최 교수의 목소리는 날이 서 있어 곧 누군가 그 칼날에 베어 피를 볼 것만 같았다.

"최 선배."

"내가 들고 있는 패가 안 무서웠던 모양이구나. 저 아이가 깨어나지도 못하고 만신창이가 된 지금, 내가 그 패를 끝까지 감추고 있을 필요는 없어. 조은숙, 네가 사랑하는 사람 안 놓치겠다고 한 거짓말들로 얼마나 많은 사람들이 피 흘리고 있는지 봐."

날이 선 질책에 조은숙은 겁을 먹은 듯 소리를 질렀다.

"그건 거짓말이 아니라 내가 살기 위한 몸부림이었어요."

"무슨 말이야?"

최 교수의 입에서 '거짓말'이란 말이 튀어나오자 조은숙의 얼굴은 사색이 되었고, 또 그 의미를 이해할 수 없던 건영은 자신이 모르는 또 다른 조은숙의 모습이 도사리고 있을 거라는 공포감이 온몸을 감쌌다.

"이 멍청한 사람아. 세 치의 혀에 놀아나 저를 목숨만큼 사랑했던 사람도 버리고 아이들도 버려 가슴에 멍이 들게 해? 조은숙 저 사람보다 유건영 자네가 모든 일을 이렇게 만든 거야. 알기나 해?"

쏘아붙이며 분노를 드러내는 최 교수의 모습은 건영도 은숙도 처음이었다.

그가 가진 패, 거짓말. 은숙은 순간 병실 바닥으로 주저앉고 말았다. 자신이 쌓아 온 성이 모래처럼 무너져 내리고 있었다.

열흘이 지나도록 세정은 깨어나지 못하고 있었다. 수술은 성공적으로 끝났지만, 깨어나는 것은 본인의 의지라는 설명이 자꾸 현진을 흔들었다. 세정이 깨어나지 못하는 시간이 길어질수록 자신이 세정의 삶의 이유가 아닐지도 모른다는 불안감이 그를 괴롭혔다.

현진의 가족 모두 그런 그를 옆에서 그저 지켜보는 것만 할 수 있을 뿐, 위로조차 건넬 수 없었다.

열흘이 다 지나도록 깨어나지 않는 세정의 곁에서 꼼짝도 하지 않던 현진은 갑자기 병실을 나섰다. 그리고 그가 향한 곳은 〈폭풍 속으로〉의 제작 사무실이었다.

감독 앞에 선 현진의 모습은 이전의 혼란함을 깨끗이 씻어 낸

말끔하고 단정한 모습이었다.

"최현진 씨. 괜찮아?"

감독은 갑작스럽게 자신을 찾은 현진에게 안부를 건넸지만, 그는 아무 일도 없었다는 듯, 아무렇지도 않다는 듯 단호한 어조의 말을 이어 갔다.

"촬영 시작하시죠, 감독님. 이 작품 세정이가 권한 작품입니다. 넋 놓고 이렇게 미완으로 놔둘 수는 없지 않습니까?"

"그래도, 사고가······."

"그러실 필요 없습니다. 세정이 괜찮을 겁니다. 금방 일어날 겁니다. 세정이가 이 작품 멈춰 버린 거 알면 깨어나 실망할 겁니다. 감독님 계속하시죠."

그러나 그게 말처럼 쉬운 일은 아니었다. 촬영장은 인사 사고가 나면서 어수선해졌다. 경찰들이 오고 가고 조사가 이루어지면서 투자자들이 모두 떨어져 나간 상황이었다.

"현진 씨. 이 작품은 상업 영화가 아니어서 투자를 받기 어려웠어. 어렵게 진행하던 작품이었는데, 사고 이후로는 그 투자도 철회가 되어서 사실 나도 난감해하던 참이야."

상업 영화는 아니었지만, 최현진의 참여로 꽤 괜찮은 투자처의 지원을 받기 직전이었다. 그러나 촬영장에서 사고가 일어났고, 주인공의 애인을 죽음의 문턱까지 끌고 가자 대형 투자처들이 발을 빼 버린 상태였다. 그들의 판단에는 주인공 최현진이 온전하게 연기를 해낼 가능성이 없어 보였을 것이다.

"새로운 투자처를 만들면 되는 건가요?"

현진의 목소리는 이전보다 더 담담했다. 그러고는 잠깐의 고심 끝에 휴대폰을 꺼내 어디론가 전화를 걸었다.

"아버지, 부탁이 있습니다."

— 그래.

"제가 찍던 영화, 투자자가 필요합니다. 부탁드립니다."

— ……알았다. 네 형에게 말해 놓으마. 하고 싶은 대로 해.

"감사합니다."

아버지와의 통화를 끝내고 현진은 마음을 굳게 다지듯 최 감독에게 말했다.

"영화 다시 시작하시죠. 감독님."

현진은 달라져 있었다. 최 이사장은 전화를 끊고 깊은 한숨을 내쉬었다. 더 이상 다치지 않기를 바랐던 아이였다. 최 이사장은 자신이 세정을 욕심내지 않았다면, 그녀가 다치지 않았을지도 모른다는 자책을 하다 생각을 돌려 전화기를 들었다.

"나다."

— 네, 아버지.

"현진이가 하던 영화, 계속하고 싶다는구나. 네가 상황을 좀 알아보고 도울 거 있음 돕는 게 어떻겠니?"

— 네, 좋은 선택이네요. 세정 씨가 깨어나면 좋아하겠어요.

"그래. 좋아할게야……."

현진의 형 현수 또한 아버지의 흔들리는 목소리에서 지금 세정의 병실에서 그녀가 깨어나기를 간절히 바라며 기도하고 있을 어머니와 자신의 아내를 떠올렸다.

세정은 벌써 그들의 가족이 되어 있었다.

세정이 한 달 가까이 깨어나지 못하고 있음에도 최현진과 유건영은 함께 영화 촬영에 복귀했다. 두 사람은 세정의 사고와 관련한 관심들 속에서도 침묵을 지킨 채 그저 묵묵히 연기를 했다.

그리고 조은숙에게 몰리고 있던 동정 여론은 어쩌면 촬영장에서의 사고가 과실 치상이 아닌, 고의적인 사고일지도 모른다는 소문들로 무성해지자 본질적인 물음으로 바뀌기 시작했다.

왜 이연진은 유건영과 이혼하게 되었는가?
이세정의 입양과 파양은 어떻게 이루어졌는가?

그러나 대중들의 관심 속에서도 이 사건의 주인공들은 모두 입을 굳게 다물고 있을 뿐, 아무런 말이 없었다.

현진이 영화 현장으로 복귀하기 하루 전, 그는 유건영의 거실에 그들의 가족 모두와 함께 앉아 있었다.

"최현진 씨, 이 사고는 내가 고의적으로 그런 게 아니라……."

"그 이야기는 세정이가 깨어나면 하시죠. 사과를 받아야 할 사람은 세정이니까요."

현진이 조은숙이 꺼내던 이야기를 중간에 가로막았다. 그러고는 빈틈없는 목소리와 냉정한 눈빛으로 이야기를 이어 갔다.

"저는 지금부터 세정이가 깨어나기 전까지 세정이와 관련한, 그리고 유미주와 관련한 그 어떤 이야기도 하지 말라는 경고를 하기 위해 이 자리에 앉아 있습니다."

"허, 경고?"

태주의 할머니가 현진의 냉랭한 얼굴에서 흘러나오는 '경고'라는 말에 심기가 꼬인 듯 툭 하고 말을 내뱉자, 현진이 지금까지 한 번도 보지 못한 무섭고도 차가운 얼굴로 할머니를 바라봤다.

"네, 경고입니다. 언젠가 우리 집안을 들먹이시며 세정이와의 결혼을 막아 보려 하셨다더군요. 그 집안, 제가 한번 제대로 움직여 볼까 합니다. 어떤 방법으로든, 그게 기막히게 치졸하고 비겁한 방법이라도 말입니다. 그러니 처신에 조심하셔야 할 겁니다."

태주의 할머니가 다시 한번 뒤틀리는 심경을 표현하려 하자, 유건영이 가볍게 제 어머니의 손을 잡았다.

"무슨 말인지 알았네. 우리 식구들 입에서 미주, 아니 세정이와 관련한 그 어떤 이야기도 밖으로 나가지 않게 하겠네."

"아버님, 아니 유 선배님의 말씀은 못 믿겠습니다. 다른 분들은 경고에서 그치겠지만, 조은숙 씨 당신에게는 제가 협박을 좀 해 볼까 합니다."

"협박이라니……."

"제 작은아버지가 재미있는 걸 쥐고 계셨더군요. 아시는지 모르겠습니다만, 이연진 씨의 유서를 가지고 계십니다."

유서라는 단어가 현진의 입에서 튀어나오자 거실에 모인 가족들 모두 당황스러움을 감추지 못했다.

"유서야 그 내용이 사실이 아니라 우기면 그만이겠습니다만, 유태주 씨 혹시 당신 어머니 재산 상속 말입니다. 그게 어떻게 이루어졌는지 알고 있습니까?"

태주가 어머니의 유산 상속에 대해서는 전혀 생각을 해 본 적이 없다는 표정을 드러내자, 조은숙을 제외한 모든 사람들은 이연진의 재산이 어떻게 움직였는지 떠올리는 일에 집중했다.

유서, 그게 최 교수가 쥐고 있던 마지막 패였다는 사실에 조은숙은 철렁 가슴이 내려앉았다. 그 안에 유산과 관련한 내용이 들어 있다면 조은숙에게는 타격이 큰 일이었다.

"이것 봐요, 최현진 씨……."

조은숙이 현진의 말을 끊으려 애썼지만, 그는 그럴 마음이 전혀 없었다.

"제 이야기 아직 안 끝났습니다. 유태주 씨 대답하시죠."

"그건, 제게……."

"어머니 유언장이 있었다는 거, 알고 있었습니까?"

"아니요, 전혀. 저는 그냥 그대로 제게 유산이 상속되는 것인 줄로만……."

현진이 더듬거리는 유태주를 그럴 줄 알았다는 듯, 비난이 섞인 비웃음을 던지고는 말을 이어 갔다.

"조은숙 씨가 유건영 씨와의 사랑 이외에도 세정이에게로 갈 이연진 씨의 재산도 욕심을 내셨더군요."

유건영은 오래전 전처 이연진의 유언장을 들고 자신을 찾아왔던 변호사를 떠올렸다. 그랬다. 분명 이연진의 유언장에는 얼마간의 저축은 태주에게, 그리고 모든 자산은 법적으로 여전히 부부 관계였던 자신에게 증여되는 것으로 되어 있었다.

그동안 자신은 그것에 대해서는 아무런 관심이 없었다. 하지만 그러고 보니 태주의 몫이 있었다면, 미주의 몫도 있어야 했다.

"변호사가 그때 가지고 온 그 유언장은⋯⋯."

"여기 계시는 조은숙 씨와 변호사가 짜고 다시 작성한 유언장이죠. 이제 제 협박이 좀 먹히겠군요."

"이것 봐요. 위조를 하지도 않았지만, 그게 벌써 언제 적 일인데⋯⋯."

"공문서 위조라 시간이 꽤 흘러서 공소 시효가 만료되어 고소는 못 하겠죠. 그러나 기자들은 재미있어하지 않겠어요? 이 일이 기사화된다면 공문서 위조가 문제가 아니라, 당신이 순수한 사랑만 바라본 게 아니란 생각을 대중들은 하게 되겠죠. 여론 몰이, 당신이 세정이를 벼랑 끝으로 몬 여론 몰이를 저도 해 볼 생각입니다. 제가 한 수 위일 것 같은데, 어떠신가?"

현진이 작정한 듯 반말로 말을 끝내자 조은숙의 머릿속이 엉키기 시작했다. 그랬다. 꽤 많은 자산, 유건영과 자신이 결혼하는 상황에서 이연진의 자산이 미주에게로 가는 걸 막고 싶었다. 그랬었다.

"난 결코 유언장을 조작하는 일 따위는 하지 않았어요."

떨리는 목소리를 숨기기 위해 조은숙은 최선을 다하고 있었다.

"그래. 그렇게 계속 우겨요. 그래야 재미있지. 아, 참고로 그 변호사 제 손에 있습니다. 당신이 대가로 지불한 꽤 큰돈의 흐름은 이미 파악했고. 그 정도는 해야 협박이 가능하지 않겠어?"

"최현진, 너!"

"조은숙 씨. 아직 상황 판단 안 된 모양인데, 지금 중요한 건 당신이 유언장을 조작했느냐 아니냐가 아니야. 이 이야기를 시작으로 난 당신이 이연진과 유건영 사이를 이간질시켜 이혼까지 가게 했고, 세정이를 그 이간질의 도구로 사용했다는 이야기를 흘릴 참이거든. 어떤가요? 이 정도면 협박이 제대로 먹히는 건가?"

현진의 목소리는 갈수록 날카로워졌다. 그의 손에 은숙의 가면이 하나씩 하나씩 벗겨지고 있었다. 그러나 그녀의 민낯을 제대로 볼 수 있을지는 의문이었다.

"이간질이라니 무슨 그런……."

태주의 할머니는 상황이 이상하게 돌아가고 있다는 사실에 안절부절못하면서도 현진의 이간질이라는 단어가 계속 마음에 걸렸다. 현진의 눈에 그런 할머니의 당혹스러운 시선이 잡히자, 그는 대상을 바꿔 이야기를 시작했다.

"할머님이 그렇게 아끼시는 저 며느님이 실은 예전 며느님과 아드님 사이를 이간질시키셨더군요."

"최현진 씨 그만둬요. 그런 말도 안 되는 소리를……."

조은숙의 목소리는 더욱 처절하게 울려 퍼지고 있었다.

"말도 안 되는 소리라. 그럼 하나 묻죠. 유 선배님 당신은 왜 이연진 씨에게 이혼을 요구하셨나요? 둘의 사이가 틀어진 가장 큰 이유가 뭐였죠?"

건영은 현진의 당돌한 질문에 잠시 주춤거렸다. 오래된 이야기, 오래전 기억을 더듬자, 순간 은숙의 말소리가 선명하게 떠올랐다.

'미주 유전자 검사해 봤어요? 아무래도 난 미주가 연진 언니 딸인 거 같아요.'

미주가 연진의 부정한 딸일지도 모른다. 그게 시작점이었다. 그즈음 전처 연진의 태도가 이전과는 다른 모습이었다. 자신을 책망하고 때로는 분노의 감정들이 폭발하기도 했다. 그런 연진의 행동에 계속해서 건영은 밖으로만 돌았고, 그리고 그사이 자신의 곁에 어느 순간 조은숙이 자리 잡았다.

"미주……."

"그래요. 미주가 이연진 씨의 딸일지도 모른다는 의심을 흘렸죠. 여기 있는 조은숙 씨가 말이죠. 그런데 재미있게도 조은숙 씨가 이연진 씨에게도 똑같은 말을 흘렸더군요. 세정이 당신의 친딸일지도 모른다는."

"뭐?"

거실에 있던 모든 사람들이 조은숙에게로 황당한 시선을 모았다.

"이연진 씨의 유서를 보면 세정이를 당신의 친딸로 알고 있더군요. 자신을 기만한 당신을 용서할 수 없다는 내용과 함께, 세정이와 당신의 유전자 검사지가 동봉되어 있었어요. 물론 그것도 조작이겠죠?"

현진은 자신의 감정이 흔들리는 것을, 분노를 밖으로 표출하지 않기 위해 최선의 노력을 다하고 있었다. 그 분노는 세정을 이용해 두 사람을 이간질시킨 조은숙과 멍청하게 상황에 끌려다닌 유건영에게만 향하는 것은 아니었다. 정작 세정을 지켜 줘야 할 이연진은 그렇게 사랑했던 세정이 유건영의 친자라는 조은숙의 거짓말에 놀아나, 건영에게 복수하고자 세정이 친자라는 사실을 죽을 때까지 숨겼다.

세정의 의식이 돌아오지 않자, 최 교수는 가장 먼저 이연진이 자신에게 맡긴 은행 금고 열쇠로 그 안의 유서를 찾아 왔다. 그 안에는 어린 미주가 유건영의 자식이라며, 자신은 평생 유건영에게 기만당하고 살았다며 기막혀하는 연진의 유서와 건영과 세정의 유전자 검사지가 들어 있었다. 하지만 그 검사지가 조작되었다는 건 쉽게 확인할 수 있었다.

최 교수는 그 검사지를 들고는 깊은 잠에 빠져 있는 세정에게 미안하다고 말하고 또 말했다. 남편이 외도로 낳은 자식을 입양해 키웠다는 스스로의 자괴감이 결국 세정을 심정적으로 버린 것과 마찬가지라는 현진의 분노 역시도 그날 병실 안에 가득 차 있었다.

"세정이가 깨어나면 그녀에게 전 조은숙 당신의 거짓말이 그녀의 어머니를 흔들고 죽음까지 몰고 갔다는 사실도, 유건영 씨가 얼마나 바보같이 사랑으로 포장된 조은숙의 거짓말에 흔들렸는지도, 그리고 하나밖에 없었던 엄마 이연진이 자신을 복수의 도구로 취급했다는 사실을 전해야 합니다. 그 참담함, 아십니까?"

현진의 말이 흔들리기 시작했다.

"그럼에도 불구하고 아마 그녀는 제게 조용히 있으라, 타인에게 상처 주는 일은 하지 말라 하겠죠. 전 지금 의식이 없는 저 아이가 깨어나기만 해 준다면 모든 것을 그녀가 원하는 대로 해 줄 작정입니다. 그러니까 당신들은 기다려. 세정이가 깨어날 때까지 아무 말도 하지 말고, 아무것도 하지 말고 그냥 죽은 듯이 기다려. 그러지 않는다면 나도 내가 뭘 어떻게 할지 모르겠으니까."

현진은 어쩐지 더 이곳에 있다가는 자신도 모르게 울음이 튀어나올 것 같아 자리를 박차고 일어섰다.

"유태주 씨. 당신이 어려서 지키지 못한 미주, 이제라도 지켜요. 당신의 부모로부터. 이건 부탁이에요. 그리고 유 선배님. 전 영화 다시 시작합니다. 세정이가 그걸 가장 바랄 거라는 생각이 들어서요. 동참해 주십시오. 그럼 전 이만 나가 보겠습니다."

현진이 등을 돌리고 집을 나가자 무거운 침묵을 태주가 깼다.

"저 사람은 지금 우리에게 협박을 한 게 아니라 부탁을 하고 간 거예요. 미주가 깨어나기를 간절히 기도해 달라고. 그럼 모든 것을 용서할 테니 그렇게 아이가 깨어나기만을 바래 달라고. 그걸 모두 알아들으셨다면 좋겠어요."

태주의 말에는 애원이 담겨 있었다. 현진이 이 집으로 들어와 세정을 살려 내라고 행패를 부렸더라면, 그랬더라면 마음이 덜 아팠을 것이다. 그런데 그는 여전히 잠들어 있는 세정이 더 다치기라도 할까 봐 상대할 가치도 없는 자신의 가족들에게 간절한 부탁을 하고 있었다.

그리고 모든 상황을 지켜만 보던 은진이 조용히 말을 꺼냈다.

"내게 부끄러운 부모님이 되지 말아 줘요. 두 분의 딸을 살린 게 누군지도 꼭 기억해 줬으면 좋겠구나. 일어날게요."

은진이 조용히 자신의 방으로 들어가고, 태주의 할머니가 조은숙을 한참 무섭게 쳐다보다가 자신의 방으로 자리를 옮기자, 유건영 역시도 서재로 들어갔다. 그리고 그 뒤를 조은숙이 따라 들어왔다.

"대충은 그럴 거라 생각했어. 태주 엄마가 자기 목숨까지 내놓을 정도라면 미주가 태주 엄마 아이는 아니었겠구나. 그냥 두려워서 번잡스러워서 피했던 것뿐이야. 난 항상 그랬지. 상황이 두려우면 피해 버리는 비겁한 인간."

"자책하는 걸로 상황에 대처할 모양이죠?"

조은숙의 말은 날카로웠다. 반성 따위는 없는 듯.

"넌 평생 안 무서웠어? 네 거짓말에 목숨을 버린 태주 엄마가 두렵지 않았어?"

"내가 왜? 내가 죽으라 했어? 당신 얻으려 거짓말하긴 했지만, 그걸 바보같이 믿은 사람도 문제 아니야?"

"그래서 미주가 눈엣가시였구나. 엄마를 찾는 아이를 감당하지 못한 게 아니라, 네가 태주 엄마를 죽음으로 본 거짓말의 증거가 미주여서. 그 죗값을 어쩔래?"

"상관없어 이제. 이제 와서 그게 무슨 상관이야. 미주만 죽으면 돼. 그 아이가 더 이상 깨어나지만 않으면 된다고. 저렇게 계속 깨지 않고 누워 있으라 해. 그럼 최현진도 어쩌지는 못할 거 아니야?"

순간 유건영은 조은숙이 점점 이성의 끈을 놓고 있다는 생각이 들었다. 미주가 깨어나지 않기를 바라는 은숙의 눈빛은 평범한 사람의 것이 아니었다.

섬뜩한 기운이 온몸을 스쳐 지나가자 유건영은 은숙을 다시 한번 제대로 쳐다봤다. 그러자 은숙이 눈물을 뚝뚝 흘리며 흐느끼고 있었다.

"아니야, 미주가 깨어나라고 기도할게요. 그 아이가 깨어나면 내가 내 죄를 다 사죄할게요. 당신 그때까지 내 곁에서 떠나면 안 돼요. 그래 줄 거죠?"

그녀가 다시 이전의 조은숙으로 돌아오자 건영은 의심의 눈초리를 거둬들였지만, 마음 한구석에 있는 이상한 생각을 지울 수는 없었다.

17

삶의

의

미

세정의 병실 안은 언제나 고요했다. 그 고요를 깨는 건 현진의 목소리뿐이었다. 현진은 세정의 곁에서 오래된 낡은 대본 하나를 열심히 읽어 주고 있었다.

　작은아버지 최 교수는 아주 오래전 현진이 연극 무대에 섰던 때의 목소리를 좋아했다는 세정의 이야기를 들려주었다. 그 연극은 기억조차 나지 않는 단역이자 대타 공연이었다. 연기할 줄도 몰랐던 현진에게 주어진 극의 흐름을 해치지 않을 정도의 몇 마디 대사, 그 목소리를 좋아했다는 세정에게 현진은 한 달째 오래된 연극 공연의 대본을 찾아 읽어 주고 또 읽어 주었다.

　"괜찮아. 모든 건 시간이 흐르듯 흘러가 버릴 거야. 괜찮아, 괜찮아, 괜찮아."

　언제나 자신의 목소리가 위로가 된다 했던 아이였다. 더 이상 위로가 없어도 괜찮은 삶을 꿈꾸던 아이는 깊이 잠들어 있었다. 괜찮다는 그 한마디가 간절했을 어린 시절의 세정을 떠올리자, 현진은 자신의 밖으로 터져 나오는 울음을 멈출 수 없었다.

며칠간 병실 밖으로 터져 나오는 통곡 소리에 병원 사람들의 마음은 아려 왔다.

"나쁜 자식아, 평생 울 걸 몰아서 울게 만들어. 세정아. 오늘 영화 마무리했어. 네가 일어나면 꽤 잘했다 할 만큼 제대로 했지. 연기란 게 말이야, 누군가에겐 큰 의미가 될 수도 있겠다라는 생각을 하게 돼. 난 아무렇지 않게 한 연극 한 토막이 너에겐 위로가 되었다며. 또 누군가에게 내 연기가 위로가 되었으면 좋겠다는 생각을 한다. 너 때문에 내가 철이 이제야 드나 보다. 그치?"

현진의 속삭임은 반응이 없는 세정을 향해 끊임없이 지속되고 있었다.

"시사회 있다며. 안 늦었니?"

세정을 놓고 가야 하는 일정 때문에 오늘은 어머니가 세정의 곁을 지켜 주실 요량으로 병실을 들렀다.

"어머니, 금방 와요. 잠시만 세정이 봐 주세요."

"그래. 걱정 말고 다녀와. 아이 어디 도망 안 가게 내가 꼭 잡고 있을 테니까."

"감사해요."

가벼운 인사를 뒤로하고 현진이 병실 문밖을 나서자, 정 여사가 물수건으로 세정을 닦아 주며 말을 건넸다.

"아가, 세정아. 이제 일어나거라. 걱정거리 다 현진이가 해결할 테니 이제 그만 일어나."

현진이 협박 같은 당부를 전하고 돌아선 날부터 조은숙의 마음은 스스로 제어할 수 없을 만큼 널뛰었다. 자신의 모든 것을 걸고 지켰던 가족들은 최현진이 나타난 이후 자신에게 완전한 적이 되어 버렸다.

견고하게 지킨 내 것을 이렇게 넋 놓고 빼앗길 수 없다는 생각이 들자, 조은숙은 급하게 가방을 챙겨 세정의 병원으로 향했다. 무언가라도 하지 않으면 답답해 죽을 것 같은 마음이 세정의 병실이 가까워 오자, 그녀가 평생 깨어나지 않았으면 좋겠다는 생각으로 변하고 있었다.

그냥 죽어 준다면……. 그런 생각으로 병실 밖을 서성거리던 은숙은 현진과 정 여사가 병실을 비우는 순간, 재빨리 세정의 곁으로 다가섰다.

그러고는 무서운 눈빛으로 누워 있는 세정의 목으로 손을 움직여 누르기 시작했다.

"죽어. 네가 죽으면 모든 게 끝나. 더 이상 네 이야기 듣는 사람도 없고, 널 궁금해할 사람도 없을 테니까. 죽어!"

이미 조은숙의 눈빛은 비정상적으로 빛나고 있었다.

그리고 무서운 힘으로 세정을 누르던 손길을 잡아챈 건 유태주였다.

"이게 무슨 짓이야! 미쳤어요? 당신 미쳤어?"

"이거 놔! 저건 죽어야 해. 저걸 죽이지 않으면 내가 죽을 거야. 이연진이 저 아이를 조종하고 있는 거야. 죽어야 해. 그래야 우리 모두가 살아."

병실 안에서 무서운 울부짖음이 울리자 의료진들이 찾아와 세정의 상태를 살피고 응급 처치를 하느라 번잡해졌다.

태주는 세정의 아픔에 모든 사람들이 가해자였음을 받아들여야 하는 자신의 가족들 사이에서 깊은 슬픔을 느꼈다.

언제나 당당하기만 했던 할머니는 자신의 평생을 다시 돌아보며 가슴 치는 일로 시간을 보냈고, 자신의 비겁함에 몸서리치는 아버지는 입을 굳게 다물고 있을 뿐이었다. 아무것도 모르기를 바랐던 은진은 사건의 중심에 서서 과거와 현재의 모든 비난과 상처를 고스란히 짊어지고 있었다.

그러나 조은숙만은 자책의 서글픔 속에서 쏙 빠져나와 있는 듯했다. 그녀에게 자책이란 단어는 처음부터 존재하지 않았던 듯, 늘 똑같이 웃고 식구들을 위해 음식을 하고 집 안을 가꾸는 일을 했다.

'태주야.'

조은숙의 모습을 의아하게 바라보던 태주는 며칠 전 아버지의 부름에 서재로 향했었다.

'아무래도 저 사람이 뭔 일을 내지 싶다. 네가 잘 지켜봐. 난 〈폭풍 속으로〉를 마무리 지어야 하지 않겠니?'

'뭐 마음에 걸리는 게 있으세요?'

'……아무튼 잘 지켜봐.'

언제나 집 안에서만 움직이던 그녀가 오늘 갑자기 돌변한 눈빛으로 대문 밖을 나서자, 알 수 없는 불안감에 따라나선 태주였다. 만약 그가 따라나서지 않았다면, 세정은 목숨을 잃었을지도 모를 일이었다.

도망가는 조은숙을 잡을 정신도 없이 세정이 잘못되기라도 할까 무서운 마음으로 의료진들을 바라보던 태주는 세정에게 별일이 없을 거란 걸 확인하고는 깊은 안도감에 털썩 주저앉았다. 그러고는 이 상황을 해결할 수 있는 단 한 사람에게 전화를 걸었다.

"아버지……. 새어머니가 미주 목을 졸라 죽일 뻔했어요."

— 뭐? 미주는? 미주는 괜찮은 거야?

"아직은 괜찮아요. 새어머니는 어디로 갔는지 모르겠어요."

— 알았다. 내가 하마. 내가 해결해야 할 일이야.

유건영은 요즘 이상하게 변해 가는 조은숙을 보며 설명할 수 없는 불안감에 휩싸이곤 했다. 미주의 목을 졸랐다는 은숙, 그녀는 정말 정상이 아니었다. 기가 막혀 말없이 앉아 있던 건영이 무언가 결심한 듯 조은숙에게 전화를 걸었다.

한참 울리던 신호음 끝에 조은숙의 목소리가 들려왔다.

"어디니?"

— 강릉 별장으로 가고 있어요.

은숙의 목소리는 떨리고 있었다.

"알았어. 거기 그대로 있어. 내가 갈 테니까."

— 빨리 와요. 나 무서워 죽을 거 같아.

건영은 강릉으로 떠나기 전 후회와 회환이 섞인 눈으로 자신의 집을 둘러보고 은진의 방문을 두드렸다.

"네?"

"은진아."

"네."

"미안하다."

"……네."

건영의 미안하다는 말 안에 많은 것들이 포함되어 있다는 걸 은진은 알 수 있었다. 자신의 방을 돌아서 나가는 건영을 은진이 잡아 세웠다.

"아빠."

"응?"

"누가 뭐래도, 제겐 항상 존경스러운 아빠셨어요."

"……그래, 고맙다."

건영이 차를 몰아 강릉으로 향하는 그 시간, 세정의 병실에선 분노에 가득 찬 현진을 진정시키느라 박 실장은 쩔쩔매고 있었다.

"그만해. 지금 경찰들이 쫓고 있잖아. 일단 진정하고 현진아. 최현진. 정신 차려."

현진은 자신의 간절한 부탁에도 세정의 목숨을 위협하는 조은숙을 이젠 더 이상 용서할 수 없었다. 세정의 목에는 빨간 손자국이 그대로 남아 있었다.

"내가 죽여 버릴 거야. 내가 그 여자를 죽여 버릴 거라고. 다신 세정이한테 손 못 대게."

"알았어. 알았으니까 진정 좀 해. 찾아야 죽이든 말든 할 거 아니야."

"도대체 세정이가 뭘 그렇게 잘못했다고, 젠장!"

분노에 가득 찬 현진의 곁에는 태주 역시도 숨죽인 채 서 있었다.

"아버지가……. 아버지가 찾아 올 겁니다."

태주의 말에 현진은 눈을 감고 깊은 한숨을 내쉬었다.

"됐습니다. 다들 이 병실에서 나가 주시죠. 박 실장 너도 나가. 참, 박 실장아 세정이 기사……."

"걱정하지 마. 오늘 일은 아무것도 새어 나가지 않게 할 테니까. 내가 어머니 모시고 집으로 갈게."

"부탁 좀 하자. 유태주 씨도 나가 주시죠. 태주 씨를 세정이 곁에 두고 오래전 기억을 떠올리게 하고 싶지 않습니다."

현진은 태주를 비롯한 그 집안사람들을 세정의 곁에 단 일 초도 두고 싶지 않았다. 그의 단호한 요구에 태주는 누워 있는 세정을 한 번 보고는 병실을 나갔다.

복잡한 심경으로 모두 나간 병실 안에 우두커니 서 있던 현진은 손자국이 빨갛게 부어오른 세정의 목을 어루만졌다.

"우리 세정이 아팠겠다. 괜찮아. 다 괜찮아. 그러니까 인마, 일어나 제발."

현진은 자신에게 이렇게 많은 눈물이 존재하고 있었는지 새삼 기막혀하며 또다시 세정의 손을 잡고 울음을 토해 냈다. 지키지 못했다는 죄책감과 지키지 못할 시간에 대한 두려움이 현진의 눈물을 만들어 내고 있었다.

한참 동안 흐느낌을 참지 못하던 현진의 울음을 멈추게 한 것은 세정의 손가락의 움직임이었다. 천천히 손가락을 움직이며 눈꺼풀이 떨리자 현진은 의료진을 호출했고, 급하게 들어오는 의료진과 세정을 보느라 현진의 휴대폰이 울리는 것도 알지 못했다.

같은 시간, 병실 밖에서 멍하니 서 있던 태주의 휴대폰 역시 울리기 시작했다.

— 유태주 씨죠? 유건영 씨와 조은숙 씨가 지금 자동차 전복 사고로 지역 병원으로 이동 중입니다. 지금 급하게 와 주셔야 할 것 같습니다.

태주는 어쩐지 세정이 이제는 깨어날 것 같은 안도감과 자신의 부모님을 다시는 만나지 못할 것 같은 불안감을 동시에 느끼며 급하게 병원을 빠져나갔다.

건영이 차를 몰아 도착한 강릉의 별장은 조용했고, 별장 안의 조은숙은 두려움에 떨고 있었다.

"왜 여기 이러고 있어?"

건영의 목소리는 오래전, 그들이 처음 만났던 날처럼 다정했다. 그런 그의 목소리에 은숙은 그를 처음 만났던 스물여섯 살로 돌아가 그에게 매달렸다.

"오빠. 연진 언니가, 연진 언니가 화가 많이 났어. 그래서 그래서 내가……."

조은숙은 정신없이 앞뒤가 맞지 않는 말들을 지껄이고 있었다. 정신을 놓아 버린 듯. 건영은 은숙의 곁에 앉아 조용히 그녀를 안았다.

"은숙아. 가자. 이제 가서 끝내자. 내가 옆에 있어 줄게."

"오빠."

오래전 둘이 그렇게 자신했던 사랑은 세월의 흐름 속에 묻혔다. 자신의 거짓말이 태주 엄마를 죽음으로 몰고 갈 거란 생각 따위는 안 했을 젊은 날의 은숙은 밝고 명랑했던 아이였다. 태주 엄마 연진에게는 없던 발랄함, 그것이 벼랑의 끝인지도 모르고 유건영은 그렇게 밝음에 눈이 멀어 있었다. 그녀의 거짓말도 모두 믿어 버릴 만큼.

그러나 진실은 이미 미주가 자신의 집으로 입양되어 오기 전부터 그들의 관계는 삐걱거리기 시작했다. 권태감. 더 이상 사랑의 감정이 없는 일상적인 부부. 그것을 묶어 주었던 게 바로 미주였다. 그래서 둘의 사랑과 관심은 온통 미주에게 향해 있었다.

미주가 어쩌면 연진의 친자식일지도 모른다는 의심은 미주에 대한 사랑을 미움으로 변질되게 만들었고, 미주의 존재 자체가 사라져 버렸으면 좋았을 그런 대상이 되어 버렸다.

결국 이 모든 일의 시작은 은숙의 거짓말이 아니라, 성숙하지 않은 부부가 자신들의 관계를 회복해 보겠다고 입양이란 그 중요한 일을 수단으로 사용한 데서부터 비롯된 것이리라.

"오빠."

"응?"

"난, 언니가 그렇게 죽을 거라고는 생각하지 않았어요. 연진 언니는 언제나 강했으니까. 뭐든 원하는 걸 손에 쥘 수 있는 힘을 가지고 있었으니까. 내가 잠깐 거짓말을 한다 해도 흔들리지 않을 거라고 그렇게 생각했어요."

"알아."

"언니가 죽고, 미주가 무서웠어요. 미주가 너무너무 무서웠어요. 미주 뒤에 언제나 연진 언니가 서 있는 것 같아서."

이 모든 일의 책임은 유건영 자신에게 있었다.

"그래, 그랬겠구나. 은숙아. 더는 죄 짓지 말고, 우리 올라가서 죗값 달갑게 받자. 그래야 마음 편하게 살지 않겠니? 은진이 보기에 부끄러운 부모가 되지는 말자. 응?"

은숙은 건영의 말에 소리 내 흐느꼈다.

한참을 울던 은숙이 자리를 털고 일어나자 조용히 건영은 그녀를 뒤따라 차에 올라탔다. 7번 국도의 동해 바다는 사람들의 복잡한 마음과는 무관하게 아름답고 평화롭게 보였다.

"오빠. 우리 어디 가요?"

한참을 말없이 옆자리에 앉아 있던 은숙이 뜬금없는 물음을 던졌다.

"서울로 가는 거야."

"서울? 오빠 연진 언니한테 가는 거죠? 나 버리고 당신 집으로 갈 거잖아. 가지 마. 싫어. 나 혼자 내버려 두지 마."

은숙은 아주 오래전 어린 날의 그때로 돌아가 발버둥 치고 있었다. 건영이 연진을 진정시켜야겠다고 생각하며 갓길로 차를 세우려던 그때, 은숙의 눈빛이 이상하게 빛나더니 갑자기 핸들을 바다 쪽으로 꺾었다.

순간 차는 바닷가 절벽 쪽으로 기울어 버렸고, 그대로 자동차가 낮은 절벽 아래로 떨어졌다.

태주가 강릉의 종합 병원으로 도착했을 때는 이미 기자들도 몰려 있었다. 중상이라는 것 외에는 알려진 게 없는 두 사람의 교통사고 소식은 또다시 잠잠해져 가던 세정의 이야기들을 수면 위로 끌어 올리고 있었다.

병실에 두 사람이 누워 있는 모습을 보자, 태주는 이 상황을 어떻게 받아들여야 할지 난감하기까지 했다. 다행인지 불행인지 두 사람은 다치기는 했지만, 죽음은 그들을 비껴간 듯했다.

"네, 새엄마. 정상이 아닌 것 같다."

잠에서 깨어나자 유건영이 처음 태주에게 던진 말이었다. 차가 전복되는 사고였음에도 낮은 언덕이었고 그들의 차가 떨어진 곳은 다행스럽게도 모래 위였다. 덕분에 건영은 앞으로의 상황을 지켜봐야 할뿐 크게 다친 곳이 없었다. 그러나 은숙은 여전히 깊은 잠에 들어 있었다.

"네, 그런 것 같아요. 그래도 경찰 조사는 받아야 할 것 같아요. 그리고 미주 깨어 났다네요."

"그래? 다행이다. 다행이야."

"최현진 씨가 새어머니를 가만두지 않을 거예요. 각오하셔야 할 겁니다."

"그래야겠지. 네 새엄마는 어쩌고 있니?"

"아직 마취에서 깨어나지 못하고 계세요."

"그래."

아직 잠에서 깨어나지 못하고 누워 있는 조은숙 곁에는 은진이 지키고 있었다. 은진은 이상하게 변해 버린 엄마에 대한 걱정으로 계속 눈물을 흘렸고, 병실 안으로 경찰이 들이닥치자 무서운 울음을 터뜨렸다.

태주가 은진을 다독거리며, 경찰들을 맞이했다.

"어머니가 깨어나시면 정확한 조사를 받도록 하겠습니다."

"네. 저희도 일단 어떤 상태인가 확인차 들렀습니다. 정신이 돌아오시면 그때, 소환 조사 하도록 하겠습니다."

태주는 돌아서 나가는 경찰의 뒷모습을 한숨을 내쉬며 바라봤
다.

"엄마는 괜찮을까?"

은진의 걱정 어린 말에 태주는 아무 말 없이 그녀의 머리를 쓰
다듬었다. 미주를 지켜 주지 못해 안타까워했던 지난날들이었다.
만약 이번에 은진을 지키지 못한다면 또다시 죄책감들로 가득 찬
시간들을 보내야 할 것이다.

이제 미주가 아닌 은진을 지켜야 할 순간이 온 것이라고, 태주
는 그렇게 생각하며 은진을 바라봤다.

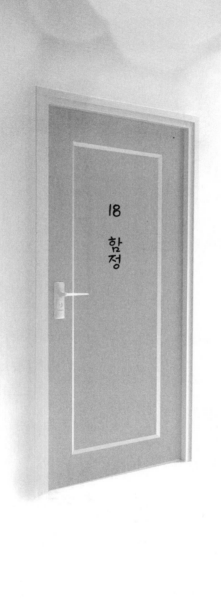

"이것 봐 이세정 씨. 눈을 떴으면 말을 해 봐, 응?"

"다그치지 말아. 이제 겨우 의식을 회복한 애가 어째 그렇게 한꺼번에 말도 하고 움직여. 욕심내지 마. 깨어났으면 된 거야."

현진의 곁에서 어머니는 연신 알 수 없는 대상에게 감사하다 말하고 있었다. 정말 감사한 일이라고. 현진은 세정이 깨어나 아무 말도 하지 않고 눈만 뜨고 있는 이 순간에도 그저 감사하다는 말밖에는 떠오르지 않았다.

그때, 박 실장에게서 전화가 왔다.

— 현진아, 유건영 씨와 조은숙 씨 사고 소식 들었니?

"응, 들었어. 상관없어. 수사하라고 해. 살인 미수야. 살아 있다면 죗값 받으라 해. 어떤 이야기가 흘러나와도 좋아. 다 까발려져도 좋으니까 조은숙 잡아 처넣으라고 해."

— 그런데 이게 좀 이상하게 흘러가고 있어. 일이.

"뭐가?"

— 조은숙이 정신 이상 증세를 보이고 있는 중이라 하네. 지금 정신 감정 받고 있는 상태야.

"그래서?"

— 그게, 그러니까……

"뜸 들이지 말고 말을 하라고."

— 어디서 새어 나갔는지, 이연진 씨 유서 이야기가 언론에 샜어. 그런데 이게 이연진 혼자 유건영을 오해하고 세정이를 버린 걸 조은숙이 그래도 감싸고 데리고 있었다가 어쩔 수 없이 파양한 건데, 세정이가 작정하고 복수를 하기 시작한 거다. 그래서 마음이 여린 조은숙이 세정의 복수에 미쳐 버린 거다, 이렇게……

현진은 수화기에 대고 미친 듯이 헛웃음을 내뱉기 시작했다.

"미친 새끼들, 뭐가 어째? 도대체 누가?"

— 그러게. 이게 출처를 확인할 수 없는 찌라시에서 비롯된 얘기인데, 세정이 깨어난 것도 지금 조은숙이 자신이 원하는 대로 사고당하고 미쳐서 이제야 눈을 뜬 거다, 뭐 그렇게 몰아가고 있네.

"그럼 세정이 사고도 자작극이다?"

— 그러게. 미친 사람들이지?

"문제는 그게 아니지. 사실이 아닌데도 사실로 몰고 가는 여론, 여론 몰이라. 알았어. 박 실장 언론 그대로 그냥 놔둬. 반응하지 말고. 나도 생각이 있으니까."

— 그래, 알았다.

전화를 끊고 나서 한동안 고민하던 현진은 병실의 세정을 어머니에게 맡겨 놓고 어디론가 향했다.

저녁이 다 되어서야 돌아온 현진은 병실을 지키고 있던 어머니를 집으로 들여보내고 세정 곁에 자리를 잡았다. 세정은 잠에 빠져 있었다. 의식이 돌아오고도 코마 상태에서 깨어난 세정은 꿈속을 거니는 듯 몽롱함에 빠진 것처럼 보였다.

"아가씨, 깨어났으면 그 목소리 좀 들려주라. 나 힘 빠져 죽을 것 같다. 하긴, 개구리 올챙이 적 생각 못 한다고 너 깨어나면 다 된 거라 생각했는데, 사람 욕심이 끝이 없어. 그치? 그래도 깨어나 줘서 고마워."

"당……신 목……소리."

희미하게 들리는 세정의 목소리에 현진은 놀라 그녀를 바라봤다. 세정이 눈을 뜨고는 희미하게 웃으며 떠듬거리며 말을 이어갔다.

"당신 목소리가 들렸어요. 괜찮다고……."

세정의 목소리가 조금 더 크게 들리자, 현진은 주체할 수 없는 눈물을 흘리며 세정의 손을 잡았다.

"내가 너 때문에 얼마나 울었는지 알아? 됐어. 일어났으니까 됐어. 괜찮아."

"그래요……. 괜찮아요. 이제."

세정은 긴 코마 상태와 의식이 불분명했던 시간을 지나 확실한 회복을 보여 주고 있었다. 가끔 과거에 대한 기억이 희미해지고, 말을 더듬거나 멍한 상태를 보이기는 해도 분명 조금씩 회복되고 있었다.

현진은 병실에 있어야 할 세정이 보이지 않자, 다급하게 세정을 찾아 나섰다가 밤하늘이 보이는 병원 옥상 벤치에서 그녀를 찾아내고는 놀란 가슴을 진정시켰다.

"너 일어난 대신 내가 좀 누워 있어야겠다."

"내가 사라졌을까 봐요? 난 갈 데도 없는데?"

세정의 곁에 앉자 그제야 현진의 빠르게 움직이던 심장도 제 속도를 찾았다.

"미안해요."

"무슨 갑작스러운 사과야?"

"당신이 얼마나 마음 졸였을까 생각하면 미안한 마음이 들어요."

"그럼 다신 다치지 마."

세정은 자신의 곁에 앉은 현진의 어깨에 기댔다.

"참 거칠 것 없는 당신이었는데."

"철없는 나였지."

"당신 목소리가 늘 들렸어요. 괜찮다고 말해 주는, 늘 위로가 되는 당신의 목소리예요."

"그래서. 여전히 내 위로가 필요하니?"

"여전히가 아니라 영원히 필요해요. 당신의 위로 같은 목소리가."

세정의 고백에 현진은 그녀의 팔을 감싸 자신의 곁으로 바짝 끌어당겼다.

◇　◆　◇

세정의 회복 속도와 함께, 조은숙에 대한 동정의 여론이 높아져 갔고, 그와 더불어 세정에 대한 비난의 폭도 가늠할 수 없을 만큼 커지고 있었다. 그런데도 현진은 침묵을 지켰다.

똑똑—

병실의 노크 소리 뒤로 현진의 형이 들어섰다.

"형."

"세정 씨는?"

"검사받으러. 내가 부탁한 거는?"

"아무래도 네 생각이 맞는 것 같다. 그래서 함정을 파 보면 어떨까 하는데."

"함정?"

"네 짐작이 맞다면, 쉽게 잡히지 않을 꼬리야."

"그럼, 형 부탁하자."

"그래."

두 사람의 대화 사이로 검사를 마친 세정이 병실로 들어섰다.

세정의 등장으로 두 사람은 그녀가 듣기라도 할까 봐 급하게 대화를 마무리하는 듯 보였다.

"와, 아주버님 오셨어요?"

"이젠 괜찮아 보이는데 세정 씨. 결혼 빨리 해 버리면 어떨까요? 세정 씨 또 도망갈까 봐 현진이 이 자식 안절부절못하는 거 안 보여요?"

"네, 보여요. 그런데 가발 쓰고 식장에 서는 건 좀 별로라, 제가 고민 중이랍니다."

"하하하. 그럴 수 있겠네. 우리 남자들은 그렇게 섬세하지가 않아서 말이죠."

유쾌하게 웃던 현수가 돌아가고, 세정은 현진에게 질문을 던지기 시작했다.

"나한테 말 안 한 거 해 봐요."

"뭘?"

"두 형제가 지금 꾸미는 일."

"우리 그렇게 사이좋은 형제 아니다."

"그럼 내가 잠들어 있던 사이에 일어난 일들을 좀 말해 줘 봐요."

"무슨 일? 아—무 일도 없었습니다. 아가씨."

가벼운 현진의 말에 세정의 얼굴이 심각해졌다. 세정은 그녀에게 일어나는 일을 알고 있었다. 휴대폰만 켜면 세상의 소식을 다 들을 수 있는데도 현진은 그녀가 모르기만을 바라고 있었다.

"검사받으러 다니면 생각보다 많은 말들을 듣게 되죠. 현진 씨,

잘은 몰라도 내가 지금 그렇게 환영받는 입장이 아닌 것 같던데요?"

"조금 더 있다가. 그대는 내 목소리만 듣고 다른 사람들 목소리는 듣지 마. 그렇게만 해. 내 목소리만 들렸다면서. 잠자는 동안 내내. 그러니까 깨어나서도 마찬가지야. 해결하면, 그때 내가 다 말해 줄게. 날 믿고 조금만 더 기다려. 이세정 씨."

현진은 조심스럽게 웃는 얼굴로 세정을 안아 안심시켰지만, 금세 심각하고 굳은 얼굴로 변하고 있었다. 세정을 이제 제대로 지켜야 하는 순간이 된 거라고, 그는 마음을 굳게 먹었다.

〈폭풍 속으로〉의 개봉과 함께 최현진이 무대 인사를 시작하자, 언론의 관심들이 집중되기 시작했다. 세정의 스캔들 때문인지, 잘 나온 영화 때문인지, 상업성이 낮은 영화임에도 꽤 많은 사람들이 모여들었다.

서울 무대 인사에 처음으로 최현진과 유건영이 나란히 참석하자, 작정한 듯 기자들이 모여들어 두 사람의 굳은 얼굴을 연신 찍어 댔다. 그 소란스러움의 공기가 이전과는 또 다른 형태로 변화되자, 두 사람은 무대 위에서 내려왔다.

무대 뒤편으로 기자들이 몰려들어 와 질문을 쏟아 내기까지 했다.

"파혼하신다는 게 사실입니까?"

"이세정 씨가 깨어났다는 게 사실이 아닌가요?"

"파혼의 이유가 뭡니까."

쉴 새 없이 쏟아지는 질문들 사이로 현진은 굳게 입을 다문 채 급히 현장을 빠져나가려 했고, 기자들의 질문은 다시 유건영에게 쏟아졌다.

"이세정 씨와 최현진 씨의 파혼 사실을 알고 계셨습니까?"

"이세정 씨의 현재 건강 상태는 정확히 어떤 상태인지 아시나요?"

유건영은 자신 역시 처음 듣는 소리에 당황해했고, 급하게 빠져나가는 최현진을 뒤따랐다.

"이게 무슨 말인가? 파혼이라니?"

"세정이가 원하는 일입니다. 제가 세정이와 엮이지 않는다면 조용해질 문제 아닙니까?"

"이것 봐. 얼마 전까지만 해도 자신의 목숨처럼 귀하게 여기던 아이였어. 파혼이라니, 그게 지금 말이 되나?"

두 사람의 실랑이가 오가자 주변은 오히려 조용해졌고, 두 사람의 대화는 실시간으로 기사화되었다.

"제게도 한계라는 게 있습니다. 이젠 지긋지긋합니다. 세정이가 깨어났으면 된 거 아닙니까. 전 제가 할 도리는 다한 듯합니다. 이제 당신들끼리 싸우든 말든 알아서 하세요. 세정이에 대한 책임과 도리, 전 여기까지 합니다. 유 선배님 집안하고 얽히는 일 더 이상은 없었으면 좋겠습니다. 조은숙 씨에게도 그렇게 전하세요."

단호하게 유건영의 팔을 뿌리치고 최현진은 자신의 차로 번잡한 공간을 빠져나갔다.

한동안 멍하니 상황을 바라보던 건영은 자신의 차로 돌아와 태주에게 전화를 걸었다.

"태주니? 최현진이 미주와 파혼했다는 게 사실이냐?"

— 저도 이제 봤어요.

"그건 말이 안 되는 것 같다. 태주야. 우리에게 찾아와 제발 미주를 내버려 두라고 말한 게 최현진이었어."

— 아버지가 직접 물어보세요. 미주 지금 새어머니 병실에 와 있어요.

"미주가? 알았다. 바로 가마."

전화를 끊고 나서도 유건영은 뭐가 어떻게 돌아가는 건지 혼란스럽기만 한 기분을 떨쳐 내며 조은숙의 병실로 향했다.

유건영이 병실에 도착했을 때는 세정이 멍하니 앉은 채로 조은숙을 바라보고 있었다.

"미주야."

"세정이에요. 세정이라고 불러 줘요."

"그래, 세정아. 도대체 너희 결혼은⋯⋯."

"결혼은 물 건너갔어요. 내가 그만하자고 했어요. 난 엄마도 잃었고, 결혼할 사람도 잃었어요."

그렇게 읊조리듯 말하는 세정을 조은숙이 멍하니 쳐다봤다. 초점 없는 눈동자는 조은숙의 상태를 대변하는 듯했다.

"미주야. 오빠가 최현진 씨를 좀 만나 볼까?"

"만나서? 만나서 어떻게 할 건데? 그 사람도 이제 지긋지긋하지 않겠어? 대중의 수많은 비난을 마음으로 감쌀 만큼 대단한 사랑이 있기나 해? 최현진 씨가 도망간 거, 그거 비난할 거 못 돼. 내가 가라고 했어, 도망. 가고 싶어 할 거 같아서."

세정이 기막힌 듯 웃음을 토해 내자, 유건영은 자리에 털썩 주저앉았다.

"오빠, 자리를 좀 비켜 줘. 나 조은숙 씨와 할 이야기가 있어."

"대화가 안 되는 상대야. 무슨 말을 해."

"걱정하지 마. 저 사람 내가 어떻게 안 해. 그냥 우리 둘이 마무리는 해야 할 것 같아서 그래. 그러니까 나한테 시간을 좀 줘."

세정의 말에 건영이 태주의 팔을 끌어 병실 밖으로 데리고 나갔다. 그러고도 한동안 흐르던 침묵 속에서 세정이 조은숙을 향해 말했다.

"이제 그만해요. 연기. 미친 척하지 않아도 당신은 충분히 미쳐 있으니까. 이제 더 이상 할 거 없잖아. 난 최현진과 파혼을 했고, 당신은 세간의 동정을 얻었어. 그럼 만족하고 이제 그만할 때가 된 거 아니야?"

세정이 낮은 목소리로 단호하게 말하자, 그동안 생기 없던 조은숙의 눈동자가 초점이 맞춰지고 비릿한 비웃음이 얼굴에 퍼졌다.

"거봐, 넌 내 상대가 안 돼. 그때 널 죽이지 않은 게 나에게는 좋은 상황을 만들어 준 거지."

"연기일 거라고 생각은 했지만, 참 당신 대단해. 이렇게까지 해서 얻는 게 뭐지?"

"정신 이상 상태에서 널 죽이려 한 것에 대한 면죄부. 널 죽일 수밖에 없었던 상황에 대한 동정심. 약해진 나를 버릴 수 없는 내 남편과 아이들. 이 연극으로 난 얻을 게 꽤 많거든."

세정의 입꼬리가 삐죽 올라갔다가 짧은 한숨과 함께 다시 내려왔다.

"그래도 당신이 내 엄마였던 이연진을 죽음으로 몰고 갔다는 사실은 바뀌지 않아. 아빠에게는 날 엄마의 딸일지도 모른다는 거짓말을, 엄마에게는 내가 아빠의 친자라는 거짓말로 가정을 깨뜨린 당신이 정말 용서받을 수 있을까?"

은숙은 이 게임의 승자는 자신이 될 거라고, 의심의 여지 없이 확신에 찬 당당한 목소리로 세정을 압도하려 했다.

"용서? 웃기지 마. 누가 누굴 용서해. 난 최선을 다했을 뿐이야. 내 사랑에 최선을 다했고, 그리고 내 손에 넣은 가정을 지키기 위해 노력했을 뿐이야. 그렇게 사랑했다면 네 엄마 이연진은 내 거짓말을 믿지 말았어야지. 안 그래?"

"그러네. 그랬어야 했어. 난 이 병실을 나가면 인터뷰를 할 작정이야. 남들이 믿든 말든 난 내 이야기를 할 참이거든. 엄마 유서, 당신이 조작한 유전자 검사지, 그런 것들을 수면 위로 끌어올릴 작정이야. 나도 뭔가는 해야 하지 않겠어?"

세정의 반말과 협박에도 은숙은 흔들림이 없었다. 모든 것이 그녀의 각본대로이고, 세정과 현진은 그저 자신의 각본 속에서 움직이는 한낱 출연자에 불과할 뿐이었다.

"마음대로 해. 누가 널 믿어 주기나 하겠어. 게다가 네가 말하는 그놈의 유서, 유전자 검사지 말이야. 그게 진짜라는 건 어떻게 증명할 거지?"

조은숙은 자신의 승리를 예감하듯 그렇게 자신만만한 말투로 계속 말을 이어 갔다.

"넌, 최현진이 아니면 아무것도 아닌 거였어. 알아? 최현진이가 대중들의 손가락질을 받는 널 언제까지 감싸 줄 수 있을 거라 생각해? 그 사람이 그런 책임감이 있는 사람이었어? 제 사랑에 취해서 정의롭다 생각하는 것도 한순간이지, 수많은 사람들이 손가락질하는데 그걸 버텨 낸다고? 웃기지 마. 그걸 해낼 사람은 아무도 없어."

"그래서 당신이 내가 당신에게 복수의 칼날을 겨눴다는 기사를 흘린 건가?"

"그래. 내가 했지. 내가 해 봐서 아는데 여론은 말이야, 진실 따위에 관심이 없어. 네 덕택에 내가 미친 연기를 좀 해야 했지만, 꽤 괜찮은 방법 아니었니?"

"자동차 사고, 그것도 작정한 건가?"

"당연하지. 낮은 절벽이었고, 갓길에 세우려던 차의 핸들을 꺾은 건 나였어. 대응도 가능했고, 전복된다 하더라도 에어백이 터지면 죽지는 않겠구나 했지. 실은 죽어도 그만이고. 그때 우리가 함께 죽었다면 넌 영원히 행복하지 못할 테니까."

"죽음을 담보로 한 도박……."

세정을 향한 조은숙의 적의를 충분히 느낄 수 있는 대답이었다. 세정은 그녀의 대답에 한기를 느낀 듯 몸을 움츠렸다.

"도박? 그럴지도 모르지. 내 인생은 언제나 도박이었거든. 그런데 난 한 번도 그 도박판에서 져 본 적이 없어. 늘 이기는 게임이었거든. 모든 판돈을 다 내 것으로 만들 수 있는 도박."

"마지막으로 하나만 더 물어볼게요. 이제라도 자신의 죄를 속죄할 생각은 없나요?"

체념한 듯 세정이 묻자, 은숙의 말은 이전과 다르게 날카로워졌다.

"죄? 무슨 죄? 나한테 죄 같은 게 있기나 해? 다 자기 자신이 잘못 선택한 대가일 뿐이야. 너도 마찬가지로 최현진을 선택하지 말았어야지. 그저 평범하고 소리도 색깔도 없는 사람 만나서 입 다물고 조용히 살았어야지. 안 그래?"

조은숙이 피식 웃음을 흘리자, 그 모습을 가만히 지켜보던 세정이 자리에서 일어났다. 그러고는 모든 것이 다 끝난 듯한 피곤함에 눈을 감았다가 떴다.

"다 끝났어요. 들어와요."

세정의 말소리에 병실 문이 열리고 망연자실한 표정의 유건영과 유태주 그리고 최현진이 병실 안으로 들어섰다.

"뭐야, 지금? 다들 뭐 하는 거야?"

당황한 조은숙의 말을 뒤로하고 태주가 병실에 설치되어 있던 화분 뒤의 카메라를 꺼내 들고는 최현진에게 건넸다.

"이걸로 이 비극의 막이 내려질까요?"

카메라를 돌려받은 최현진이 세정의 곁으로 다가섰다.

"괜찮니?"

"네, 연기라면 내가 당신보다 한 수 위니까."

농담처럼 이야기했지만, 세정의 온몸이 떨리고 있었다. 현진은 그런 그녀를 더 이상 이 기가 막힌 상황 속에 놓아두고 싶지 않았다.

"그래, 여기서 빨리 빠져나가자. 한순간도 널 여기에 더 두고 싶지 않다."

그제야 '함정'에 빠졌다는 걸 파악한 조은숙이 세정의 곁에 서 있는 유건영에 달려들었다.

"막아요. 당신이 막아. 아니야. 이건 아니잖아!"

울면서 매달리는 조은숙을 그저 멍하니 바라보던 유건영은 자리에 주저앉아 넋두리 같은 말을 뱉어 냈다.

"차라리 그때 우리가 죽었어야 했어. 그랬으면, 그랬으면 여기까지는……. 은진이는, 우리 은진이는 어떻게 볼래, 너."

우습기까지 한 함정을 만들기 이틀 전, 세정은 세간의 이목을 피해 조용히 퇴원하고 집으로 들어섰다. 신혼집에는 이미 유건영과 유태주, 할머니와 유은진까지 자리 잡고 있었다.

"어머니는 은진이 데리고 미국 이모 집으로 좀 가 있으세요."

건영의 목소리는 낮고 무거웠다. 교통사고 이후 그는 이전과는 확연히 다른 초췌한 모습이었다.

"아빠, 그건……."

"오빠도 같은 생각이야. 소나기는 피하는 게 상책이야. 그리고 네가 이 비를 맞아야 할 이유는 없어. 그러니까 말 듣고 할머니 모시고 나가 있다가 상황 정리되면 다시 와."

태주에게 은진이 말대답을 하려 하자, 세정이 막아섰다.

"이것 봐 꼬맹이. 내가 목숨 걸고 지킨 게 너야. 나 때문에 너까지 아파야 하는 상황이 좀 미안하기는 하지만, 그래도 네가 여기 없어야 내 마음이 좀 가벼울 것 같다. 어때?"

세정의 말에 은진은 어쩔 도리가 없었다. 세정이 요구하는 것이라면 그 어떤 것도 그녀는 들어주어야만 했다.

"알았어요. 그렇게 할게요. 대신 내게도 나중에 사과할 기회를 줘요. 부탁이에요."

"그래. 지금 심정으론 네게 사과받을 일이 없었으면 좋겠다."

세정이 안타까운 심정을 담은 따뜻한 눈길을 은진에게 보내자, 태주 할머니가 눈을 감고는 깊은 한숨을 내쉬었다.

"최초 루머의 유포자는 조은숙 씨란 걸 확인했습니다. 이 지리한 이야기를 이제는 끝맺고 싶습니다. 여기 계신 분들이 세정이와의 관계에 대해 느끼는 부담들도 이제는 마무리해야 하지 않겠습니까?"

"내 아내가 연극을 하고 있는 게 아니라면 어쩔 생각인가?"

"아니라면, 세정이를 해치려고 한 것에 대한 면죄부를 드려야겠죠. 또 가능하면 이 일들이 조용히 마무리될 수 있도록 처리할 생각입니다. 그러나 제가 예상한 대로라면 전 가만있지 않을 생각입니다. 죗값 반드시 받게 할 작정입니다."

현진은 은숙이 연기를 하고 있다는 것을 확신한 듯 말하고 있었다. 그러나 건영은 교통사고와 그간의 은숙의 행동이 연기는 아닐 거라고, 그렇게까지 악한 사람은 아닐 거라고 애써 부정하는 중이었다.

"알겠네. 우린 자네가 시키는 대로 하지. 세정이 잘 부탁하네."

유건영이 자신의 어머니와 딸 은진을 데리고 자리에서 일어나 밖으로 나가자, 태주가 세정에게 손을 내밀었다.

"무슨 의미야, 오빠?"

"유미주와의 작별의 의미."

"이제 미주를 지켜야 하는 오빠는 어디에도 없는 거네?"

"대신 너한테는 최현진 씨가 있잖아. 그리고 내가 없어도 넌 그동안 잘해 냈어. 이 연극이 끝나고 나면 내가 책임져야 하는 것들이 늘어날 거야. 그러니까 넌 최현진 씨에게 맡기고 이 무대에서 난 퇴장할 생각이다. 유미주, 그동안 미안했다. 그리고 잘 살아."

태주가 내민 손을 한참 바라보던 세정이 자리에서 일어나 그의 손을 잡아 주었다.

"다음엔 연출가 유태주와 배우 이세정으로 만나. 우리 그때는 지나간 이야기는 하지 말자."

꽉 잡은 손을 내려놓고 뒤돌아서 나가는 태주의 뒷모습을 한참 바라보던 세정의 눈에는 눈물이 흘러내리고 있었다.

"왜 울어?"

잘 참아 왔던 세정이 눈물을 보이자, 현진은 그녀를 자신의 품에 안았다.

"오빠도 그랬을까? 내가 대문을 나서던 그 추웠던 날 내 어깨를 보고 이렇게 가슴이 시렸을까?"

"그랬겠지. 유 피디는 널 보낸 그날부터 벌을 서고 있었을 거야. 그러니까 이제 놓아주자. 제대로 살아 보라고."

"당신이 있어 다행이에요."

"그러게. 울보 이세정, 내가 없었으면 어쩔 뻔했어?"

"당신이 없었다면 난 여전히 내가 울보인지도 모른 채로 어둠속에 묻혀 있었겠지."

언제나 그렇듯 세정은 따뜻한 현진의 품을 파고들었다. 오늘은 괜찮다는 현진의 따뜻한 위로의 목소리가 간절한 날이었다. 현진이 전해 준 엄마 이연진의 유서와 유전자 검사지, 그동안 감춰 왔던 진실들. 그 이야기 끝에 세정은 자신이 조은숙이었다면 어떻게 했을까, 하는 생각을 했다.

"내가 만약 조은숙이었다면 나도 어쩌면 당신을 그렇게 애타게 탐냈을지 모르겠어요."

"탐은 냈겠지, 애타게. 그래도 넌 거짓말로 사람을 벼랑으로 모는 일은 하지 않았을 거야."

"정말 그랬을까요?"

"남의 것을 탐낼 때 욕심에 눈이 멀어 그걸 빼앗긴 사람의 아픔을 잊어버리곤 하지. 이미 가정을 이루고 있는 남자를 탐내는 건, 그건 사랑이 아니야. 욕심일 뿐이야. 만약 사랑이라면 그 사람을 둘러싸고 있는 사람들의 아픔도 봐야 하는 거거든. 사랑이란 이름을 붙이려면 말이야, 그 정도의 넓은 마음이 필요한 거야."

"와, 내가 알던 최현진 맞아요?"

"아니. 네가 알던 철없고 책임감 없고 개념 없는 최현진은 죽고, 인생의 쓴맛 단맛 다 맛보고 이제 사랑에 겨우 눈뜬 얼뜨기 최현진만 네 앞에 존재해."

"갈수록 진지해지니까 매력이 떨어지는 것 같은데요?"

"뭐? 매력이 어째? 야, 내가 너 때문에 흘린 눈물이 몇 트럭인데. 그게 지금 말이야?"

기분 좋은 웃음소리가 세정에게서 번져 나오자 풍선을 손에서 놓으면 다시는 못 잡을 것 같아 두려워하는 아이 같은 심정으로 현진은 세정을 안았다.

"어이, 아가씨. 이후로 벌어지는 어떤 일에도 그만 상처받아. 부탁이야. 너 더 아파하면 내 심장이 너덜너덜해질 거 같아."

완성된 무대 위의 배우들이 자신의 역할을 기다리는 '함정'의 무대가 그렇게 시작되고 있었다.

처절하게 울부짖는 조은숙을 뒤로하고 현진은 세정을 데리고 빠져나와 차에 태웠다.

"어, 나야. 박 실장, 이제부터 오보 바로잡아."

— 그래, 지금까지 회사 전화기 불나는 줄 알았다. 일단 아까는 유건영한테 화가 나서 대응한 걸로 정정 기사 내보낼 거고, 파혼은 혼인 신고를 이미 마쳤다는 걸로 바로잡을게. 세정이는 괜찮아?

"겉으로는 괜찮아 보이는데, 모르겠다. 아 참, 그리고 최순안 기자. 그 기자하고 자리 한번 잡아 줘. 제 손으로 시작한 일 마무리하라고 해."

— 알았다.

전화를 끊고 현진은 세정을 쳐다봤다.

"아직은 괜찮은 거 같으니까 그만 봐요. 어머니 걱정하실 거 같은데……."

"걱정하지 마. 형이 전했을 거야. 진단서 조작부터 찌라시 유포까지 형이 다 알아내 준 거야. 이번 일로 형한테 빚진 게 많아."

"감사하단 말을 해야 하는데, 나 자꾸 몸이 바닥으로 가라앉는 거 같아요."

바닥으로 가라앉는 것 같다는 세정의 말에 놀라 현진은 차를 돌려 병원으로 향했고, 모든 기력을 소진한 세정은 정신을 잃어 가면서도 현진이 또 자신에 대한 걱정으로 가득할 것에 마음이 쓰였다.

정신을 잃었던 세정이 눈을 떴을 때는 신혼집 침대 위였다.

"내가 연기에 너무 정신이 팔려 있었나 봐요."

"그래. 혼신을 다한 연기여서 그랬나 보다. 좀 쉬어."

"오빠한테서는 연락 없었어요?"

"세정아……."

"응?"

"세상 사람들이 이제 모두 널 동정해. 재미있지?"

"벌써 기사가 떴어?"

"유건영 씨가 기자 회견을 했어. 이연진 씨와의 일도, 조은숙의 연기도, 네 입양과 파양도 모두 다 기자들 앞에서 이야기한 모양이야."

유건영, 이 모든 일의 중심에 있으면서도 언제나 제삼자인 양한 발 빼고 있던 오래전 자신의 아빠. 세정의 마지막 손을 놓은 건 유건영이었음에도 세정은 언제나 그를 그리워하고 사랑을 갈구했다.

"조은숙은?"

"경찰에서 지금 조사 중이야. 살인 미수에 대한. 마지막까지 발악을 한 모양인데, 법적 처벌은 받지 않아도 이 땅에서 살 수 있을지 모르겠다."

세정은 눈을 감고 아무 말도 하지 않았다.

"뭐가 이렇게 허무하지?"

세정이 뜻밖의 말을 내뱉자 현진은 당황하지 않을 수 없었다.

"세정아."

"내가 원한 건 이런 게 아니었어요. 그냥 아빠가 내게 미안하다고, 이제 행복하라고 말해 주면 되는 거였는데. 마음 아프게 해서 미안하다고, 엄마가 자랑스러워할 만한 딸이 되라고 그렇게 말해 주면 되는 거였는데, 난 모든 걸 다 잃은 느낌이야. 허무해. 너무 허무해……."

처음 보는 세정의 모습이었다. 모든 걸 견뎌 낼 수 있을 거라고, 그리고 궁극엔 모든 사람을 용서하게 될 거라 생각했던 세정이 전혀 다른 모습을 보이자, 현진은 두려운 마음을 감출 수 없었다.

그러나 그럼에도 세정이 느끼고 있는 절망의 실체가 무엇인지 현진은 이해할 수 있었다. 조은숙이 자신의 욕심을 위해 벌인 일이 세정에게 엄마도, 엄마에 대한 기억도 그리고 언젠가 아빠라고 불러 보고 싶었던 사람도 모두 앗아 가고 말았다.

팔로 덮은 눈가로 눈물이 흘러내리자 현진은 조용히 침실을 빠져나왔다.

19

용
서

세정이 서글퍼하고 허무해한 시끄러운 시간들은 꿈처럼 사라져 갔고, 계절은 사람들의 상처와 아픔과는 상관없이 소리 없이 흘러 갔다.

　현진과 세정은 '함정'을 만들던 날 혼인 신고를 마치고 조촐하게 가족들끼리 모여 작은 결혼식을 올렸다. 사람들의 지탄을 받던 조은숙은 구속 수사 끝에 집행 유예를 선고받아 감옥살이는 면하게 되었다. 그런 그녀에게 유건영은 이혼 서류를 내밀었다. 그 이혼 서류 덕택에 조은숙의 자살 기도가 또다시 연예란을 시끄럽게 장식했지만, 그 일 역시도 어느 순간 연기처럼 흔적을 남기지 않고 사라져 버렸다.

　"시간이 모든 걸 해결한다는 말은 거짓말이에요. 상처가 시간이 지난다고 없어지는 건 아니니까."

세정이 새롭게 시작하는 태주의 드라마에 관한 기사를 보며 중얼거리자, 현진은 걱정스러운 눈빛으로 세정의 앞에 앉았다.

"상처를 잊어버리면 좋겠는데. 또다시 들여다보고 아팠던 과거를 기억해 내고 또 아파하고."

현진의 말에 세정이 고개를 들었다. 함정을 만들던 날부터 점점 비어 가던 눈빛, 세정의 눈빛은 점점 빛을 잃어 가듯 희미해지고 있었다.

"여전히 허무하고 여전히 아픈 이세정 씨. 당신 앞에서 안절부절못하는 날 위해서라도 힘을 좀 내 주면 안 되나?"

꽤 오랜 시간 동안 세정은 허무함과 우울함에 대항해 싸워야만 했다.

"그럼 당신을 위해서 힘을 좀 내 볼까요? 우리 청평 갈래요? 난 거기서 요리하는 당신의 섹시한 뒷모습을 만끽하면서 대본을 좀 볼까 하는데."

"그럽시다. 지금 청평은 가을로 가득하겠네."

그러나 즐겁게 여행을 제안했던 세정은 어느새 사라져 버리고, 청평으로 향하는 차 안은 침묵이 채우고 있었다.

"어이, 이세정 씨. 당신이 가자고 했던 청평이야. 기분 좀 내 봐."

"당신하고 처음 청평을 찾았을 때, 그때가 겨울이었어요. 참 많은 일들이 있었던 것 같은데 고작 그해 겨울. 올해 봄 그리고 여름밖에는 지나지 않았어요. 1년도 안 되는 시간이었는데."

"그러네. 지난겨울 널 처음 만났을 때 나도 내가 이렇게 변할지 몰랐지."

"당신이 변했어요? 어떻게?"

"세상에 이세정밖에 없는 사람처럼 살아가고 있잖아, 지금. 내가 변한 게 넌 안 보여?"

"당신을 처음 봤을 때부터 당신 눈에는 나밖에 없었어요."

"어쭈. 내가 너한테 먼저 반한 거다?"

"아니에요? 그랬던 거 같은데."

가벼운 말들이 가득하던 청평으로 가는 길을 지나 별장 안으로 들어서자, 현진의 말대로 가을이 가득 차 있었다.

"계절이 지나가는 하늘에는 가을로 가득 차 있습니다. 나는 아무 생각 없이 가을 속의 별들을 다 헬 듯합니다."

"생각이 아니라 걱정이야. 아무 걱정 없이 가을 속의 별들을."

세정이 읊던 윤동주의 시를 현진이 바로잡자, 세정이 눈을 흘겼다.

"그냥 좀 넘어가요. 문학 전공도 아니라면서. 기분 좋아서 저러는구나, 하면 되지 이렇게 멋없는 남자인 줄 알았으면 결혼 안 하는 건데."

"뭐? 이리 와. 너 결혼을 안 해?"

세정이 오랜만에 큰 소리로 웃으며 별장 안을 뛰어다니자, 현진은 오랫동안 저 웃음소리를 들을 수 있으면 좋겠다고 생각했다. 그러곤 가을 하늘을 한 번 쳐다보며 긴 한숨을 내쉬었다.

침실에 가벼운 짐을 풀고 나오자, 현진이 처음 그날처럼 음식을 만들고 있었다.

"오늘은 뭘 먹여 줄 거예요?"

"너 좋아하는 샤브샤브."

"난 육식이 좋아. 채식은 싫어."

"그게 여배우 입에서 나올 말이냐?"

"피— 여배우라고 하기엔 좀 무리가 있지 않아요? 드라마 단역한 번이었는데, 그놈의 스캔들 때문에 좀 유명해지기는 했지만."

분주하게 움직이던 현진이 커피 한 잔을 세정에게 내밀고는 식탁 의자에 앉았다.

"나를 위해 음식을 만들어 준 첫 번째 사람이 당신이었어요."

"그랬어?"

"어렸을 땐, 기억에 없어요. 엄마는 바쁘고 우울하고 불행해서 내게 요리를 해 줄 여유가 없었죠. 그리고 보육원에서는 날 위한 음식이 아니라 우리를 위한 음식이었어요."

현진의 눈빛이 또다시 안타까움으로 가득 차자 세정은 입가에 가벼운 미소를 지었다.

"내게 음식은 식판에 놓인 밥, 그게 다였어요. 내가 간절히 원했던 건 가족들이 침 묻은 각자의 숟가락을 마구 담그면서 떠먹는 뚝배기였어요. 내 몫만 담겨져 있는 식판이 아니라."

"그게 네가 요리를 못하는 이유에 대한 변명이라면, 그건 좀 약한데."

현진은 일부러 가벼운 이야기로 화제를 전환하려 애썼다. 세정의 우울함은 도처에 도사리고 있었다. 그는 그 우울함이 한꺼번에 쏟아지지 않기를 바라는 마음이었다.

"그러고 보면 난 내가 가진 것에 감사할 줄 모르는 아이였나 봐요. 그래서 내가 벌받는 걸까?"

"어이, 이세정 씨. 네 이야기에 안절부절못하는 나 좀 봐 주라."

"피. 알았어요. 자 청승은 여기까지. 나 배고파요."

"나만 보면 배가 고프시죠?"

세정에게 웃음을 보이고 돌아선 현진의 눈이 날카로워졌다. 어떤 방식으로든 세정의 우울함의 고리를 끊어야만 할 때이지만, 뭘 어떻게 해야 할지 모르는 자신에 대한 한심함이 밀려들어 왔다.

"박 실장이 하라는 그 드라마 정말 안 할 거야?"

식사가 끝날 무렵, 현진은 세정을 우울감에서 벗어나게 하기 위해 박 실장이 준비한 드라마 캐스팅에 대한 이야기를 꺼내 들었다.

"내가 참여하는 건 민폐예요."

바람처럼 지나간 이야기였지만, 세정이 드라마에 나서게 된다면 잊힌 바람이 또다시 불어올 것은 뻔한 일이었다.

"그렇다고 계속 아무것도 안 할 수는 없잖아. 나야 네가 옆에 있어 줘서 좋지만, 나보다 훨씬 좋은 연기력을 가진 이세정 재능을 썩히는 건 국가적 낭비야."

"국가적 낭비라. 이거 언제 적 표현이에요?"

"호랑이 담배 피던 시절."

두 사람의 유쾌한 웃음이 피어났다.

현진이 뒷정리를 하기 위해 돌아서자, 세정은 그 뒷모습을 보다가 조용히 문밖을 나섰다.

가을 저녁이 곧 있으면 어두워질 듯했고, 바람에 날린 낙엽들이 떨어진 곳을 부스럭거리며 세정이 한참을 거닐고 있자 현진이 부르는 목소리가 들렸다.

"세정아, 이세정. 차 마시자."

세정이 자신을 부르는 목소리에 뒤돌아보자, 현진이 자신의 곁으로 다가오고 있었다.

"당신 목소리는 언제 들어도 참 좋아요."

"목소리만?"

현진이 손을 내밀자, 세정은 그 손을 잡으며 자신의 쪽으로 끌어당겼다.

"왜 이래?"

"내가 뭘? 우리 조금만 여기 더 걷다가 들어가서 차 마셔요."

"차 식어."

"어휴, 아줌마 같아. 그러지 말고 나랑 좀 걸어요."

오랜만에 들어 보는 세정의 투정이 반가워 현진은 달갑게 그녀의 제안을 받아들였다.

"나 아홉 살 때인가, 여기 청평에 왔었어요. 우리 가족이랑 작은아버님 가족이랑."

"그랬어? 그래서 여기가 좋아?"

"아니, 나 여기서 운 기억밖에 없어."

"왜?"

"난 처음부터 내가 입양이란 거 알고 있었어요. 엄마나 아빠가 늘 가슴으로 낳은 아이라고 말해 줬으니까. 고아원에서 데리고 온 아이란 거 초등학교에 들어가서 늘 듣는 말이었거든요."

"그런데?"

"작은아버님 댁에 아이가 없었잖아요. 여기 청평에 놀러 온 날 작은어머님이 '미주야 우리 집에 가서 살까?' 하고 물었거든요. 내가 예뻐서 농담으로 하신 말씀이었겠지 했는데, 그때 엄마가 장난처럼 '우리 미주 데려가세요.' 하니까 난 또 내가 버려져서 작은아버님 댁으로 가야만 하는 줄 알고, 정말 엄마가 날 다른 집으로 보내 버릴까 봐 무서워서 내내 울기만 했어요."

세정은 자신이 입양아라는 걸 알게 된 날부터 버려지는 걸 두려워했다고 말했다. 현진은 그런 세정을 매몰차게 내버린 유건영이 여전히 용서가 되지 않았다. 세정의 허무함이 사그라들지 않는 것처럼 현진은 시간이 지나면 지날수록 다른 누구보다 유건영에 대한 강한 비난이 자신의 밖으로 삐져나오는 듯했다.

"얘는 또 지난 상처 이야기를 하는구나, 그런 생각 해요?"

"아니, 진정한 용서를 하는 사람은 대단한 성인군자구나, 그런 생각을 하는 중이야."

"용서?"

"표면적으로 우린 유건영 씨를 용서하고 있는 것처럼 보이지만, 실은 그렇지 않잖아."

"그러게. 난 아무도 용서가 안 돼요. 나만 그런 게 아니어서 다행이네."

"우린 용서 따위는 못 하는 속 좁은 부부 하자."

"네."

"들어가자. 바람이 차가워진다."

청평의 바람은 가을을 가득 담고는 또 다른 계절인 겨울을 기다리고 있었다.

"싫어. 만나고 싶은 생각 없어."

자신의 품 안에 세정이 없다는 걸 알고도 한참 동안 그녀가 자리로 돌아오지 않자, 현진은 일어나 세정을 찾아 나섰다. 창가 쪽에서 누군가와 통화하는 소리가 들리자 현진은 조용히 세정의 곁으로 다가갔다. 그러자 세정이 전화를 끊고는 현진을 바라봤다.

"누구?"

"태주 오빠."

늦은 시간 유태주의 전화라면 좋은 일은 아닐 것이다.

"이렇게 늦은 시간에 무슨 일인데."

"아빠가 날 만나고 싶어 한 대요."

"그게 이렇게 늦은 시간에 꼭 전해야 할 말이야?"

"아빠 지금 병원에 있대요."

"어? 왜?"

"지금 많이 안 좋으신가 봐요."

현진은 한동안 무슨 말을 해야 할지 몰라 가만히 있었다. 그러다 유건영이 만약 죽음의 문턱을 넘어선다면, 세정과 더 이상 화해할 기회 따위는 사라져 버리고 만다는 생각이 들었다. 그렇게 된다면 세정은 오래전 버림받았을 때의 상처보다 더 큰 상처를 마음의 짐처럼 짊어지고 살아야 할지도 몰랐다.

"세정아, 지금 출발하면……."

"자요, 우리. 난 가고 싶지 않아. 내가 가야 할 이유는 없어요. 들어가요."

다른 어떤 말도 듣지 않겠다는 듯 단호한 표정으로 세정이 침실로 들어서자, 현진은 어떻게 하면 좋을지 고민하다가 세정을 따라 들어가 침대에 누웠다. 세정이 자신의 품을 파고들고도 계속 뒤척거리고 있음을 느꼈지만, 현진은 유건영과 관련한 모든 일은 세정의 결정에 따르는 게 좋겠다는 생각으로 그저 숨죽이고 있었다.

그리고 그 순간, 세정이 자리에서 벌떡 일어났다.

"가요. 지금 우리 올라가요. 도대체 날 왜 찾고 있는지 알아야겠어요. 용서할 수 없으니까 날 찾지 말라는 말도 해야겠어요. 가요."

자리에서 일어난 세정은 급격한 감정의 변화를 보이고 있었다. 그녀가 불안정한 모습을 보이자, 현진은 세정을 안았다. 우울함과 싸우고 있는 그녀의 감정을 진정시키는 것이 가장 우선이었다.

"알았어. 가자. 조금만 진정해. 진정하고 세정아, 별일 없을 테니까 걱정하지 말고."

자신을 다독이는 손길에 세정은 마음을 가라앉히려 애썼다.

청평에서 서울로 향하는 차 안은 불안과 걱정이 가득했고, 불안으로 떨고 있는 세정의 손을 현진은 놓지 않았다.

병실로 들어서자 그곳에는 울다가 탈진한 태주의 할머니가 멍하니 앉아 있고, 은진과 태주가 나란히 유건영의 곁에 서 있었다. 병실에 들어선 세정이 냉정하고 무표정한 얼굴로 건영의 곁으로 다가섰지만, 건영은 의식이 없었다.

"무슨 일입니까?"

현진이 묻자 태주가 서 있는 세정을 한 번 흘끗 보고는 말했다.

"뇌출혈이에요. 원래도 좋지 않으셨는데, 며칠 전에 쓰러지셔서 의식이 없다가 오늘 눈을 뜨셨어요. 계속 미주를 찾으시길래, 미주가 싫어할 걸 알면서도 혹 마지막이 될지도 모른다는 생각에⋯⋯."

태주는 아버지가 쓰러지고 나서 의식이 없던 며칠 동안 세정에게 아버지의 상황을 전해야 할지 말아야 할지 내내 고민했다.

"오빠, 그래서 위독한 거야?"

"수술을 해도, 하지 않아도 위험한 상황이야. 그래서 결정해야 해."

세정과 태주가 유건영의 상황에 대해 이야기를 나누자, 아주 희미하게 유건영의 목소리가 들렸다.

"미주야."

자신을 부르는 유건영의 목소리에 세정이 움찔하고 돌아봤지만, 쉽게 발걸음이 떼어지지 않는 듯 건영에게 한 발짝 떨어져 멍하니 서 있었다.

"미주야."

힘들게 건영이 손을 내밀자 겨우 떨어지는 발걸음으로 세정이 다가갔다.

"미안하다. 아가. 이제 그만 아파하고 행복해. 넌 아무 잘못이 없어. 미주야 미안하다."

건영이 애써 입을 열어 마지막 유언처럼 세정에게 사죄를 하고 있었다. 기가 막힌 듯 유건영을 쳐다보던 세정의 얼굴은 복잡하게 변해 갔다.

"싫어. 미안하다고 하지 마. 그게 뭐야. 미안하다면 다야? 난 당신 미워하면서 그 힘으로 살 거야. 그러니까 살아. 죽지 말란 말이야!"

세정이 갑자기 유건영을 향해 소리를 지르기 시작했고 태주가 그런 세정을 말리기 위해 움직이자, 현진이 그의 팔을 잡고는 고개를 흔들었다.

이제 곪고 아팠던 상처가 터지고 있었다. 세정의 울부짖음을 들은 유건영이 희미하게 미소 지으며 툭 하고 손을 떨어뜨리자, 유건영과 연결되어 있던 장치에서 소리가 나기 시작했다. 태주가 급하게 의사를 호출하자 세정은 건영에게 매달려 울기 시작했다.

"아빠, 아빠 싫어. 날 또 버리지 말아요, 제발. 이러는 게 어딨 어. 싫어. 일어나. 제발 아빠. 용서할게요. 다 용서할게요. 그러니 까 제발 아빠……."

주위 사람들이 매달리는 세정을 떼어 내고 건영이 수술실로 들어서자, 현진이 울고 있는 세정을 안아 줬다.

"아빠 좀 살려 줘요. 아빠……."

자신의 품에서 오열하는 세정이 오랜 울음 끝에 고개를 들자, 현진은 그녀를 의자에 앉혔다.

"세정아. 괜찮아. 다 괜찮아. 그러니까 그만 울어."

"이러면 안 되는 거잖아요. 내가 아직 용서 안 했는데 죽으면 안 되는 거잖아."

현진의 다독거림에도 세정은 진정되지 않는 듯 계속해서 눈물을 흘렸다. 건영의 수술을 결정하고, 태주가 가족의 대표로 수술 동의서에 사인을 할 때까지도 세정은 울고 있었다.

수술은 길고도 지루하게 진행되었고, 수술실 앞에 앉아 있는 가족들은 점점 더 지쳐 갔다.

그때, 조은숙이 급하게 수술실 문으로 다가서고 있었다.

"어떻게 된 거야? 은진이 아빠가 왜? 어떻게 된 거냐고!"

높은 소리로 태주에게 따지듯이 묻는 조은숙을 바라보던 세정이 조용히 일어나 그녀에게 다가가서 온힘으로 밀치자 조은숙이 휘청거렸다.

"너 뭐야?"

조은숙이 날이 선 눈빛으로 세정을 바라보자, 세정이 또다시 조은숙에게 다가가 있는 힘껏 밀쳤고, 조은숙이 넘어지는 것과 동시에 세정도 같이 넘어지자 현진은 그녀를 감싸 안았다.

"나쁜 년. 아빠 살려 내. 엄마를 죽였으면 된 거잖아. 엄마 하나로도 모자라? 아빠 살려 내란 말이야! 너 때문이야. 악마 같은 너 때문이야. 당신만 아니었으면 우린 모두 행복할 수 있었어. 당신 때문이야. 아빠 살려 내란 말이야."

현진의 손길을 애써 뿌리치며 미친 듯이 외치던 세정이 제 풀에

꺾여 쓰러지자, 현진은 쓰러진 세정을 안아 들고 병실로 움직였다.

세정에게 몇 번 밀려 쓰러진 조은숙이 멍하니 바닥에 앉아 있자, 은진이 잡아 일으켰다.

"오지 말지 그랬어, 엄마. 여기 엄마 자리는 더 이상 없어."

은진의 울음소리로 복도가 가득 메워질 즈음 수술실의 문이 열리고 의사들이 몰려나오기 시작했다.

◈ ◆ ◈

세정이 눈을 뜨자, 걱정스러운 눈빛의 현진이 자신을 내려다보고 있었다.

"꿈이라고 말해 줘요. 모든 게 다 꿈이라고."

현진의 입에서는 깊은 한숨이 터져 나왔다. 아무런 말이 없던 현진이 세정을 안아 병원 밖으로 빠져나와 차에 태울 때까지 그녀는 아무런 말도 하지 않고 두 눈을 꼭 감고만 있었다.

집으로 들어와 자신의 침대에 눕혀지자 그제야 세정이 눈을 떴다.

"아버님 수술은 잘됐어. 좀 더 지켜봐야겠지만, 네가 걱정할 일은 안 일어날 거야."

"이대로 죽으면 난 용서 따위는 안 할 거야."

"이세정, 너 벌써 용서했잖아. 그만해. 너한테는 안 어울리는 원망 같은 거 하지 말고 이세정하고 가장 어울리는 이해, 사랑 그런 거 해. 남들이 뭐라 해도 너한테는 하나밖에 없는 아버지니까."

현진의 다독임에 세정은 눈을 감아 버렸다.

다음 날 눈을 떴을 때, 곁에는 여전히 현진이 앉아 있었다.

"맛있는 냄새 나요."

"너 좋아하는 삼계탕."

"당신은 배우가 아니라 요리사가 됐어야 했어."

"그러게. 내가 이렇게 맨날 음식해서 바칠 마나님을 얻을 줄 알았다면, 요리사가 될 걸 그랬어."

"오빠."

세정이 자신을 오빠라고 부르자, 현진의 얼굴은 또 굳어졌다.

"또 무슨 일이 일어나야 해? 난 네가 날 오빠라고 부르면 겁나더라."

"언제는 오빠라고 부르라며. 나 지난번에 박 실장님이 줬던 그 드라마 할 수 있게 해 줘요."

"내가 작가야. 왜 나보고 할 수 있게 하래?"

"최현진의 여자 찬스 쓰는 거예요. 당신 빽으로 나 드라마에 꽂아 줘요."

"왜 생각을 바꿨을까?"

"이젠, 진짜 이세정의 삶을 살아야겠어요. 유미주를 마음에 품고 이세정으로 살아가려구요."

"오랜만에 맘에 드네. 그럽시다. 그거 내가 무슨 수를 써서라도 잡아 줄 테니까 해 봐."

세정을 둘러싸고 있던 허무함, 그리고 무거운 우울함이 이제는

사라지겠다는 생각을 하자, 그녀는 세상의 모든 사람들을 용서할
수 있는 넓은 마음이 되는 듯했다.

⟡ ◇ ⟡

세정의 마음은 이전보다 훨씬 가벼워지고 있었고, 우울함도 옅
어진 듯 보였다. 늘 불안한 눈으로 바라보며 마음을 졸이던 현진
은 새로운 드라마 대본을 보고 있는 세정을 다행스러운 눈으로
지켜봤다.

딩동—

"누구지?"

현진이 인터폰 앞에서 머뭇거리자 세정은 의아한 마음이 들어
누가 찾아온 건지 직접 살폈다.

"세정아……."

"열어 줘요. 할 말이 있어 왔겠지."

잠시 후 현관문이 열리고 조은숙이 집으로 들어섰다.

서로 무슨 말을 먼저 해야 할지 몰라 망설이고 있는 순간을 깬
것은 은숙이었다.

"계속 세워 둘 거야?"

"아……. 앉으세요. 여보 우리 차."

은숙은 거칠 것 없다는 듯, 세정이 안내한 거실 소파에 앉았다.

"무슨 일로……."

"마무리는 해야지. 안 그래? 넌 하고 싶은 거 다 했는데, 난 아

직 다 못 했거든."

"이것 봐요. 조은숙 씨."

현진의 목소리가 날카로워지고 강해지자, 세정이 그를 말렸다.

"여보. 우리끼리 이야기하게 해 줘요. 그렇게 해 줘요. 응?"

한 번도 자신을 '여보'라고 부른 적 없던 세정이 절실하게 말하고 있었다. 현진은 어쩔 수 없다는 듯 거실을 빠져나와 차를 만들기 위해 주방으로 들어섰다.

"하고 싶은 거 하세요. 아직 못 하신 게 남은 것 같은데."

"네가 잃은 게 뭐야? 어린 시절의 추억? 이연진이 살아 있었다고 한들, 네가 행복했을까? 그 여자는 엄마로서는 낙제점이었어."

은숙의 거침없는 비난에도 세정은 화가 나지 않았다. 작정한 듯 쏟아 내는 은숙이 그저 불쌍하다는 생각만 들 뿐이었다.

"파양돼서 보육원에 보내진 거? 너 그거 아니었으면 최현진이가 널 봐 주기나 했을 거 같아? 너 동정하지 않았으면 곁에 있지도 않았어. 그 파양 때문에 난 네 아빠와 오빠에게 늘 죄인이었어, 알아? 언제나 네가 내 곁에서 맴돌았어. 아줌마, 아줌마……. 진드기처럼 내 귀에 찰싹 붙어서 아줌마, 아줌마……."

"아줌마……."

"그래. 그놈의 아줌마. 평생을 날 따라다니면서 괴롭혔어 넌. 그래 놓고 왜 너만 피해자인 척해. 다 가진 네가 왜 피해자야."

"아줌마……."

세정은 계속해서 조용히 아줌마라는 말만 되뇌었다.

"파양? 그거 네 탓이었어. 눈만 뜨면 그놈의 아줌마. 치맛자락을 잡고는 놓지도 않고 졸졸. 아줌마 배고파요. 아줌마 마당에 개미가 기어가요. 아줌마 하늘이 빨간색이에요. 아줌마, 아줌마……."

세정은 은숙이 울지 않으려 애쓰고 있음을 알 수 있었다. 그녀가 건네는 사과의 방법은 참 낯설고도 아픈 것이었다. 세정은 은숙의 흥분이 가라앉을 때까지 조용히 기다렸다.

"아줌마……. 아줌마가 해 준 돈가스 정말 맛있었어요. 그거 만들던 거 생각나요. 난 누가 날 위해 요리를 해 준 기억이 없다고 생각했는데, 잊고 있었어요. 망치로 돼지고기를 두드리고 달걀을 묻히고 튀김 가루를 묻혔어요. 그 튀김 가루는 식빵을 부셔서 만든 거였어요. 그죠?"

"넌 정말 사람을 질리게 하는 애야. 알아?"

은숙은 자리에서 벌떡 일어났다.

"넌 이제 모든 걸 가졌고, 난 모든 걸 잃었어. 이 정도면 충분한 거 아니야? 네 눈앞에서 사라져 줄 테니까 잘 살아. 그놈의 피해자인 척 그만하고."

여전히 날 선 말을 남긴 은숙이 현관문을 열고 나가고도 한동안 세정은 자리에서 움직이지 못했다.

"여보……. 나 좀 안아 줘요."

주방에서 돌아가는 상황을 예의 주시하던 현진은 세정의 부름에 달려 나와 그녀를 안았다.

"그 여보란 소리는 언제부터 그렇게 자연스러워진 거야?"

"아줌마가…… 아빠를 그렇게 불렀죠. 여보……. 나도 언젠가 아줌마처럼 좋은 엄마, 예쁜 아내가 되어야겠다고 생각했어요. 나

중에 아이를 낳으면 나도 아줌마처럼 돈가스 만드는 법을 알려 줘야지, 곰 쿠키 만드는 법을 가르쳐 줘야지…… 했죠."

"그래도 난 용서 안 할 거야. 저 사람만큼은."

현진의 어린애 같은 반응에 세정은 웃어 버릴 수밖에 없었다.

"용서받으려고 온 거 아니에요. 아줌마는…… 그냥 자신을 마음껏 미워하면서 살라고, 미워해도 괜찮다고 말해 주려고 온 거예요. 사과도 참 아줌마답게 하고 가네."

"그럼 우리는 조은숙을 마음껏 미워하면 되나?"

"미움은 사랑의 또 다른 가지일 뿐……이죠. 우리 돈가스 해 먹을래요? 나 돈가스는 할 수 있을 것 같은데."

"됐습니다. 내 집 주방을 엉망으로 만들 생각은 접어."

여전히 세정은 현진의 품에 있었다. 이야기가 모두 끝났는데도 그녀는 그의 품에서 떨어지지 않았다.

"세정아."

"나 좀 울래요. 당신 품에서……."

세정의 눈물이 가슴 한구석을 축축하게 적셔 오자, 현진은 자신의 두 팔로 더욱 강하게 세정을 감싸 안았다. 엄마를 잃은 열한 살짜리 아이가 새엄마의 치맛자락을 붙잡고 놓지 않으려는 것처럼 애타게 매달려 우는 세정의 흔들리는 등을 그저 안아 주는 것밖에는 아무것도 할 수 없는 현진이었다.

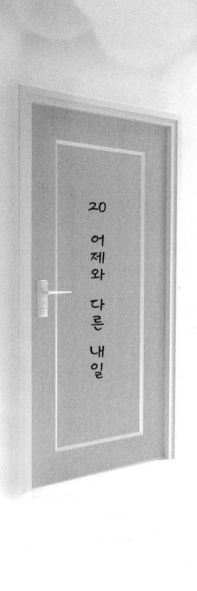

20

어제와 다른 내일

세정이 하겠다고 나선 드라마의 촬영이 시작되자, 잠잠했던 여론은 다시 들끓기 시작했다. 수많은 억측과 사실 사이를 저울질하는 기사들이 연일 쏟아졌다.

그러나 현진과 세정은 약속이나 한 듯 반응을 보이지 않았다. 다만 세정은 자신이 선택한 드라마에 최선을 다할 뿐이었다.

"하이, 컷!"

"수고하셨습니다."

세정은 자신의 촬영 분량을 마치고 나서다가 도시락을 흔들고 있는 현진을 발견하곤 눈을 흘겼다.

"이것 봐요, 최현진 씨. 이렇게 매일 출근할 생각이었으면 우리 드라마에 같이 출현하지 그랬어."

감독의 농담에 주변 스태프들이 한꺼번에 웃음을 터뜨렸다. 드라마 촬영이 시작되고 두 달가량을 거의 매일 세정과 출퇴근을 함께하는 현진이었다.

"제가 지금 백수라서요."

촬영이 끝난 세정의 소품들을 주워 담으며, 현진은 능청스럽게 대답했다.

"무슨 소리야. 칸의 레드 카펫을 밟은 사람이 할 소리는 아니지. 차기작은 정했어? 안 정했으면 우리 방송국 드라마 해. 아마 대본이 갔을 텐데."

수많은 억측의 기사들이 쏟아졌지만, 두 달 가까이 그들을 지켜본 드라마 관계자들은 두 사람의 사랑에 열렬한 지지를 보내줬다. 한때 온갖 스캔들을 달고 다닌 겉멋뿐인 최현진에게 이제 가장 중요한 것은 이세정뿐이라는 것을 직접 옆에서 목격하고 있었기 때문이다.

"아니다. 최현진 씨한테 프러포즈할 게 아니라 전권을 쥐고 있는 세정 씨한테 말을 해야 하나? 세정 씨 어떻게 안 될까?"

박 실장의 말대로 세정에게는 대본을 보는 안목이 있었다. 〈폭풍 속으로〉는 칸의 초청을 받은 작품이 되어, 현진에게 최고의 영광을 선사한 작품이 되었다. 이후로 현진에게는 셀 수 없이 많은 작품의 러브콜이 들어왔다.

박 실장은 세정이 참여한 드라마가 끝나는 대로 그녀를 회사에 붙박이로 붙여 둘 계획을 세웠다. 좋은 대본을 선별해 진행하는 일을 맡긴다면, 더없이 좋은 결과를 가져올 거란 게 박 실장의 확신이었다.

감독의 물음에 웃음으로 화답한 두 사람이 촬영장을 빠져나와 차에 올라타자 세정이 현진을 쳐다보며 툴툴거렸다.

"정말 이 드라마 끝날 때까지 나타날 거예요? 사람들이 흉봐요."

"흉보라 해. 내가 내 아내 찾아 나서는데 뭘. 자, 과일 도시락이나 드시지요. 풀떼기 싫어하는 줄은 알지만, 얼굴이 보름달만 하게 화면에 나와서야 되겠어?"

"보름달? 내가 그 정도예요?"

"푸짐한 악역은 안 어울려. 이세정."

세정은 드라마의 악역을 맡아 매일 악을 쓰고 있는 중이었다. 그러나 꽤 괜찮은 대본 덕분에 이해할 수 있는 악역으로 사람들에게 깊은 인상을 남기고 있는 세정에게 벌써부터 차기작 대본들이 쏟아져 들어오고 있었다.

두 사람을 태운 차가 현진과 세정의 집으로 향했다. 지친 듯 차창에 기대 있던 세정이 불쑥 현진에게 말을 걸었다.

"이거 끝나면 나 연극할래요."

"연극? 왜 갑자기 연극 타령이야? 지금 하는 거 재미없어?"

"아무나 안 시켜 줄라나?"

"안 시켜 주면 내가 또 무대 만들어 주면 되지, 뭐가 걱정이야."

"역시. 최현진 여자, 이거 참 좋은 것 같아."

"그런데 왜 갑자기 연극이야?"

"당신 생각이 나서."

"나?"

"내가 당신을 처음 본 게 연극이었잖아요. 그때 당신 목소리가 그 시간의 날 살게 했고, 또 내가 깨어나지 못하고 있었을 때도 그렇고. 누군가를 살릴 수 있는 목소리를 나도 한번 내 보고 싶어서."

"그럼 세정아, 가족극 한번 할까?"

"가족극?"

"유 피디한테 연출 맡기고, 아버님하고 나, 그리고 너까지 출연하면 완전 가족극이지."

아버지 유건영의 상태가 호전되고, 서툴고 거칠지만 머리로 이해할 수 있었던 조은숙의 사과를 끝으로 그들 사이에 있던 갈등은 모두 사라져 버렸다.

"오, 그거 괜찮네, 아빠한테 하자고 졸라야겠다. 만약에 진짜 하면 당신이 투자하는 거죠?"

"아니. 이건 위험 부담이 너무 커서 투자는 형한테 받자."

"웃겨, 아주버님은 뭐 눈 감고 계셔?"

"야, 너 하고 싶다는 건 무조건 다 해 주잖아. 그러니까 네가 가서 해 달라고 졸라. 그럼 간이고 쓸개고 다 빼 줄 테니까."

현진의 형뿐만이 아니었다. 현진의 가족 모두 세정이 살아 숨 쉬고 움직이고 있다는 것만으로도 대견하고 감사하게 생각하고 있었다. 세정이 가끔 꺼내는 오래된 아픔들을 들을 때마다 현진의 가족들은 제 아픔처럼 슬퍼했다.

"마누라를 이용해 먹다니."

"돈 앞에선 신의 따위는 없는 거다. 이세정. 그건 그렇고, 아버지는 장학 재단 만드신다며."

"네. 나처럼 보육원에서 성인이 된 아이들을 지원하는 프로그

램을 만드신다고 하셨어요."

"너 그 500만 원 이야기 때문에 그런 거잖아."

세정이 성인이 되어 보육원을 나올 때 받은 지원금 500만 원, 그 이야기에 가족 모두 제 아픔처럼 서러워했었다.

두 사람의 가벼운 농담이 이어지던 그때, 세정의 휴대폰이 울렸다.

"네, 어머님. 저예요."

— 촬영은 끝났어?

"네, 지금 끝나고 최 기사와 함께 퇴근 중이에요."

— 그 최 기사 일 제대로 못 하면 잘라 버려.

"하하하, 네. 어머님 그런데 무슨 일 있으세요?"

— 아니, 은진이 할머님이 전화를 하셨어.

"할머니가요?"

— 사돈 퇴원 기념으로 가족끼리 저녁을 같이 먹자 하시네.

"언제요?"

— 이번 주 토요일에 하자시는데, 아무래도 혼자 준비하셔야 할 것 같아서 우리 집에서 하자 했어.

"어머님 번거롭지 않으시겠어요?"

— 번거로울 거야 있니. 한 번은 자리를 만들어야지 했는데, 잘 됐다 싶다. 그럼 이번 주 토요일에 같이 하는 걸로 하자.

"네, 제가 그날 일찍 가서 거들게요."

— 아이고, 우리 이세정 씨는 와서 구경이나 하시고, 거기 최 기사 그 양반 요리 좀 하더만. 그 사람이나 보내.

"하하하, 네. 제가 그날 최 기사도 데리고 갈게요."

— 알았다. 피곤할 텐데 들어가 쉬어.

"네, 들어가세요."

세정과 정 여사의 전화 통화가 끝나자 현진은 기가 막힌 웃음을 흘렸다.

"참 나, 어쩌다가 최현진이 가사에 요리사에."

"그래서 싫어요?"

"아—니. 좋아요, 좋아. 아버님 퇴원이 언제지?"

"목요일이래요. 아 참, 할머니가 목요일에 저녁 먹고 가라 하셨어요."

"저녁 먹자는 사람 많아 좋네."

자신들이 사랑하는 사람들의 이야기로 행복해하는 두 사람을 태운 차는 어느새 그들의 집으로 들어섰다.

"아, 우리 집이다."

세정은 처음 현진이 그녀에게 이곳을 우리 집이라고 소개하던 그날을 떠올렸다.

"그래, 우리 집."

처음으로 생긴 '우리 집'이라는 단어에 허물어졌던 상처투성이 세정은 이제 사라져 버렸다. 그리고 그 자리엔 힘든 시간을 모두 극복해 내고 자신의 길을 묵묵히 걸어가는 사랑스러운 이세정만 이 남아 있을 뿐이었다.

내일 촬영을 위해 일찍 잠자리에 든 세정의 얼굴을 가만히 보고 있던 현진은 그녀의 머리를 손으로 쓸어 넘겼다. 손끝에 느껴지는 세정의 상처. 흔적도 없이 사라져 버렸으면 좋았을 상처였다.

모든 걸 마음에서 내려놓은 세정은 한껏 가벼워지고 있었다. 용서란 대단한 사람이 할 수 있는 거라고 여겼던 현진 역시도 세상 가장 쉬운 게 용서란 걸 새삼 느끼고 있는 중이었다. 다만 용서의 범위 안에 처음부터 들어가지 않는 사람도 존재하는 게 아닐까 생각하며 조은숙을 떠올리던 그때, 잠결에 세정이 자신의 품으로 파고들자 현진은 생각을 멈췄다.

잠 속에 빠져들던 세정은 자신의 온몸이 열기로 가득하자, 눈을 떴다.

"이건 반칙이에요. 나 내일 촬영인데……."

"먼저 유혹한 건 너야."

현진의 체온이 세정에게 고스란히 전해지고, 숨결이 온몸을 훑어 내리자, 자신의 안을 가득 채울 현진에 대한 기대감으로 세정의 몸이 열리고 있었다.

뜨거운 열정과 깊은 호흡이 한동안 두 사람 사이를 채우고 달뜬 세정의 신음 소리를 현진이 입으로 삼키는 순간, 세정의 안으로 깊이 들어와 자신의 모든 것을 남김없이 채우는 현진의 원초적인 움직임이 시작되었다.

"최현진 씨. 당신은 나에게 한 번도 사랑한다고 말하지 않았어요."

"지금 온몸으로 하고 있잖아."

"그래도 듣고 싶어요. 내가 가장 사랑하는 당신의 목소리로."

세정의 목소리도 자신의 들숨으로 삼키고, 한동안 그녀를 열정으로 몰아세우던 현진이 세정의 안으로 자신의 따뜻한 일부를 흘려보내며 귓가에 속삭였다.

"사랑해."

용서와 사랑 그리고 미움과 원망의 감정의 소용돌이 속에서 방황하던 자신에게 들려왔던 현진의 목소리. 세정은 절망 속에서 자신을 살린 것도 현진의 목소리였으며, 행복 속에서 살아가도록 만든 것도 사랑하는 사람의 목소리였음을 깨달았다.

세정은 오래전 혼자 버려졌다 절망하며 통곡하던 그 거리를 떠올렸다. 그렇게 떠올린 거리 위에는 그때와는 다르게 괜찮다고 다독이며 손을 잡아 주는 현진과 그의 가족들이 가장 따뜻한 눈빛으로 자신을 바라보고 있었다.

사랑을 하고 사랑을 받으며 사랑한다 속삭이는 목소리만이 가득한 시간들만이 존재하는 두 사람의 이야기가 이제 다시 시작되고 있었다.

— fin

당신의 목소리

1판 1쇄 찍음 2017년 8월 9일
1판 1쇄 펴냄 2017년 8월 17일

지은이 | 오필희
펴낸이 | 정 필
펴낸곳 | (주)뿔미디어

편집장 | 박경희
기획·편집 | 이영은
표지 디자인 | 김수지

출판등록 | 2002년 9월 11일 (제1081-1-132호)
주소 | 경기도 부천시 원미구 소향로 17, 303(두성프라자)
전화 | 032)651-6513 / 팩스 032)651-6094
E-mail | scarlets2012@hanmail.net
블로그 | http://blog.naver.com/dahyangs
비북스 | http://b-books.co.kr

값 8,000원

ISBN 979-11-315-8135-3 03810